Laurent SCHIRO

SARAH

TOME III

LA QUÊTE DU PÈRE

Roman

Les Presses du Midi

Du même auteur aux éditons Les Presses du Midi :

- ***Sarah*** : *Le puits de la tourmente* (Tome I)
- ***Sarah*** : *Clair-obscur* (Tome II)

Illustration de couverture et calligraphie réalisées par Laurent Schiro

Impression PDM

121 avenue d'Orient - 83100 Toulon
Tel. : 04 94 16 90 20 - Fax : 04 94 16 90 29
Dépôt légal mars 2003
ISBN : 2-87867-435-9

« Que ton cœur soit résolu, et ton esprit plein d'assurance,
ne te dirige point à l'aide de ta langue,
la langue de l'homme est la rame du bateau,
mais le Seigneur de toute chose en est le pilote »

Livre de sagesse, Ptahotep.

À la mémoire très chère d'Antonin,
mon père ; un poète dans mon coeur…
sans oublier tous ceux qu'a fait rêver Homère.

« Aux funérailles de la reine mère Tiy, et de Mékétaton, la grande famille royale d'Égypte pourtant si soudée, se disloque. Néfertiti coupe les ponts avec son époux Akhénaton et se retranche dans ses appartements sur la rive occidentale du Nil. La régence est gravement mise à mal, d'autant plus que Pharaon n'a pas d'héritier mâle et qu'il sombre dans le marasme le plus total, ayant perdu déjà quatre de ses filles. Ses visions prophétiques autrefois vénérées comme paroles divines se transforment désormais en véritables cauchemars pour le peuple qui à son tour, souffre des ennuis de la cour. »

- I -

LE BANQUET D'HONNEUR

C'est l'instant du jour où l'esprit s'éveille pour les marins, trois galères phéniciennes glissaient à la surface paisible d'un miroir. La ligne de flottaison indiquait que les hommes avaient entamé les vivres aux trois quarts depuis le départ de Byblos. L'équipage de quart est au minimum, assurant la bonne marche du navire. À fond de cale, le gros des troupes s'entasse dans le sommeil, ainsi que les officiers bercés par la nonchalance d'un imperceptible roulis qui accompagne le ronronnement grinçant du teck. L'air des soutes refoule des parfums de savane, de fauves rugissant à l'unisson des ronrons inconscients et incontrôlés qui virevoltent d'un navire à l'autre en un dialogue de sourds. L'endroit si calme a tout d'un sarcophage où s'entasseraient une multitude de forçats et de soldats. Parmi cet amas de chair, il est un homme qui s'éveille, un Égyptien qui baille et s'étire jusqu'à repousser la fatigue. La nuit a été, une nouvelle fois, trop courte à son goût, il sent encore ses muscles engourdis par le froid et l'humidité de la nuit. Il jette un œil sur les loques qui s'étendent sur leurs paillasses et s'en exaspère. Les bouches exhalent des fumets dévastateurs. Des mois de mer ont fait d'eux des rachitiques, des pouilleux rongés par la vermine. Nombreux ont déjà sondé le fond, il serait temps désormais de mettre pied à terre, comme le pensent la plupart des officiers du bord, avant que le bruit d'une émeute ne coure. L'Égyptien se frotte les mains avant de commencer la journée, il s'invente une toilette à la tiédeur d'une eau douce puis machinalement retourne la main droite pour mirer la ligne de vie. À première vue, elle semble lui témoigner un sursis, cependant, serait -il plus chanceux que les autres ? Ce n'est pas dit, puisque dans cet enfer des galères, certains verraient la mort plutôt comme une délivrance. Cet homme qui s'est réveillé le premier, c'est Allal ; lui, comme beaucoup, est un de ces hommes profondément attachés à la terre, où sont restées leurs racines. Tous ces hommes sont comme ces troncs d'arbres déracinés d'un continent qui flottent à jamais vers un hypothétique rivage. Quelques-uns espèrent encore revoir leurs proches, s'agenouiller au premier de leur pas terrien, goûter à la divine providence du moment, à tous les fruits qu'elle voudrait bien leur donner d'un simple baiser sur le sable. Combien ont rêvé cette nuit d'y demeurer, stables, d'être à la liesse parmi leurs amis, leurs frères, héros ou déserteurs, loqueteux ou bien portants qu'importe, l'essentiel serait ce moment des retrouvailles ! Ces suppliques reviennent chaque nuit dans les esprits des marins, qu'ils soient volontaires, appelés ou bien forçats, ils voguent sous le même pavillon : la misère.

« Le premier levé est toujours le mieux servi… » c'est la règle à bord, un peu de pain avec un morceau de canne à sucre, un fruit et un verre de lait en guise de déjeuner. À l'image du bateau, les hommes roulent et vacillent aux moindres zéphyrs, à la moindre faiblesse de leurs corps meurtris. Les regrets font partie du décor, les courbes du navire vont de paire, ils évoluent ensemble et font corps avec la mer, on pourrait même les entendre gémir dans les entailles de la poutre qu'Allal s'obstine à entailler, on pourrait même les voir s'écouler dans le roulis comme dans les veines ou les cicatrices qui lacèrent le dos des insoumis ou des rebelles. Les nages s'alourdissent toujours plus à vouloir pousser l'eau et le fouet, lui, claque sans arrêt, plus acéré que jamais. Seul l'ennemi pourrait chasser ce purgatoire, alors dans l'espoir d'un soir, les esprits s'échaudent, les mots haineux débordent à la vue du cimeterre. C'est dire comme ils peuvent l'espérer, cet ennemi, que même ils envient leurs cris fatals, leurs coups mortels, leurs barbaries sachant que, quelle qu'en soit l'issue, chacun est plus digne lorsqu'il s'agit de mourir pour la liberté. Car cette liberté leur brûle la gorge au point d'en espérer le prix fort. Quitte à donner la primeur à l'hypothétique qui devance le désespoir des conquêtes malheureuses. À l'heure de reprendre le huileux des rames, l'Égyptien ne voit plus qu'une ombre à ses trousses, son champ de vision se restreint, il rame comme un automate réglé sur la rythmique incessante et binaire du tambourineur.

À chaque coup de rames, voilà donc l'Égyptien coopérant un peu plus avec l'ennemi, le Hittite. Sa peine est double lorsqu'il pense à son pays natal, l'Égypte, à sa femme restée à Byblos. Mais quel que soit l'ennemi, il ne peut qu'être plus charitable. Qui est-il, lui Ailal, en ce moment, un traître, un renégat à la solde de Soupilouliouma, un esclave, un mercenaire ou bien un forçat des mers ? Qu'importe le motif, il ne se préoccupait ni du sort de Pharaon ni du sien, tout ce qu'il voyait c'était ses chaînes rendant toute fuite impossible. Alors que pouvait-il espérer à part se réfugier dans les souvenirs, ses fables et la hargne journalière ?

- Qu'Akhénaton aille au diable, lui et ses réformes héliaques ! Pourquoi suis-je sous la bride d'une nation étrangère ? L'Égypte est devenue paillarde par Aton et me voilà livré aux mains des Hittites pour faire la guerre contre mon propre pays, ma terre et mes frères. Ces barbares ont réduit

Quoumram en cendre, envahi toute la Palestine d'Alalak jusqu'à Tjel alors, pourquoi veulent-ils en plus, l'Ionie ? Je partage mes jours entre mes souffrances et mes espoirs, qu'adviendra-t-il de moi ; à qui dois-je maintenant adresser mes prières, vers Amon vers Aton, les dieux phéniciens ou bien ceux de l'Attique ? La seule chose qui atténue un peu ma peine, c'est de voir le pavois hissé, seul repos dans lequel s'envolent tous mes rêves. Quel est ce dieu qui anime les quatre vents, d'où vient ce Notos* qui soulage mon âme ? La course du soleil m'est devenue incertaine au fil de l'eau, ma tête flotte, elle me joue des tours. Le peu de nourriture m'empêche à toute réflexion car le seul effort utilisable et permis, est la nage ou le râle. Pourtant lors du repos j'ai encore la force de penser à toi, Sarah, et je me demande comment presser le fruit de notre amour lorsque l'esprit se délabre. Le sel, la mer et le vent font la girouette, à rendre fou, même le pilote. Faut-il dépeindre les maux un par un, pour y ôter un peu de son âpre ?

*« Le costume fait l'homme, dit le proverbe, les armes font sa fierté... »***

Chose que rabâche ce Grec d'une île lointaine.

Mais lorsqu'on n'a plus de costume à porter et plus d'arme à brandir, plus d'espoir à outrer, que reste-t-il de l'homme, de sa fierté ? La fierté c'est comme le vent qui arrive à l'improviste, soulève vague tempête pour buter d'un coup net au faîte de sa gloire, l'esquif fatal. Cependant j'ai espoir de brandir le cimeterre, de trouver quelque gloire à écraser l'ennemi. Ma seule fierté serait d'y trouver ma délivrance. Pourtant cette nuit, je l'ai pressentie, je l'ai vue en toi ma

---

* *Vent de la mer Égée avec l'Euros, le Zéphyr et le Meltème (réf.* Odyssée, *chant V, 230).*

** *Proverbe de l'île Skyros.*

Sarah. Ô Sarah ! Nul ne saurait me mettre des chaînes lorsque je pense à toi. Que je rame à n'en plus finir et en un instant je retrouve l'émeraude de tes yeux, l'essence d'une main, la dune de tes sourcils, la nuit de ta chevelure, la fragrance de rose qui imprègne ton corps... ces limbes hyaloïdes qui me nappent ont tant obscurci mes yeux. Combien de nuits encore me privera-t-on de ma déesse... Ô Sarah ! aux courbes enchanteresses, ô suppliques qui s'étalent à l'infini ? Oui, comme le dit mon esprit qui s'aigrit de mauvais tours puisque maintenant Allal est comme un buisson en plein désert. Excuse-le, Sarah, s'il est parti comme un voleur, il aurait préféré croiser ton regard lors des adieux langoureux, mais cela ne lui était pas possible. Et puis l'aurait-il supporté ? Toi, Akim, Yi et Aïcha vous êtes mon unique famille et c'est vers vous que mes prières se tournent à l'infini. Je vous sens si éloignés de moi. qu'il se peut que vous me croyiez mort, dévoré par les charognards des mers ou englouti dans un fond sablonneux à mille lieues de toute terre. Mais tant que je vivrai, je n'aurai cesse de penser à vous... J'espère seulement que Yi fait un bon père pour toi Akim... qu'il prend bien soin de ses responsabilités.

Après quelques menues pensées, Allal reprit sa besogne et rejoignit son compagnon de galère sur le banc des nageurs. Les officiers prenaient moins d'assurance et épargnaient de plus en plus le fouet par manque d'énergie ou de compassion ; qui pouvait le dire ? Le bateau roulait d'un bord à l'autre au rythme du tambourineur, la navigation continuait...

Après trois bonnes heures de route un cri traversa le pont en un éclair.

- Terre, terre à tribord ! cria la vigie du haut de son perchoir à guano. Puis les officiers et hommes de quart, de se précipiter sur le côté tribord du navire s'exclamant de joie. Une clameur se mit à envahir les cales, les cachots, de la proue à la poupe les hommes malades reprenaient espoir avec ces cris de liesse. L'idée de toucher terre était vraiment la délivrance autant qu'une seconde naissance !

Les trois navires filaient en capitan sous le zéphyr, les poussant de biais vers un liseré gris émergeant des flots bleus de l'horizon. Ils étaient à l'ouvert de la grande île de Crète qui apparaissait, ourlée d'une couronne grise de calcaire qui semblait repousser la voûte céleste par une succession de pitons rocheux imprenables. La houle grossissait au fur et à mesure que les navires progressaient, menaçant les marins d'un bouillon qui prenaient très au sérieux l'approche des côtes. Ils laissèrent à tribord l'île de Dia, que le capitaine grec illustrait d'une tirade homérique à ses hommes de pont :

- Voyez l'île où Thésée abandonna *« la belle Ariane, fille du pernicieux Minos, autrefois enlevée de Crète par Thésée qui l'emmena vers la colline de la sainte Athènes ; mais il ne jouit point de son rapt ; dénoncée auparavant par Dionysos, elle périt frappée par Arthémis, dans l'île de Dia cernée des flots.* * »*

L'île n'aimait pas les étrangers, ni les marins inexpérimentés et le faisait sentir lors de l'approche de l'embouchure du fleuve Kaïratos où était perchée la tourelle carrée d'Iraklion. Le capitaine avait entendu parler de nombreux naufrages surtout du côté sud, ceux dont parlait l'Odyssée que prenait encore soin de rappeler le capitaine :

« Là où les Cydoniens habitent sur les rives du Jardanos. Il est aux confins de Gortyne, un rocher lisse, plongeant à pic dans les flots, parmi les brumes de la mer ; le Notos pousse les grandes houles contre ce promontoire occidental, vers Phaestos, et sur ce petit rocher se brisent les fortes lames. ** »*

---

* Odyssée, *chant XI, 321.*

** Odyssée, *chant III, 293.*

- Bordez la voile, barre à l'axe et mettez à l'eau les nages, nous allons contourner les récifs sur bâbord ! lança le capitaine d'une voix puissante.

Lorsque la manœuvre fut terminée et que les trois navires étaient à une distance respectable les uns des autres, le capitaine sortit une carte des fonds et ordonna au sondeur de balancer la sonde par l'étrave.
- Combien de brasses à la proue ? s'enquit-il.
- Douze brasses, capitaine.
Le bateau continua sur sa lancée, puis il annonça : « dix brasses », lorsque la vigie hurla d'un coup :
- Récif droit devant, à vingt mètres.
- Sacrebleu ! donnez-moi cette barre où je fais un malheur.

Le capitaine prit la commande du navire et somma les rameurs de tribord de stopper net leur nage. Le bateau pivota sur lui-même et put contourner, in extremis, le danger qui menaçait de percer la coque. Les autres suivaient, virèrent de bord, imitant le premier bateau, s'acquittant ainsi du danger qui passait à bonne distance du franc bord. Enfin, les trois navires purent appareiller sans encombre au port d'Iraklion. Le capitaine Nikios était un marin aguerri qui connaissait la plupart des ports accessibles aux Phéniciens. Il avait une bonne raison d'aller à Cnossos. Sous l'égide du tyran de Byblos, il venait y trouver le roi afin de solliciter son secours pour enrayer le fléau de la piraterie méditerranéenne qui faisait un tort considérable aux comptoirs phéniciens et à la prospérité maritime. Il partit avec une délégation d'une quinzaine d'hommes, remonta le courant paisible du Kairatos en pirogue pour aboutir une lieue en amont, juste au-dessous des hauteurs de Cnossos, la ville nouvellement fortifiée de l'illustre roi Idoménée.

Du haut des restanques qui nivellent en terrasse le flanc abrupt des Gypsades, montagne sur laquelle sont cultivés l'olive et le raisin, un vieillard vaquait à soigner son verger. Ce vieillard isolé sur les hauteurs vivait en compagnie de son unique fille, Drucille, dans une bastide ancienne qui aurait survécu au terrible courroux de Perséphone. Ce vieil homme dont on ne peut dire l'âge, a vu deux générations passer les remparts du palais de l'ancien monde. C'était alors l'âge d'or de la Crète, Minos, fils de Zeus et d'Europa, y vivait avec toute sa cour, ses fils, Glaucos, Androgénos, et ses filles, Ariane et Phaidra dans le palais labyrinthe que Dédale, architecte célèbre, construisit.

La fin de ce royaume prit fin au temps de la grande bataille d'Ilion, au cours de laquelle tombèrent de nombreux héros. Dès lors, seul l'horizon n'a pas changé, il est resté imperturbablement dans les mêmes tons : teintes bleu marine et son blanc qui colore le décor immémorial de la Grèce.

Pourtant Cnossos a changé, désormais, on ne voit plus les hautes murailles aux créneaux décorés de cornes d'or, ni même la grande tour qui s'élançait vers le ciel sur quatre étages par un grand escalier à piliers énormes où pénétrait un jeu d'ombre et de lumière fantastique qui transformait les murs en bestiaire où se dessinaient une pléthore de fresques. Du sommet, le panorama plongeait d'un côté sur le port d'Héraklion et ses environs montagneux aux cent villes dispersées, de Malia, Sitia… de l'autre côté le long du large fleuve Kairatos qui dévalait le mont Arkadia en portant quantité de navires chargés de vivres et de richesses provenant de Phaïstos.

Ce vieil homme à la barbe blanche, vivant paisible en haut d'un relief, muni d'un bâton en guise de sceptre ou mieux encore, de troisième jambe selon l'humeur, était un illustre soldat qui vivait une retraite tranquille, perché sur les flancs ensoleillés des Gypsades, une terre schisteuse formidable pour le vignoble du vieillard : le vieux Mérion, le dernier des sages de l'île, vouait la fin de sa vie à sa passion pour Dionysos et l'observation de la nature, en particulier celle de ces petits chardonnerets qui s'aventurent en équilibre faisant vibrer leurs ailes à l'aplomb d'une sagittée, la dépouillant de sa semence. Combien aimait-il encore sur ses terres, tailler sa vigne, soigner ses arbres fruitiers, ses oliviers couverts de fumagine qui dans le vallon donnent des touches verdâtres à l'été. Il est comme ce liseron qui s'accroche aux pentes les plus ardues, rien ne résiste à ses mains de héros. Mais la vieillesse a parfois raison de lui et il lui arrive, comme aujourd'hui, de se fendre le pouce avec la serpette ou de brailler après les épines d'une rose trémière. Le voilà sur le chemin rocailleux du retour à jurer après une brebis qu'il a prise pour Pan et lui en aurait voulu de s'attaquer à son vert pâturage.

- Drucille, ma fille où es-tu ?

Drucille, c'est son unique fille, qui, le voyant arriver à grand-peine, et ronchonnant, comprit sans tarder ses petites misères.

- Père, ce n'est pas raisonnable à ton âge, s'obstiner ainsi dans les restanques ! Ta vue te joue des tours et tes chevilles ne sont plus aussi lestes, aussi vigoureuses qu'autrefois. Le chemin est escarpé et dangereux surtout pour une vieille mule de ton espèce.

- Ce n'est pas à un vieux singe qu'on apprendra à faire la grimace, ma fille. Je sais bien que mes jambes ont besoin d'une troisième plus solide comme l'aurait dit Œdipe devant le sphinx, mais ne t'en fais pas, j'ai toujours avec moi mon bâton de vieillesse et mon esprit lui, reste alerte. Puis j'ai passé l'âge des réprimandes, va plutôt me chercher de quoi arrêter l'hémorragie, dit-il, suçant son pouce sanguinolent. rien de grave je t'assure, comparé à mes exploits !

- Ah, si je n'étais pas là pour prendre soin de tes vieux jours, on serait fichu de te retrouver les quatre fers en l'air dans un champ de coquelicots, sans même pouvoir bouger le petit doigt, réfléchissant par là même à ce qu'elle allait prendre pour le soigner : « Une compresse de lin et un antiseptique feront l'affaire ».

Elle s'éclipsa quelques minutes et revint avec les pansements. Ensuite elle nettoya la plaie et pansa son père avec délicatesse. Pour la remercier Mérion caressa l'ovale de son visage.

- Tu es une brave fille, ta mère serait fière de toi, malheureusement elle a rejoint la demeure d'Hadès sans que je ne puisse rien à la volonté des Moires. La maladie est un sort contre lequel il est parfois inutile de lutter, surtout lorsqu'elle est voulue d'Esculape, pourquoi est-elle partie la première, alors que moi j'ai dû braver mille fléaux en combattant parfois, contre ma propre volonté, des personnalités d'outre-tombe ?

- Papa, je ne voulais pas te vexer en te mettant en garde sur les symptômes de la vieillesse, c'est que je me préoccupe de ta santé, ainsi que Idoménée qui te fait dire qu'il y a des décisions à prendre et qu'il a besoin de tes précieux conseils.

- De quoi veux-tu parler, fillette ? L'illustre Idoménée sait bien que je ne m'occupe plus des affaires d'État. Alors pourquoi voudrait-il entendre un vieillard ? Si je n'aspire plus à la vie de mandataire c'est que j'ai mes raisons. Autrefois j'étais à ses côtés, fidèle dans l'épreuve, fidèle dans la liesse, mais que craint-il aujourd'hui, si ce n'est manquer une bonne récolte, ou subir une funeste piraterie ?

Puis il se souvint de l'arrivée de la flotte phénicienne et en déduisit que cela avait certainement rapport avec son inquiétude passagère.

- Prépare-moi mon cheval, fillette, je vais l'avertir qu'une flotte phénicienne vient d'appareiller à Héraklion, à moins qu'il ne soit déjà averti, de toute façon il a encore besoin du vieux Mérion comme tu dis.

- Une flotte phénicienne père? s'émotionna Drucille.

- Je comprends! Les abords de l'île sont infestés de pirates depuis la catastrophe qui a touché nos côtes, le peuple de la mer et les Mycénniens nous ont envahis depuis Troie. La plupart des Minoens ont fui le courroux de la déesse infernale et la côte sud comprend maintenant des Cadméens aux visages brûlés, ceux que jadis tu as si fièrement combattus auprès de l'Atride Ménélas.

- Que veux-tu fillette, il y aura toujours un vieil âne sur une estaque pour voir tout un empire se délabrer. Si Minos pouvait se vanter d'être autrefois le maître d'Okéanos, et d'Égée, aujourd'hui que dirait-il de la réduction de sa flotte? Il verrait à peine une vingtaine de vaisseaux creux noircir l'estaque du port d'Héraklion. Huit à Sitia et cinq dans la baie de Khania! Tous ont subi le courroux de Zeus et furent dispersés à travers les flots après la mise à sac de la cité de Priam, et peu d'hommes ont rejoint leur port d'attache comme le pauvre Odysséus à qui l'on doit tant d'histoire. Dès lors que Minos règne aux enfers comme juge, que pouvons-nous faire contre la volonté de Zeus? Puis cessons là de ruminer le passé, hâte-toi donc d'atteler mon vieil étalon que j'aille au palais.

À ces mots, elle s'exécuta, et après avoir insisté grandement pour le suivre, ils enfourchèrent leur cheval et partirent. Les deux chevaux longèrent la sente qui jalonnait le Kaïratos, qui pouvait devenir un véritable danger à l'instar du Scamandre lorsque jadis, gonflé des eaux de pluie, il sortit de son lit pour s'en prendre au vénérable Eacide*, qui avait massacré tant d'hommes à Ilion, les jetant dans son lit tumultueux

---

* *Achille.*

qu'il se révolta en les expulsant sur la terre ferme et poursuivit sans relâche dans la plaine, l'auteur invétéré de toutes ces abominations. S'il n'y avait eu le concours gracieux d'Héphaïstos, en brûlant la plaine, le magnanime fils de Théthis aurait certainement péri par son courroux, mais tel n'était pas son destin, car il devait périr glorieusement sous les murs de Troie.

Le chemin continuait de louvoyer tel le Scamandre aux mille nœuds, Mérion et sa fille le suivaient au rythme sonore des sabots. Ils arrivèrent à la route de traverse, qui partage l'île en deux de Phaïstos à Héraklion, ensuite ils passèrent les murs du caravansérail, orné de représentations de perdrix et d'autres styles d'oiseaux, avec son bassin en pierre où viennent les étrangers, un abreuvoir à bestiaux qui se trouve à deux cents mètres des ruines palatales. Ils empruntèrent le pont qui enjambe la petite ravine du Vlychias, puis continuèrent en direction du petit palais, situé à une distance de cent cinquante mètres vers le nord-ouest de l'ancien palais de Minos. Ils firent une courte pause devant l'ancienne entrée sud, et là, à l'ombre d'un cyprès, Mérion revivait pour un instant, l'ancien âge d'or de la Crète. Il raconta à sa fille, comment cette ville turbulente qu'est Cnossos, doit ses fondations à l'ancien empire minoen.

- Tu vois fillette, chaque pierre de cette cité tient ses fondations de l'ancien monde. Sous tes yeux tu peux revoir les vestiges de l'aqueduc qui descendait du mont « Youchta » distant d'une dizaine de kilomètres d'ici et dont la source arrose encore la colline du « Kefala » pour le grand bonheur encore des citoyens de Cnossos. Il a été restauré par nécessité et arrose toujours la ville. Si nombreux sont ses habitants qu'on ne saurait même les compter. La Crète est immense comme tu peux le voir, c'est l'île aux quatre-vingt-dix villes, où l'on parle toutes sortes de dialectes, l'achéen, le dorien aux trois tribus, la noble langue pélasge, le mycénien et le crétois.

Une vraie tour de Babel sans bien sûr l'inconvénient de ses étages vertigineux. Enfin la terre est arable et la mer assez poissonneuse pour permettre à ses habitants de vivre. Viens, dit-il à sa fille, maintenant mettons-nous en selle et continuons le chemin qui descend à Cnossos.

- Allons-nous couper par la ville, papa ?

- Non, nous arriverons beaucoup plus vite au palais d'Idoménée en contournant les remparts par le nord-ouest, il doit s'impatienter de me voir.

Lorsqu'ils arrivèrent aux portes du palais, un écuyer s'occupa des montures, un autre les escorta au grand manoir où le roi donnait ses réceptions en l'honneur d'invités importants. Ils passèrent devant un bassin de nénuphars où lutinaient quelques aigrettes puis arrivèrent devant le sanctuaire où se faisaient les libations sacrées avec le vase en serpentine à tête de taureau, et prirent ensuite la galerie de péristyle où passaient les processions religieuses. Le chambellan les accueillit avec grand sourire et les conduisit auprès de sa majesté le roi qui se fit une joie de les recevoir tous les deux.

Ils allèrent à la cour du roi où attendait un banquet en l'honneur d'une ambassade égyptienne. Mérion et sa fille suivirent le guide, traversèrent l'allée des jambarts où brillait le bronze ancien, ces armures comme jadis l'astre du matin resplendissait au-dessus des fameuses campagnes. Mérion reconnut une à une, les lances de frêne aux longs manches dont l'une célèbre pour avoir été le fléau de Nestor, ainsi que les heaumes à panaches, les belles cuirasses ciselées, ourlées d'étain et étamées d'or pour les plus illustres.

- Toutes furent dérobées aux multiples victimes troyennes tuées par l'auguste vainqueur fils de Deucalion, lui-même fils de Minos et rejeton de Zeus, Idoménée. Poseidon sous les traits de Calchas incitait donc les Grecs au combat, tantôt sous la forme d'un augure, tantôt dissimulé dans les flots car il ne voulait pas montrer ouvertement son penchant pour nous les Argiens, vers lesquels Zeus avait dirigé son terrible courroux. Pourtant, Poseïdon son frère de même race Kronoïde, l'affrontait dans cette mêlée d'hommes et de chevaux. En sortant de la Thrace, nous partîmes alors, Idoménée roi de Crète et moi son plus fidèle serviteur, marchant à l'encontre des Troyens sur l'aile gauche, tandis que les deux Ajax, l'un fils de Télamon, l'autre d'Oïlée, défendaient tous deux vigoureusement le centre avec l'habile archer Teucer, dans nos vaisseaux noirs à la proue recourbée, nous débarquions pour bondir droit sur les Troyens.

- Regarde fillette, comment a trépassé un brave, continua Mérion, en s'arrêtant dans l'allée principale et montrant une des puissantes armures de Troyen. Vois avec quelle violence notre roi Idoménée lança sa pique dans la cuirasse, perçant le bronze au milieu du ventre, terrassant le malheureux Othryoneus qui tomba tel le chêne dans la forêt, vois comme toute cette allée hippique est pleine de sa renommée.

Drucille observa avec stupeur et vit le trou par lequel la pique avait pénétré comme un coup de tonnerre, elle put y voir même quelques traces noirâtres de sang coagulé qui subsistaient encore et qui n'avaient pas été effacées malgré le soin méticuleux des ménagères du palais à faire reluire de tous leurs feux l'airain des anciens.

- Ce devait être terrible cette guerre, il y a eu tellement de soldats !

- Mille deux cent quatre-vingt-trois navires de guerre, qui venaient des deux Argos, de Thessalie, de Phrygie, de Béotie, de Phytie, de Lacédémonie, de Crète, du Dodécanèse et de bien d'autres îles encore comme Ithaque, celle du valeureux et chanceux Odysséus, qui n'avait pas son semblable en ruse et en sagesse, à part le fils de Nélée le sage Nestor qui avait vu passer trois générations auparavant, le plus ancien des Achéens et qui maintenant est chez Hadès auprès des héros à la barbe fleurie.

Il lui montra encore d'autres panoplies afin de vanter la gloire de son seigneur et le chambellan commençait à s'impatienter.

- Valeureux Mérion, qui s'est illustré à Troie, il y a tellement de vestiges funèbres entre les murs du palais qu'on pourrait lever toute une armée de fantassins et il faudrait des semaines, voire des années entières à compter les exploits de chacun, néanmoins, permettez-moi quand même d'insister sur le but de votre visite, je ne voudrais pas non plus gâcher le plaisir de votre fille aux boucles d'or, alors je préfère vous laisser là encore quelques instants, tandis que j'irai au-devant de mon roi vous annoncer.

Le chambellan les quitta et Mérion continua tout en avançant, son histoire sur la grande bataille de Troie, qui passionnait tant la jeunesse qu'elle en fit le principal thème de poèmes, de chants hippiques, et d'opéras célèbres vantant la gloire des anciens héros sur les places des grandes villes. Mérion continua donc son exposé comme le ferait un guide et montra fièrement à sa fille les objets singuliers qui officiaient à l'instar de reliques guerrières.

« Au côté d'Orthryoneus, l'armure d'Asios qui voulait le défendre et qui périt par la pique d'Idioménée, trouant sa gorge enflée juste sous le menton. Il tomba raide mort aux pieds des chevaux de son écuyer paralysé par la peur, alors le fils du magnanime Nestor, chef d'attaque et complice d'Idoménée, le vaillant Antilochos poussa sa lance et transperça le ventre de l'écuyer, ainsi il triompha et cela n'allait pas réjouir Deïphobos, le fils de Priam. Celui-là même dont le bouclier blanc en peau de taureau fut atteint une fois par ma pointe mais qui malheureusement s'est brisée et interrompit le combat, il échappa par deux fois à mes attaques, cependant la deuxième plus meurtrière, lui entailla profondément l'avant-bras, il prit la fuite comme il le fit devant le divin

Achille aux pieds légers. En face d'Asios l'armure d'Alcathoos dont la lance resta plantée dans son cœur si vaillant que la dernière palpitation fit trembler le bout de la pique. Ici, l'armure d'Oenomaos percée au niveau de l'estomac, par la lance du divin roi Idoménée, et celle-ci d'Adamas que j'abattais entre le nombril et les parties, là où la douleur devient un vrai supplice et enfin celle d'Harpalion que j'ai terrassé d'une flèche à pointe de bronze, plantée dans la fesse droite et qui lui traversa la vessie, sous l'os, et ressortit par la hanche. »*

- Viens père, les héros hippiques m'intéressent, cependant, il serait temps d'aller auprès du roi, s'impatienta Drucille.
- Excuse-moi avec ces légendes qui ont tendance à tomber en désuétude, mais chaque fois que j'y erre, elles prennent le dessus sur ma pauvre raison. Bientôt je finirai parmi le bronze et le baume dans un mausolée, au sain d'un vieux reliquaire qui garnira la boutique du palais au rayon nécrologique. Ma place est réservée depuis longtemps…

Dans le salon un banquet était en préparation, un trépied au centre portait une amphore dont une servante ôta l'opercule scellé afin de verser le contenu dans un grand cratère à vin. Des fresques de taurokathapsia encadraient les murs ainsi que des scènes de danseuses passant au-dessus des cornes du taureau. Au centre une peinture de dauphins rieurs sautant comme des enfants autour de Poseïdon chevauchant l'hippocampe. Le roi Idoménée trônait, ceint de sa couronne d'or, et entouré de ses nombreuses filles qui étaient aux mille soins. Il était fort âgé et avait le souci de la relève. De ses deux fils, le cadet était prompt mais manquait d'esprit, le second beaucoup plus jeune semblait moins intéressé que son frère à la

---

* *Iliade, chant XIII.*

succession et tendait souvent l'oreille à son magnanime géniteur pour en boire les paroles comme si elles fussent de l'hydromel. Le roi aperçut soudain son vieux serviteur accompagné de sa fille Drucille venant vers lui, il se leva, heureux de les accueillir, donna la franche accolade à Mérion, et embrassa Drucille comme sa propre fille. Ensuite, satisfait, le roi s'installa sur son trône en cèdre, incrusté d'ivoire de serpentine et de lapis-lazuli et ordonna la collation pour ses convives. Vint la délégation égyptienne chargée de somptueux cadeaux, des camées d'ivoire, de l'ébène, du lin royal, des perles fines de Carthage, de l'eau de rose d'Alep et un magnifique vase en albâtre à une anse sur lequel était représentée une scène de chasse. La procession du Nil déposa les biens aux pieds du roi et un page s'avança, se présentant au roi avec abnégation.

- Je te salue Idoménée, vénéré puissant roi de Crète, petit-fils de Minos et du taureau conquérant. Le grand souverain d'Égypte, Akhénaton fils d'Horus, le chéri d'Aton te fait part d'une requête et te présente ses salutations divines, à toi ainsi qu'à ta très noble famille. Il t'honore de ses présents et demande ta bienveillance sur notre délégation qui te porte ce message de très haute importance.

Il tendit un scarabée en poterie contenant le papyrus royal. Le chambellan le prit et brisa le sceau royal et lui tendit de la main le papyrus en inclinant respectueusement la tête pour marquer son respect, sa soumission.

Idoménée déficela le papyrus et, déposant le cachet de cire, il prit connaissance du contenu de la lettre.

An XII, premier jour du troisième mois d'Akhet*, Son Altesse Royale, Rê-Horakhty, fils d'Horus... souverain pontife,

---

* *Inondations et semailles : Athyr, fin de la fête d'Opê.*

seigneur du trône des deux terres, aimé de Rê, favori de l'Aton annonce au puissant taureau, roi de Crète, Idoménée :

"J'ai le profond regret d'annoncer le décès de ma divine Reine mère, la reine Tiy, dont les funérailles royales auront lieu à la nouvelle capitale, Akhêtaton au lieu-dit révélé par le nouveau dieu unique de lumière, ceint dans le disque d'Aton, manifesté en l'an V de mon règne, à Tell-El-Amarna. La reine mère sera ensevelie, après ma douzième année de règne, dans la falaise sacrée, avec tous les honneurs dignes d'une mère des nations. Moi Akhénaton, inconsolable par ce malheur, te convie aux funérailles royales qui se dérouleront dans soixante-dix jours en la nouvelle capitale, et te demande de bien vouloir accepter mes présents en échange de bons termes entre nos deux royaumes, comme le faisaient nos pères avant nous. Il serait bienvenu que cette visite de reconnaissance soit accompagnée d'ouvriers peintres, décorateurs de renom, que je sollicite personnellement, afin de participer au décor funèbre de la salle du sarcophage, vos artistes étaient fort estimés de ma chère et tendre mère… La reine Tiy aurait beaucoup apprécié ce geste de gratitude, et moi Pharaon fils de l'Aton lumineux, je saurais honorer sa mémoire en récompensant généreusement ceux qui auront contribué à ses dernières volontés…"

Idoménée en prit note, et donna la lettre à son chambellan qui avait le devoir de classer tout le courrier royal. Il consulta Mérion au sujet de la requête du Pharaon avant de donner une réponse au page.

- Mérion le plus fidèle et le plus brave de mes serviteurs, toi qui m'as accompagné sur les champs de bataille, toujours à mes côtés quand j'en avais besoin, qu'en penses-tu, dois-je aller aux funérailles ?

- Illustre Idoménée, Pharaon est très généreux et les terres de Méroé et celles qui bordent le Nil donnent beaucoup de blé. L'année précédente n'a pas été propice à la moisson et les pirates empêchent les navires de filer sur la mer vineuse et de ravitailler nos ports crétois. J'ai vu trois proues phéniciennes arriver au port d'Héraklion, des galères creuses comme les nôtres, avec des boucliers scintillants sur les francs-bords. Tu devrais les recevoir bientôt. Je pense qu'il serait sage, avant de prendre une décision, de les consulter afin de connaître les motifs de leur visite, peut-être te seront-ils utiles dans cette affaire et te proposeront-ils leur soutien.

- Je te reconnais bien là, sage Mérion, ces longues années de lutte et de réclusion sur les hauteurs des Gypsades t'ont aguerri et apporté la sagesse du vieux Nestor, et tout bon roi se doit d'écouter un sage avant de parler ou de référer. Tout comme le magnanime fils de Pelée, Achille égal aux dieux en bravoure et en force, eut pris conseil auprès de Patrocles son ami qui savait reconnaître les oracles dont le cénotaphe des deux vénérés Achéens repose sur le promontoire rocheux de l'Hellespont. Puissent leurs os entremêlés, reposer à jamais dans l'urne d'or de Thétys. Je suivrai donc ton conseil et attendrai la prochaine délégation phénicienne.

- Page, ma décision viendra en temps voulu et demain, après avoir consulté l'archiprêtre pour une future traversée, je me prononcerai, n'aie crainte.

Le page averti, se retira sagement et le banquet se poursuivit avec tout l'éclat des présents qui venaient du fleuve sacré. Les Égyptiens prirent part aux festivités et les femmes à la taille fine, amenèrent les plats de résistance : des sangliers, des dindes et le ragoût de mouton aux herbes, le tout accompagné du cru des Gypsades.

- Goûtons au bon vin de Mérion, par-delà la mer vineuse, je promets qu'il trouvera renom à la cour du roi soleil, dit le souverain pour flatter son serviteur. Et levons nos verres à la future relève, qu'elle soit digne des anciens noms, tels que Minos pour la justice, Deucalion pour son naufrage et Achille et ses compagnons pour la prise de Troie.

Tous se levèrent en l'honneur du roi et de ses deux fils émus par l'éloquence du père. Il se faisait vieux et ses cheveux blanchis ne lui enlevaient pas sa verve qui brûlait encore au tréfonds de son âme. Alors le roi et Mérion, ensemble s'accoudèrent pour se rappeler le bon vieux temps de l'armada inexpugnable de Minos, le temps où il avait la suprématie des mers, tenant chaque royaume sur dix pour cent des richesses, c'était le temps du pacifisme et du Minotaure jusqu'à l'arrivée du funeste déluge qui décima les pays et toute leur flotte. Ils parlèrent du naufrage de Deucalion sur le mont Parnasse après quarante jours de montée des eaux, il toucha terre emportant avec lui les animaux ainsi que les tables de la loi. La multitude de sa descendance d'avec Pyrrha, leur fils Hellen son épouse Orséis d'où les races Hellène : la dorienne, l'ionienne et l'éolienne. Enfin ils s'entretinrent au sujet d'Ilion et la glorieuse bataille qui eut lieu à cause de la belle Hélène, qui se vantait d'être l'égale en beauté d'Aphrodite. Au banquet, l'un et l'autre étaient comme deux frères au campement des Achéens aux beaux jambarts, l'un Idoménée, chef de corps d'armée, l'autre Mérion son plus fidèle soupirant qui l'écoutait comme autrefois, il le fit durant les illustres campagnes, à tel point qu'on les vit rajeunir.

- Ah ! mon brave Mérion, désormais nous sommes trop vieux pour tenir le bronze et partir à l'aventure fouler les territoires hostiles et richissimes, il nous reste à vivre sur notre or et nos exploits d'antan. Toi tu finis tes jours à fricasser et tailler la vigne, moi dans mes souvenirs glorieux qui sont exposés dans l'allée des cuirasses, pour redorer la galerie du palais et le blason d'un roi, mais combien j'aurais aimé y pendre celle du divin Hector le fils de Priam que ma lance atteignit à la cuirasse, près du sein sans pouvoir lui trouer la peau. Ah ! Quel fait illustre dont Achille m'a privé, cela eût été le plus beau de mes trophées si les dieux l'avaient souhaité. Saluons tout de même la mémoire de Coïranos pour son geste héroïque.

Mérion répliqua aussitôt, ému de la perte d'un compagnon.

- J'ajouterai : saluons son geste héroïque, si mon écuyer ne nous avait pas sortis de ce guêpier troyen en amenant le char, nous aurions fait la gloire du grand Hector en rendant gorge. Le malheureux en faisant son devoir y perdit la vie, frappé par la lance inflexible du fils de Priam qui l'atteignit *« au-dessous de la mâchoire et de l'oreille ; ses dents furent arrachées par le bout de la lance, qui lui coupa la langue par le milieu.* * *»* Quelle tragédie !

Quand une des filles du roi vint près de son père, lui servit une coupe de vin et s'asseyant, lui donna un baiser affectueux. C'était l'aînée de cinq filles, Mérile, que le roi avait eu de Poliphène qui était prêtresse du grand Lambris, dieu de la double hache, sa fille prit la relève et se réservait exclusivement à cette dévotion qui demandait une virginité irréprochable à l'instar des prêtresses d'Arthémis, tandis que sa sœur cadette initiée aussi était en âge de se marier, alors Mérile posa la question à son paternel à la place de sa sœur trop timorée pour oser en parler à son roi et géniteur.

- Dis-moi père, combien de temps encore laisseras-tu espérer à Irella un beau prince. Bien que je sois princesse et prêtresse de l'omphale, ma mission ne m'empêche pas de remarquer les nombreux prétendants qui se pressent au palais pour séduire Irella, ma cadette.

---

* *Iliade, chant XVII, 617.*

- C'est fait mon enfant, j'ai prévu pour elle le meilleur : les princes Crétois de Phaïstos de Malia de Sitia d'Ambeluzos de Sélinos de Sphakia et de Lerapetra, et celui qui s'illustrera par son adresse aux jeux des Tavrokathapsia la recevra en mariage, ainsi il en sera de même des cadettes, car la race de Minos exige le meilleur des partis, j'ai prévu les joutes lors des fêtes Dyonisiaques pour le printemps. Tu feras les offices et je sacrifierai mes trois meilleurs bœufs aux divinités célestes, terrestres et infernales.

Puis elle se pencha et lui confia à l'oreille ses craintes personnelles.

- Tes cavernes renferment de nombreux trésors, père, il serait bon que tu maries rapidement ta fille afin que les princes des puissantes villes s'unissent à ta postérité. Les pillards sont partout et le Notos* nous amène des boucaniers de toute part, que comptes-tu faire ?

- Ne t'en fais pas pour moi Mérile, ton père est encore assez prompt comme le divin Odysséus pour garder et même étendre son royaume par-delà les rivages en le mêlant à des puissances étrangères, grâce à mes filles. C'est ainsi que se pérennise la paix entre la Crète, l'Égypte et les provinces des deux Argos. Mais je retiens tes craintes qui animent aussi les miennes, j'attends d'ici peu une délégation phénicienne, et je prendrai mes résolutions, va maintenant t'amuser un peu et profite du banquet avec tes disciples, je promets de faire tenir à l'écart, les importuns.

Un héraut arriva devant le roi lui annonçant l'arrivée de la seconde délégation, aussitôt après vint Nikios accompagné des Phéniciens portant les offrandes d'usage. Le capitaine de la flotte se présenta auprès d'Idoménée le roi.

---

* *Notos : voir page 14.*

Le roi prit la parole le premier comme l'exigeait le protocole.

- Bienvenue au palais étranger, qu'est-ce qui vous amène en Crète ?

- Votre majesté, puissant taureau du dieu marin, descendant du divin Minos, je me présente comme le délégué de son altesse le Tyran de Byblos : je suis le capitaine Nikios, phocéen de souche. Et nous vous demandons l'hospitalité pendant quelques jours, le temps que mes hommes et moi reprenions des forces, car nous avons eu à subir de nombreuses attaques des boucaniers et nos navires ont subi des dommages qu'il nous faut réparer. Cependant, le motif de ma visite est tout autant nécessaire que diplomatique, mon souverain vous fait part de ses craintes au sujet de la montée en puissance du réseau de piraterie en mer Egée. Les denrées n'arrivent plus et quand elles parviennent aux ports, les navires reviennent le plus souvent les cales à moitié vides et à notre tour, sommes contraints de saccager les côtes africaines pour espérer ne pas rentrer à vide, et recevoir les rodomontades de nos armateurs. C'est un cercle vicieux qui ne pourra se terminer sans un commun accord. L'Égypte est tout près de vos côtes et vous entretenez de bonnes relations avec Pharaon, me semble-t-il ? Mon roi préconise qu'il serait souhaitable que les comptoirs phéniciens jouissent d'une paix durable afin que le commerce prospère dans nos trois pays. Notre mission est de dissuader les pirates de continuer leurs forfaitures, mais seul, cela reste impossible car notre flotte est légère en comparaison à l'immensité des eaux, et si vous nous aidiez dans cette entreprise, vous n'auriez pas à le regretter, car l'union commerciale de nos trois pays, la Crète, la Phénicie et l'Égypte pourrait apporter plus de richesses dans vos palais.

- Capitaine, ta bouche parle comme l'un des sept piliers de la sagesse et moi aussi j'ai à craindre l'insécurité de mes côtes qui sont soumises aux boucaniers étrangers venant d'au-delà des deux colonnes d'Héraclès. Un trafic pernicieux circule en Méditerranée qu'il est difficile d'y remédier. Seule l'union fait la force, comme ton roi me le fait entendre, mais quelles seront les garanties, ma flotte est aussi importante que celle de Byblos de Sidon et de Tyr réunis ?

- Les souverains phéniciens sont prêts à verser un tribut à celui qui assurera la sécurité de leur flotte, et le roi de Byblos me prie de vous dire qu'il est disposé à verser le cinquième de ses importations à la condition aussi qu'un certain cheptel de taureaux de race lui soit réservé dans la vente de tes bêtes.

- Soit, j'en conviens que mes étalons font la réputation de notre île, mais j'exige le dixième des denrées pour vous assurer une paix parfaite comme elle a pu exister jadis sous Minos ; cela me paraît équitable en comparaison de tout ce que les pirates peuvent vous ravir. Je vous laisse le temps d'y réfléchir, entre-temps profitez de mon hospitalité, et des délices crétois : de la bonne chère à nos femmes à la taille fine dont la grâce est incomparable vous n'avez que l'embarras du choix. On vous conduira au caravansérail où vous pourrez vous refaire une santé vous et vos hommes.

- II -

NUIT AU CARAVANSÉRAIL

Pour les Marins qui étaient habitués à une vie austère, la première nuit au caravansérail fut idyllique. Le fief était situé à l'écart de la ville bruyante, ville aux mille et une jarres massives. C'était un petit joyau de verdure au décor pastoral parsemé de massifs, où fleurs, feuillus et résineux, formaient un savant mélange de parfum d'où ressortait l'odeur du volubilis celui qui en particulier jonchait les tonnelles composées de lierres et vignes arborescentes. Là, les pâturages par-delà la route de Phaïtos où se côtoyaient figuiers, et autre vergers ; là l'olivier, plus loin sur la frange littorale : le pin d'Alep, le pin maritime, dans une garrigue de chênes kermès et des maquis de bruyères arborescentes et d'arbousiers, plus haut l'étage où le jujubier côtoie le chêne pubescent, le pin sylvestre dans une sarabande de chênes verts emmêlés de broussailles, d'épineux, de cardères, de ronces envahissant les hauteurs des restanques et même beaucoup plus haut le rare cèdre et le châtaignier qui ne sont déjà plus que le reliquat d'un temps plus ancien et cet ensemble, qui donne au paysage cet aspect si méditerranéen. Mais près du sérail l'on pouvait profiter des bassins aux nénuphars géants qui invitaient les oiseaux à quelques parades nuptiales, y venaient aussi les pigeons voisins, de leurs tours parsemées un peu partout sur le vallon et dans l'île entière. La bâtisse était réservée aux nobles étrangers ou aux riches négociants qui passaient la nuit à Cnossos, où les attendaient les délices du pays, les femmes à la taille fine, aux cheveux de geai faisaient parler d'elle dans tous les ports de la grande bleue et retombaient en cascades d'airain par-dessus des épaules finement ciselées. Leurs fronts étaient ceints de diadèmes cuivrés maintenant leurs coiffures de perles fines qui se perdaient en spirales comme autant d'étoile prise dans le noir de leur toison. Toutes ces péripatéticiennes avaient pour seule religion : le rire, la nouveauté, et la danse. Beaucoup de femmes de Cnossos faisaient un détour par la maison d'hôte pour y recevoir le fruit d'une liaison avec au palet la joie exquise d'un velouté vineux en échange de menus rêves d'étrangers. Allal le conteur et Darouk le médecin se retrouvaient parmi les hommes tirés au sort, pour passer une nuit au "Harem" des voyageurs et bénéficier par là même d'orgie dyonisiaque. Parmi cette profusion de stupre, Darouk fut le plus chanceux ; sa notoriété de médecin avait déjà fait parler de lui à Byblos et durant la pénible traversée qui avait nécessité plusieurs fois ses entreprises savantes, il avait fait preuve de tout son talent. Cela le tenait d'ailleurs à l'écart du mauvais sort qui pour la plupart s'acharnait sur les mêmes souffre-douleur. La délégation phénicienne côtoyait donc celle d'Égypte et ensemble, elles se livraient en une série de joutes nocturnes afin d'outrer les talents des divers équipages, c'était à qui auraient les premiers les faveurs des demoiselles, à qui aurait meilleure réputation. Déjà au crépuscule, battaient le tambourin et la lyre qui s'accompagnaient de jeux d'adresse comme le senek égyptien, l'oie crétoise et les concours d'adresse avec le lancer de fer à cheval, le tir à l'arc et le javelot. Sorte de petit prélude aux fêtes plus officielles. Chaque délégation avait son chef qui portait les couleurs de sa région, l'Égypte aux trois couleurs, bleu, jaune et vert du delta, et la Phénicie sous l'emblème de l'oiseau royal. À l'extérieur, le jardin dissimulait des couples neufs et dans les avenues de buis et de cyprès on voyait des parades amoureuses qui conféraient au site la magie d'un labyrinthe dédié à Éros; lieu idéal où les jeunes idylles s'extasiaient au clair de lune. C'est là que les corps rompus des héros se vautraient et là aussi que se jouaient maintes discussions sur le négoce et l'avenir. Une femme, entre autre, y résidait clandestinement. Elle avait le don exceptionnel de clairvoyance et rendait service aux voyageurs qui ne pouvaient se payer le luxe de Delphe, de l'Ethiopie de Cume ou bien de Béotie, tous curieux de connaître leur destinée prochaine. Allal en faisait partie et grâce à on ne sait quel bon génie, il avait remporté les épreuves une à une et avait eu le droit de consulter la femme qui prophétise par le nom d'une divinité qu'elle seule connaît et est à même de comprendre. Il se trouvait donc en face de la femme ténébreuse dont les yeux oblongs reflétaient comme des lueurs dérobées aux bougies. Elle était reconnue des voyageurs mais se faisait discrète puisqu'elle n'avait pas l'autorisation d'exercer sur les sites de la couronne cependant les bakchichs fonctionnaient à merveille, et comme les affaires ne tarissaient point, ainsi les femmes de petites vertus profitaient toujours de l'inadvertance, un peu forcée du gardien du caravansérail, étant lui-même grand amateur de dionysies de toutes sortes si bien que le caravansérail fut appelé des initiés la chambre de Dyonisos. D'un ancien lieu de repos pour riches passants, il s'était vu transformer en maison païenne aux orgies multiples, cependant la bâtisse était réputée pour les bonnes affaires et ainsi tolérée de la population et du palais royal. Pour l'heure, Allal était assis devant la pythonisse et celle-ci lui jeta les osselets divinatoires.

- Je vois une ville… oui, une forteresse prise d'assaut par une armée nombreuse… Je vois des flammes, aussi… une grande tour carrée. Je vois… une femme sur un bûcher et un homme la délivrer.

Allal était stupéfait d'entendre la pythonisse lui raconter son histoire et voulut en savoir plus.

- C'est vrai, autrefois j'habitais dans une ville, Quoumram, qui a été mise à sac par les Hittites, j'ai pu sauver in extremis mon épouse des flammes, maintenant elle vit à Bybios. Que devient-elle ?

La femme hésita un moment avant de parler car elle voyait des choses sombres autour mais Allal insista.

- Parle je te paierai un bon prix si tu me révèles l'avenir, le passé m'importe peu.

- Le passé importe peu dis-tu, puisqu'il est révolu, mais dis-toi bien que c'est grâce au passé que l'on dénoue les innombrables nœuds du présent. Bon, si tu me donnes une drachme d'argent en plus je continuerai sinon… je fais passer un autre client plus généreux.

- Parle sans retenue vieille harpie, je paierai ce qu'il faut, dit Allal le cœur palpitant. Il sortit la pièce de sa poche et la fit scintiller à la lueur du clair de lune.

- Bon, tu l'auras voulu, même si ce ne sont pas de bons présages.

La femme tripota les os et jeta du sel par-dessus son épaule pour éloigner le mauvais sort et jeta elle-même les osselets après les avoir frottés dans ses mains squelettiques en entendant le cri aigu d'une hulotte, elle confirma ce que traduisait la nuit :

- Ta femme est en grand danger, je vois une ombre malfaisante, un mal rôder autour de ta maison et de ta famille. Il n'a pas de visage… un mage qui vit… dans l'obscur… dans une somptueuse maison, un grand édifice aux armes d'un tyran !

- Un palais ? demanda Allal en sueur. Qui est-ce, comment le définir ?

Allal crut comprendre qu'elle parlait du palais de Byblos et voulut en savoir plus sur celui qui menaçait sa famille.

- Je ne puis t'en dire plus, la seule chose que je vois, est qu'il est égyptien et qu'il a beaucoup souffert dans cette ville, peut-être celle que tu appelles Quoumram. Je vois cette ville sous des montagnes de sable, survolée par les corbeaux et les vautours, du sable oui, c'est bien ce que j'ai vu là sur cette table. À toi de l'interpréter comme tu le sens, maintenant que je t'ai averti, je veux mon dû.

- Prends vieille harpie, tu ne vis donc que de mauvais augures ?

- Non voyageur, seulement de vérités entr'aperçues.

Allal la quitta, tout retourné par les révélations de la pythonisse. Il voulait se réfugier dans sa chambre ruminer un espoir quelconque de quitter cette île, partir au secours de son épouse. Malheureusement pour lui ce fut encore beaucoup trop tôt, pour ne pas dire impossible, car une mer les séparait et des pirates sillonnaient les eaux profondes coupant toute retraite au désœuvré qu'il était. Alors il voulut échapper à ces maudites trompettes qui sonnaient le glas de ses espérances, la musique d'une mauvaise fortune. Il préféra oublier cette vieille harpie et goûter au délice d'une autre voix bien plus agréable cette fois, une voix qui passait à l'improviste, celle d'une jeune femme à la vertu légère qui se perdait toujours plus dans les couloirs du sérail et qui espérait s'acoquiner d'un mâle. Finalement Allal se laissa tenter. Dans sa course, elle l'attira vers un lieu où bruissait une source. Lui se laissa vite subjugué, submergé par trois années de vie austère lesquelles d'un simple battement de sourcils s'étaient grossièrement émaillées à l'appel du désir. Dans cette poursuite à l'adultère, son pagne flottait comme une bannière sur ses jambes agitées, moulant et cachant juste le nécessaire de sa masculinité. Une fois devant l'étuve où flottait un filet de brume, il se sentit complètement désarmée, tout à fait incapable de revenir sur ses pas, plus aucune volonté de fuir ou de prendre une quelconque initiative, l'impudeur était là et lui dans ses rets. Elle avait soudain disparu derrière une colonne, puis réapparu encore plus belle, tel une Naïade, elle se retourna, soupirant quelques astuces dans l'eau, enfonçant ses ongles dans le nielle de sa longue toison. Diane l'observait avec outrecuidance dans ses recherches infructueuses, lui se sentait bien pauvre. Il fit un premier pas, silencieux, puis un second plus téméraire ne comprenant guère ce petit jeu idiot du chat et de la souris. Alors il se souvint de ses attributs et endossa l'habit qui jamais n'aurait dû le quitter, celui du chasseur, et se mit à suivre ses pétales humides qui nappaient le carrelage, l'empreinte de ses pieds. Comme un prédateur y collant sa truffe en désordre suivant un chemin labyrinthique, il était Thésée qui filait ce fil d'Ariane, il était Persée qu'espère Andromède, il était tout, en cet instant, sauf Allal qui espérait Sarah ! Il souffrait malgré tout en silence son visage familier, elle semblait même toute proche sa Sarah, elle l'attendait les bras ouverts, elle était là ! De même qu'elle l'invitait immédiatement à s'immerger dans une eau laiteuse. « Sarah… », murmura-t-il, elle ne s'en offusqua pas et fit mine de ne rien comprendre. Furtive, imprévisible, elle aspirait à la fuite, battre en retraite comme une couleuvre surprise, afin de mieux s'en saisir. Enfin, elle se soumit, cessant son petit jeu de séduction, commençant par imbiber une éponge de lait, et de musc qu'elle puisa directement dans une écuelle et massa délicatement le dos meurtri du marin. Elle prit un soin infini à sa toilette, lui se laissa faire. Nulle raison de fuir. On aurait cru le retour du cheval aux mains du palefrenier, qu'enfin on le bouchonnait. Les gestes devenaient de plus en plus lents et stimulaient ardemment ses désirs quand elle s'attardait aux endroits sensibles. Puis soudain, elle plongea la tête au milieu du bassin, se laissa tomber comme une pierre au fond de l'eau, Allal en fit autant, pendant un instant, une onde se répandit jusqu'au bord où pendaient crocus et lotus, ils semblaient que rien n'eût pu les déranger. Dans cet élan ne pouvant plus respirer, les deux mammifères marins s'entrelacèrent durant leur courte nage aquatique, après quelques secondes d'apnée, le poumon suffocant, tous deux percèrent le miroir de la surface pour reprendre une bouffée d'air. La femme à la peau d'albâtre, glissa sur le corps viril de l'homme en frottant ses tétons durcis par le désir. Elle attrapa la crinière du mal, et donna le mors à sa monture. Elle offrit d'abord ses lippes pulpeuses, charnues, puis ondula de tout son corps, comme une vague elle prit l'allure d'un mascaret ou d'un ophidien en imitant ses mouvements ondulatoires, ses yeux éclairés d'un plaisir presque mystique elle en appelait de tout son corps à l'orgasme. De ses phalanges perlaient les gouttes aromatiques d'hyacinthe. Après la toilette intime, ils sortirent de l'eau, ruisselants de mille torrents, tout nimbés d'une vapeur tiède, comme vierges de toute souillure lorsqu'Aphrodite ressort de son bain. Et malgré cette envie brûlante elle repoussait toujours plus loin ses ardeurs. La nymphe reprit ses affaires, les roula sobrement à terre, les posant avec soin, puis s'éclipsa soudain. Allal surprit, la suivit aussi bien qu'un félin sur une piste toute fraîche, l'œil affamé, la moustache en alerte, épiant le moindre de ses gestes, rasant le mur à l'affût, s'arrêtant sur une pulsion afin qu'en débute une autre. Il la pista jusqu'au plus loin et sentait déjà le grain de la peau adoucir ses paumes, l'huile perler, son teint resplendir à la lueur du désir. Avant qu'il n'ait eu le temps de la rejoindre, une porte s'entrouvrit, il entra, et vit un lit défait où s'étendait un nu. La femme fit un mouvement de la tête et sa toison noire de geai bascula en arrière dévoilant par là même son buste. Et combien Lysippe, Praxitèle l'eût alors sculptée qu'il n'aurait pas mieux fait que la nature qu'il l'aurait même prise elle aussi pour Aphrodite. En cet instant l'homme s'oublia pour des mains expertes. N'être qu'un objet, un Astrée aux mains des Nymphes devant le zonzon de la ruche, savourant déjà le doux nectar collé à la moiteur suave qui perlait de son cou comme du bon miel. Il but jusqu'à la lie, jusqu'à être ivre même, à ressentir la même sensation que procure le vaste océan lorsqu'il se déchaîne, que les rennes du destrier deviennent incontrôlables et qu'enfin l'écume sourde d'un abîme. Le bouillon déferle alors et roule la marée du plaisir avec ses mêmes alluvions, ces mêmes naufragés. Allal n'était plus qu'un amant, un homme oublié des siens et de surcroît aux pouvoirs de l'Amour. Subtile et douce fut la nuit, avant de s'échouer pleinement aux portes moelleuses de l'extase, emmitouflé sous les draps, pris dans sa passion, fruit d'un adultère… était-il donc à blâmer?

*

Le lendemain l'aurore glissa ses doigts colorés sur le dôme du Préilias qui rougissait comme pris d'une soudaine timidité devant l'astre qui se levait. Et à cette heure le coq de bruyère lança son éternel appel strident qui faisait écho sur les falaises. Aussitôt on entendit des sons aigus d'une trompette, et l'on vit un magistral rassemblement de la garde royale autour d'un autel. Des restanques des Gypsades, un choucas battait des ailes et faisait des ronds dans le ciel. La ville s'éveillait et le palais prenait, petit à petit, de nouveau vie. Le roi sortit de son lit à baldaquin, alla directement consulter son médecin qui devait lui donner conseil sur une future traversée. Il jeta un œil dans la grande cour pour s'assurer du quotidien qui voulait que chaque matin l'on fasse un rituel au taureau et une offrande aux héros.

- Vous n'y pensez pas majesté, un voyage de la sorte serait fâcheux pour votre santé, et puis savez-vous combien de braves et jeunes marins ont péri alors qu'ils avaient une santé de fer. Cela n'est pas raisonnable !

- Serait-ce par une sorte de flatterie que vous voudriez me détourner de cette entreprise ?

- Peu s'en faut que vous n'en reveniez pas du tout, le Nil en cette saison est détestable !

- Par les deux cornes du Minotaure qui donc ira à ma place ? Et puis ce n'est pas ce que disent les Égyptiens. Pharaon m'a convié aux funérailles de sa mère, si je n'y suis pas dans soixante-dix jours j'y serai dans soixante jours. Jamais il ne me pardonnera cet égard et comment espérer le convaincre d'un concordat de paix afin de garantir les routes maritimes, chose que me soumet à présent le tyran de Byblos ? Aussi ai-je absolument besoin de son soutien pour renflouer le trésor du palais. Les silos sont à moitié vides, n'est-ce pas ? Nous manquons d'orge et les chevaux de la garde n'ont même plus d'épeautre à paître, et qui plus est j'ai deux filles à marier.

- Que d'entreprise à votre âge ! Certes, les raisons d'état prévalent, mais ne dramatisez pas, la moisson n'est pas encore venue. Malgré tout je vous déconseille la mer, majesté, pourquoi ne pas envoyer votre fils dans cette aventure, lui qui est prompt. Qui d'autre que lui peut mieux vous représenter ?

- C'est une éventualité, en outre, je serai là pour surveiller les prétendants, qui se pressent autour de la princesse, ma fille. Ces chiens galeux qui n'espèrent qu'une seule chose, ma mort afin de diviser mon royaume et défaire mon fils de sa hoirie. Par Zeus, je les vois venir, non le vieux lion n'est pas encore sous la tutelle d'Hadès ! Mon fils ira en Égypte soit ! puisque le père ne le peut et je jure par le Minotaure qu'il faudra en découdre pour arracher mon royaume de mon vivant, et ma fille sans mon consentement !

- Voilà qui est sage Sire ! Présentement calmez-vous, il faut prendre repos si vous voulez assister aux prochaines épiques.

- Oui les joutes ! Rien de tel pour me distraire un peu de mes charges ! Nous verrons bien s'ils sont dignes de prendre la main de mon Irella, prunelle de mes yeux. Vous savez, c'est le portrait craché de sa mère, lorsque je la regarde je vois ma défunte épouse. Comprenez comme cela me pèse de me faire à l'idée qu'elle ne soit plus et de voir chaque jour, chaque nuit son portrait. Parfois je me surprends à voir son image rôder dans les couloirs, enserrée dans les murs de Cnossos, entre boucliers et labris, et me fait craindre qu'elle ne se blessât, malgré que ce ne soit plus qu'une pensée elle me hante et s'incarne partout là où je vois ma fille Irella. Son reflet aussi luit sur les cuirasses et même le bronze pâlit, les brassards de cuir et d'argent s'animent soudain, les cimiers aux panaches colorés défilent à chacun de ses pas. J'ai entrevu ses flanelles dans les rideaux, ceux qui survolent le parquet avec la légèreté d'une colombe et son nœud de taille se délier à l'improviste au-dessus de ma couche. Croyez-vous aux esprits qui reviennent, serait-elle du même genre qu'un succube pour venir hanter mes nuits ?

- Personnellement je ne crois pas à ces choses, mon esprit est plutôt attaché à la matière, au terrestre. Tous ces symptomatiques sont pour moi des idiomatiques confus, des chimères et bien que je croie quand même à la vie après la mort, car j'ai un peu de sang égyptien dans mes veines ce n'est que pour me rassurer d'un ailleurs. Cependant, la vie telle que nous la concevons, n'est sûrement pas la même que celle dans l'au-delà. Je mettrais plutôt cela sur le compte d'un gaz inflammable, d'un feu follet qui s'anime à une certaine heure du soir.

- Vous semblez d'un autre monde et pourtant c'est vous qui êtes là à ma charge. Toujours est-il que je me morfonds dans cette enceinte de souvenirs. Le passé me fait plus de mal que l'avenir.

- Ne sombrez pas dans la mélancolie, ô mon roi. Bientôt nous passerons aux réjouissances.

- Heureusement qu'il me reste ma postérité pour songer à l'avenir. Si la venue du printemps s'annonce sous un bon augure, j'ai hâte de retrouver l'arène et ses jeux, cela me mettra du baume au cœur, le temps des conquêtes est révolu et ma pauvre tête s'est dégarnie à en devenir lisse comme un galet, je ne suis plus à même de séduire mes courtisanes... de faire florès !

- L'aura du roi reste encore puissante et personne ne pourra vous enlever tous vos printemps de gloire.

- Par le sacre de Minos, qu'on vienne me l'enlever ma couronne, je saurai leur répondre à ces maudits cerbères. Il en est un qui va déjà prendre ma fille, c'est m'ôter un joyau de la couronne. C'est par les cornes du taureau que mon Irella se mérite, elle a du sang noble dans les veines et son teint hâlé, sa joie de vivre éclairent le côté morne du statuaire. Il faudra faire preuve de bravoure, je m'y engage ! Maintenant laissez-moi, je n'irai point en Égypte si cela peut vous consoler, (il tendit une lettre), par la même occasion portez ce message à mon épistolier, qui se fera un plaisir de le mettre au propre. C'est un avis favorable à la demande des deux délégations étrangères, vous voyez j'avais prévu votre décision, je sais que mes jambes me trahiraient sur le pont d'un navire tôt ou tard et qu'à la première bordée je risquerais de passer par-dessus bord.

- Si ce n'est votre cœur, votre majesté, car vous êtes loin d'avoir vingt ans, le mal de mer sire j'en suis sujet. En attendant vous avez pris une sage résolution et je vous en félicite. Il ne tient qu'à vous cependant de méditer sur le sort et de votre fille et de votre succession.

Sur ce, il le laissa dans ses méditations et alla faire son office. Ainsi le roi fit part à la délégation d'Égypte qu'il consentirait à envoyer une flotte à carènes larges, pour combler le désir de Pharaon d'avoir les meilleurs artisans crétois pour le décor de la pièce du sarcophage ainsi que pour l'intérieur de son palais à Tel-El-Amarna, et ce, sous le commandement de son propre successeur, son fils bien-aimé. Il y ajouterait les présents qui honoreront la qualité des artisans du palais, orfèvres, potiers et peintres, et il s'assurerait d'une escorte phénicienne, venant de Byblos afin de garantir une bonne traversée, autant rapprocher l'esprit d'entente des trois royaumes en un seul et même voyage. Les funérailles de Tiy tombaient donc à pic pour ses projets de restauration de l'ancien empire minoen.

- III -

TROIS PÊCHEURS

Le printemps était là, gonflant les cours des rivières qui creusent chaque année un sillon plus profond et vont se jeter dans l'Oronte. L'endroit était serein, à l'abri du zéphyr qui soufflait en haut des cimes encore mouchetées de blanc, chapeautées vers les chaînes de l'Anti-Taurus d'un capuchon nuageux. Au détour de la rivière, était un petit étang où se côtoyaient des échassiers au long bec ainsi que quelques sarcelles et autres gallinacés. L'adolescent était seul, au bord de l'eau paisible et accrochait un ver à son hameçon. Il se piqua le pouce par maladresse et gémit de douleur. Les spatules blanches qui remuaient de leur bec le fond vaseux d'où remontaient des bulles ne semblèrent guère apprécier l'intrus.

- Aïe, cria-t-il ! Saperlipopette vais-je y arriver, oui ou non ? Oncle Yi m'a pourtant montré comment faire.

Il enfonça plus fort la tête de l'esque qu'il avait du mal à piquer, puis la perçant, il fit ressortir l'aiguillon par la bouche de l'animal qui se tortillait dans tous les sens à faire déglutir ses tripes. « Voilà, on y arrive enfin ! » s'exclama-t-il pour s'encourager. Ensuite il s'empressa de prendre le bouchon de liège d'une main et de ramasser de l'autre sa gaule à laquelle pendaient un fil de lin et, bien sûr, le ver vivant qui se tortillait toujours plus. Ensuite il choisit son endroit, bien dissimulé des regards, entre deux brins de roseaux, à l'abri du vent. Le petit pêcheur était tout fier, c'était sa première tentative en solitaire de capturer du poisson. Et sa canne semblait l'étendard de ses futures prouesses et faisait la nique au roseau qui s'élançait droit vers le ciel et pliait à la plus modeste des brises. Les deux pieds dans l'eau, il lança son bouchon en même temps que le ver et attendit le plouf inaugural qui devait suivre. Le bouchon s'enfonça à peine sous la surface du miroir et en ressortit aussitôt avec un petit sursaut qui fit suffisamment d'onde pour effrayer les petits alevins du bord.

- Mauvais ! tu viens d'effrayer le poisson, ah si l'oncle était là, se gourmanda-t-il tout haut. Ce n'est pas grave, je vais lancer quelques miettes de pain et tout va s'arranger pour le mieux.

En effet, dès qu'il jeta la pâtée, les petits poissons revinrent aussi sec.

- Ce sont toujours eux qui arrivent les premiers, qu'est-ce qu'ils peuvent être sots, pensa-t-il, de toute façon, ils ne risquent pas grand-chose vu que l'hameçon est plus gros que le plus imbécile d'entre eux. Enfin pourvu qu'il n'asticote pas trop mon ver, c'est tout ce que je demande.

L'adolescent attendit sa première touche avec patience, comme elle tardait à venir, il préféra planter sa canne un moment afin de préparer sa besace en y mettant de l'eau pour que son futur piégé soit à l'humide. Il attacha un petit grelot en bout de canne et alla sur la berge y accomplir sa petite affaire lorsqu'arriva aux abords de l'étang, un étranger, aux épaules larges et aux abattis d'un pugiliste.

L'enfant ne le vit pas tout de suite et s'occupait tranquillement dans son coin de pêche. L'homme s'arrêta et l'observa un moment, le grelot se mit à tintinnabuler et l'adolescent laissa instantanément sa besace tremper dans l'étang pour se précipiter sur sa prise. Il saisit la canne et le fil au bout duquel le bouchon s'emballait, il avait un mal fou à ramener ce qui lui semblait être un monstre. Le bambou pliait toujours plus fort et tournait dans tous les sens sans plus de succès car l'animal était de taille et frétillait en tous sens.

Alors l'homme, le voyant peiner s'approcha de lui et proposa son aide.

- C'est ta première touche, petit ? le questionna-t-il d'une voix rassurante.

- La première de la journée, monsieur c'est une bonne prise !

- Il y a des chances, laisse-moi t'aider veux-tu ?

Il empoigna la gaule à deux mains et tira avec le jeune homme qui tressautait de joie.

- Il est là ! énorme, regardez comme il saute haut !

- Une belle carpe, mon petit, une carpe dorée, la plus rare du coin, tu as une sacrée veine !

La lutte se poursuivit et le bambou pliait presque à se rompre, alors l'homme saisit le fil et ramena un peu afin de soulager la canne et reprendre du terrain sur le poisson.

- Vas-y petit, recule sur la motte, en prenant de la hauteur on l'aura plus aisément.

L'adolescent s'exécuta et le poisson perdit un bon mètre, juste assez pour se redonner les forces nécessaires et la tension devint plus dure, et les secousses plus violentes au fur et à mesure que le poisson approchait du bord, qu'il sentait le danger.

- C'est normal qu'il réagisse ainsi, il craint le rivage, tiens bon la canne je vais te soulager encore un peu et tu reculeras de nouveau.

- D'accord, répondit l'adolescent, mais comment faire pour attraper mon épuisette, elle est à huit pas de moi ?

- Recule encore petit, commanda l'homme, ensuite je prendrais la canne du temps que tu ailles saisir l'épuisette, fais vite j'ai les doigts qui vont lâcher prise. J'ai peur que...

Il n'eut pas le temps de finir sa phrase que le fil rompit et le bambou dans cette forte secousse se brisa net. L'homme surpris, fut projeté en arrière, le cul à plat sur la grosse motte de terre. L'adolescent hébété arriva trop tard, l'épuisette à la main il grommela de plus belle :

- Peste, ce n'est pas mon jour! Puis, promenant son regard : « Que fait l'oncle Yi, il devrait être là? »

Il aida l'homme à se relever, non sans mal car c'était un sacré gabarit et du fait de son âge.

- Merci mon gaillard, tu ne m'as pas dit comment tu t'appelais?

- Akim, c'est mon Oncle qui d'habitude m'apprend la pêche et me relève.

- Ton Oncle, où est-il, je ne le vois point?

- Il ne va pas tarder, il est allé faire une course.

- Quel âge as-tu?

- Dix-sept ans.

- Tiens donc! et pourquoi est-ce ton oncle et non ton père qui t'initie à la pêche, il ne sait donc pas pêcher ton papa?

- Mon père, heu...?

Akim était gêné d'en parler, pour cause, cela faisait sept années qu'il n'avait pas eu de nouvelles, à ce mot ses yeux ne purent retenir une larme, ses lèvres eurent un petit rictus révélateur qui ne pouvait passer inaperçu. Mais, depuis ce laps de temps, n'avait-il pas appris à contenir ses émotions que rien que d'en parler il en aurait toujours un pincement au cœur.

- C'est-à-dire qu'il n'est plus à la maison, trouva-t-il comme maigre réplique. C'est un marin, il est parti en mer et c'est mon oncle qui s'occupe de nous.

En réalité, c'était plutôt un bon chasseur qui par la force des choses était devenu « marin », mais ça, il le gardait pour lui, car ses dernières chasses il ne voudrait s'en souvenir même avec la meilleure volonté du monde.

- Et vous qui êtes-vous, un paysan ?

- Non mon petit, je fus jadis un vaillant soldat qui travaillait sous l'autorité de l'ancien souverain de Byblos, le roi Ribbadi qui a dû fuir les Hittites et qui, aux dernières nouvelles, aurait trouvé asile chez le prince du Retenou en Syrie du Nord. Mais je ne crois pas qu'il y soit le bienvenu. Le prince Azirou, son hôte serait de mèche avec Soupiloulioùma. Enfin moi j'ai pu échapper à cette guerre entre vassaux, je suis trop vieux pour porter le cimeterre, alors en vue de faire de vieux os, je me suis arrêté à temps. Maintenant, je vis parmi les Assyriens, les Phéniciens et les Hittites, et je viens ici pêcher quand ça me plaît. Mon esprit a tant besoin de calme et de sérénité. Eh oui, je suis un survivant, un des vétérans ayant servi sous Amenophis II le cruel. Cela dit, je ne veux pas t'embêter avec mes histoires de mercenaires, tu sais la guerre ce n'est pas bien beau, et en général un soldat ne vit pas très longtemps, faut croire que je suis l'exception à la règle. Je rends grâce à la divine Mâat, qui écoute toujours mes prières et me sauvegarde.

- Vous êtes Égyptien ?

- Oui, et inutile de le crier sur les toits, si on pêchait, cela permettrait de joindre l'utile à l'agréable.

- Mon père est aussi égyptien, dit-il pour le rassurer, ma canne est cassée et je n'ai pas les moyens de m'en payer une autre, je vais certainement me faire enguirlander…

- Que se passe-t-il ici, on parle du loup quand il n'y est pas ? questionna le nouvel arrivant fixant de ses gros yeux les deux silhouettes accroupies devant les morceaux de bambou.

- Oncle Yi ! cria Akim qui se jeta dans ses bras, tu tombes vraiment à pic, on vient de manquer une superbe prise, elle a cassé la ligne lorsque j'allais prendre mon épuisette pour l'attraper. Dommage, elle faisait au moins deux livres.

- Plutôt une livre, reprit le vieux soldat ajoutant : une belle carpe dorée.

- Une carpe dorée de deux livres? et pourquoi pas un espadon d'eau douce tant que vous y êtes ! s'esclaffa-t-il avec son franc humour de marin, quand il fit attention aux mains endolories de l'adolescent il remarqua une coulée de sang. Eh, que t'es-tu fait là au doigt?

- Rien de bien méchant, juste une petite piqûre avec l'hameçon en enfilant l'esque.

- Fais-moi voir! Sortant un mouchoir propre de sa poche, il le noua autour de son pouce sanguinolent. Voilà qui t'évitera de souiller la plaie avec la boue, rien de bien méchant en effet mais on sait jamais, cela peut s'infecter. Alors que s'est-il passé pour que ta canne soit dans cet état? À la voir ainsi, elle est complètement fichue, ce devait être une belle prise comme vous dites.

Akim baissa les yeux, honteux de l'échec qui se résumait par du bois brisé et du fil emmêlé.

- J'y suis aussi pour quelque chose puisque c'est moi qui la tenais mais ne t'en fais pas fiston, je t'en fabriquerais une autre plus robuste, avec laquelle tu attraperas de beaux spécimens, même les espadons de ton oncle, si tu le veux.

- Nous irons bientôt en mer, dit capitaine?

- On verra avant ce qu'en pense ta mère! Pour le moment mieux vaut commencer en rivière, l'eau est plus calme. Et vous... s'adressant au vieil homme, vous pêchez?

- De temps en temps, ça m'arrive depuis que je suis à la retraite. J'arrivais juste lorsque l'enfant a eu sa touche, je l'ai aidé, voyez comment cela a mal tourné, je suis un piètre pêcheur et je m'en excuse.

- Allons, disons plutôt que la canne n'était pas à la hauteur du poisson, ni de celui qui tenait le manche et si vos dires s'avèrent exacts, cela vaudrait le coup de la débusquer, deux livres? Il fit mine de la peser et se gratta le sommet du crâne, car qu'était ce poisson d'eau douce comparé à des poissons d'eau de mer, quoique certaine espèce comme le silure était assez monstrueuse.

- Oui deux bonnes livres, répéta Akim tout excité, si tu l'avais vu comme elle brillait, de l'électrum !

- Ah ah ah... c'est peut-être un lingot que tu as ferré fiston, en tout cas, elle est sûrement blessée et fatiguée. Je propose de faire l'inspection des environs et de la dénicher, pour cela, fils, il faudra nous guider de là-haut, dit-il en pointant de son index le promontoire rocheux qui surplombait le plan d'eau. Et dès que tu la vois, tu nous fais signe.

- D'accord, j'y vais de ce pas !

Tout joyeux de se rendre utile, Akim se précipita vers le rocher et l'escalada avec l'agilité d'un singe puis se mit dans la position accroupie de la vigie scrutant les moindres interstices de la roche sous-marine ainsi que les endroits ensoleillés des fonds plats et sablonneux. Les rayons du soleil dardaient de biais la surface de la rivière qui devenait un véritable miroir aux mille facettes, cela jouait beaucoup en faveur de la carpe dorée, au manteau arc-en-ciel, qui se faufilait au ralenti entre deux rayons lumineux dans un parfait mimétisme, essayant de récupérer de sa joute farouche avec le roseau. L'adolescent posa sa main en visière au ras des sourcils, comptant sur son œil perçant pour distinguer une ombre au fond de la rivière, puisque l'animal était invisible. Or s'il y avait une ombre, le poisson ne devrait pas être loin se disait-il. Il commença par fixer le bord à l'aplomb du rocher et quadrilla du regard toute la zone suspecte jusqu'à arriver à la hauteur des deux chasseurs qui remontaient en amont et dont l'un s'était muni d'un harpon taillé rapidement dans un roseau à l'aide de son canif et l'autre d'une épuisette.

- Yi, elle est là, cria Akim, juste devant toi, tu la vois ?

- Ne crie pas couillon tu m'as fait sursauter, où ça, je ne la vois pas !

- Là, à deux mètres sur ta gauche, elle se fait dorer la pilule sur le banc sableux, on peut voir son ombre juste au-dessous.

- Oui je la vois bien, c'est bien une carpe dorée, oh, et elle est énorme ! Par le trident de Neptune je vais l'embrocher. Je vais m'approcher lentement et vous, vous la contournerez au cas où elle voudrait filer, vous n'aurez qu'à la sortir à l'épuisette.

Yi attendit que l'ancien eût contourné la bête pour s'approcher sans faire d'éclaboussure, ayant soin de ne pas faire rouler les galets sous ses pieds ; puis il se pencha à la façon du discobole olympien. Lorsqu'il fut à une distance suffisante, il tendit son bras loin derrière son dos et comme une pierre que l'on projette sur un ennemi pour le terrasser, il lança son arme légère qui pénétra violemment la surface de l'eau et alla se figer dans le fond sablonneux. De la distance où était Akim, il put voir une gerbe jaillir spontanément, alors à l'instant même, il cria de toutes ses forces.

- Tu l'as eue, oncle Yi, tu l'as eue n'est-ce pas ?

L'oncle se fit attendre avant de récupérer le harpon puis il releva la pointe du roseau avec son trophée qui frétillait dans tous les sens.

- Hourra, tu l'as eue, tu es le meilleur ! tressaillait de joie Akim vers son oncle.

Il descendit à toute vitesse de son perchoir pour le rejoindre et voir de plus près ce poisson merveilleux aux écailles d'or.

Il prit la musette, la vida, la remplit d'eau fraîche et la tendit à son oncle qui y jeta le poisson encore vivant.

- Il perd son sang regardez, je croyais que les poissons n'avaient pas de sang, seulement une chair blanche et des écailles, s'interrogea Akim tout étonné.

L'oncle et le soldat se mirent à rire à gorge déployée, et l'oncle lui fit la leçon.

- Lorsqu'ils finissent dans l'assiette, ils sont ainsi, mon petit, puisqu'ils sont morts, mais avant toute chose, il te reste encore beaucoup à apprendre de la mer et des rivières, à la chasse ton père était excellent et il a bien fait ton apprentissage, pour le reste, laisse ton vieil oncle s'en charger, tu peux lui faire confiance, c'est un vieux loup de mer qui connaît toutes les ruses, toutes les astuces mais aussi tous les pièges qui s'animent par la volonté du vieillard du dessous des mers.

Enfin, c'est une belle prise, elle ne fait pas tout à fait son poids. On dira que c'est à cause du sang qu'elle a perdu dans la bataille, et si tu ne l'avais pas ferrée au préalable, ce n'est pas de cette façon que je l'aurais prise, non, tout le mérite te revient Akim. Sarah peut être fière de toi !

Il posa sa main sur son épaule et la tapota pour l'encourager.

- Allez œil de lynx, je vais te montrer comment on fait avec une canne à pêche de grand garçon. Tu prendras ma canne en attendant que le gentil monsieur aille te couper un beau bambou sur la berge, ensuite nous mettrons le fil et ainsi tu auras une belle canne toute neuve.

Ils passèrent tous les trois le reste de la matinée à pêcher, tout en discutant de l'avenir. Akim expliqua à son oncle qu'il aimerait devenir soldat pour protéger sa famille et plus tard aller parcourir les mers sur un rafiot comme le sien afin de rechercher son père qu'il croit encore vivant sur une île lointaine. Yi écoutait ce qu'il avait sur le cœur, il se confiait à lui comme il l'aurait fait avec son propre père. Sentant chez lui une certaine amertume qui le rongeait, la même qu'il éprouvait lorsqu'il était longtemps en mer et que le désir de retrouver les siens et son pays le gagnait.

Le soleil au zénith, il fallut plier bagage. Le vieux soldat s'était fait deux nouveaux compagnons de pêche et était ravi car la plupart du temps, il était solitaire. Akim le remercia et empoigna sa nouvelle canne, ils se quittèrent amicalement chacun de son côté.

Une demi-heure plus tard, les deux pêcheurs arrivèrent chez Sarah qui s'étonnait de leurs grands sourires complices.

- Oh, vous, à voir vos yeux vous ne rentrez pas bredouilles, on peut voir vos trophées !

- Vas-y, montre-lui !

Akim ouvrit le rabat et exhiba fièrement ses prises dont la plus belle, la plus grosse, était la carpe dorée.

- Eh bien vous n'y êtes pas allés avec le dos de la cuillère à ce que je vois le harpon n'a pas été de trop pour entamer la chair de la bête.

- Oh, ce n'est dû qu'à un petit incident, le fil a cassé, mais on s'est finalement rattrapé, pas vrai capitaine ?

- Par Neptune et son trident il est parfois utile à nous autres et lorsqu'on n'a rien sous la main, on fait avec les moyens du bord, n'est-ce pas fils ? Akim lui retournant son clin d'œil. Allons nous mettre à table je meurs de faim, ce soir nous aurons du bon poisson frais grillé.

Sarah inspecta les mains de son fils et lui commanda d'aller se les laver, Yi en fit autant. Les deux femmes restées seules, en profitèrent pour continuer leur conversation subitement interrompue.

- C'est lui, j'en suis sûr, dit Aïcha d'une voix ferme, j'ai reconnu son aspect répugnant, j'ai même cru voir une de ses bandelettes qui pendaient de son poignet.

- Comme c'est bizarre, je ressens moi aussi cette sensation curieuse de déjà vu. Surtout cette voix qui me paraît même familière, mais est-ce une momie, un revenant ?

- Si tu veux mon avis il serait bon que l'on en parle à Athalie, elle pourrait sûrement nous aider à mener notre petite enquête, qu'en dis-tu ?

- C'est idiot je n'y avais pas pensé. Quand on peut se rendre service entre sœurs, il ne faut pas se gêner, n'est-ce pas ? Toujours est-il qu'il nous faut connaître au plus tôt l'identité de ce personnage que tu crois être ton agresseur, il en va de notre sécurité. Quant à moi, je tremble de me voir un jour confrontée à cet individu, cependant je ferai tout mon possible pour t'aider à le démasquer.

- Puisse Dieu t'écouter, cela me rassurerait. Tiens les voilà qui reviennent !

La famille au complet se mit à table, seul manquait Allal le mari de Sarah, vers qui allaient toujours les premiers souhaits.

« ... puisse Allal nous revenir bientôt sain et sauf... » s'émut Sarah.

Dès lors le repas chaud pouvait commencer. Aïcha était dans la cuisine à puiser dans la marmite les parts du ragoût qui avait mijoté toute la matinée dans un bain de sauce tomate garni de fèves, elle vint s'asseoir entre son mari et sa sœur et se régala elle aussi. Une fois les assiettes vides, Yi s'était mis à lécher le plat, Akim le singeant. C'est en discutant de pêche que l'oncle fut amené à parler de l'avenir d'Akim.

- Je peux faire de toi un bon marin si tu le souhaites, qu'en pense ta maman ?

Sarah le regarda d'un œil outré.

- Marin, Ah ! tu n'y penses pas vieux fou, Aïcha a déjà eu sa part avec toi et maintenant moi j'ai la mienne avec mon mari. Je préfère encore mieux le voir soldat, au moins il serait souvent à la garnison et apprendrait à se défendre ; tandis qu'en mer on n'est sûr de rien, mille dangers guettent le marin, quand ce n'est pas le serpent de mer qui attaque, ce sont les pirates, après le calme arrive la tempête qui avale les navires sous des montagnes d'eau et après toute cette infortune, si t'en réchappes, reste encore les récifs aux épis d'airain qui se dressent en pointe pour déchiqueter les coques frêles comme le ferait aussi facilement le Titan Briarée. Non mon fils, marin ce n'est pas un métier pour toi et tant que je serai de ce monde, tu ne prendras pas le large.

Yi voulut la rassurer sur le sort de son mari :

- Rien ne nous laisse croire qu'Allal est perdu, je connais trop bien mon neveu. Un excellent chasseur et il sait toujours se tirer d'affaire. En outre, il aurait fait un marin remarquable. Je suis sûr qu'il est vivant quelque part sur une île. Je serais prêt à parier ma solde qu'il se fait pomponner le minois en ce moment même.

- Yi, s'il te plaît, garde tes trivialités de vieux loup de mer pour tes matelots, ici, tu es à la maison et devant des femmes qui demandent un peu de respect. Ah, qu'est-ce que vous pouvez nous en faire voir, vous les hommes, quand vous êtes absents on vous plaint et lorsque vous êtes là on vous plaint d'être trop là et c'est vous qui vous plaignez : de la cuisine qui a un goût de brûlé, de la vaisselle mal essuyée, du chien qui aboie un peu trop…

- C'est le défaut de tout homme qui aspire à la perfection, en mer l'erreur peut être fatale, et puis pourquoi me rabâcher tout ça, qu'as-tu à me reprocher, je n'ai absolument rien dit de mal aujourd'hui. Pour en revenir à mon neveu, la vérité est qu'il est toujours en vie quelque part, et peu importe la façon de le dire ; l'essentiel est que je le pense et que nous le sentions tous vivant du plus profond de notre cœur ! reprit Yi un peu vexé. Moi je n'ai jamais eu le temps d'étudier, ni aucune science exacte d'ailleurs, mon langage est celui des matelots et la seule science qui me concerne et qui me paraisse juste, est celle dont on se sert tous les jours pour vivre, pour moi c'est la meilleure ! Et la mienne vient de la mer, jusqu'ici elle m'a toujours porté chance et a fait vivre ma famille, à chacun de suivre sa bonne étoile.

- Suffit, dit Aïcha qui désirait changer de sujet. Akim saura bien ce qu'il voudra être plus tard, en attendant, tu nous mèneras tantôt chez le trésorier, nous avons Sarah et moi, une affaire à régler.

- Qu'allez-vous faire encore chez les notables ? s'enquit Yi, le coude appuyé sur la table, préparant une pipe avec du tabac qu'il tira de sa poche.

- C'est au sujet de mon agresseur, je crains qu'il ne se manifeste de nouveau et nous préférerions le voir sous les verrous.

- Je croyais que c'était une affaire réglée, seulement si c'est ton désir. Pourquoi t'inquiéter au sujet de cet homme, il ne s'est pas montré depuis la dernière fois, je pense que ce devait être un petit voleur de joailleries et rien d'autre. Qui dit qu'il n'est pas déjà derrière les barreaux ?

- Voleur ou pas, toujours est-il qu'il était prêt à m'étrangler si Sarah n'était pas intervenue à temps. Et je crois même l'avoir croisé.

- Tiens donc, dans la rue ?

- Non, il y a sept ans déjà oui je m'en souviens encore. Au tribunal, lorsque Allal fut jugé, je n'en étais pas sûre, maintenant avec du recul…

- Tu aurais pu me tenir au courant, par Neptune, pourquoi me l'avoir caché ?

- Parce que je n'étais pas certaine, mais je saurais le reconnaître entre mille. Athalie a de très bonnes relations, il suffira de s'en remettre à la bonne foi de l'enquêteur.

- Pour être compétent, il l'est même un peu trop dirais-je, et j'aurais préféré qu'il le soit un peu moins, mon mari serait aujourd'hui à notre table, reprit Sarah en reniflant.

- Eh bien servons-nous de ses talents, cette fois-ci à notre avantage ! dit Aïcha s'adressant à Sarah qui était comme sa sœur.

- Oui, ce n'est pas une affaire pour des femmes, c'est trop risqué. Je préférerais m'en charger moi-même dès que vous l'aurez déniché de son trou, j'irai le mener moi-même à la justice et il finira ses jours sur une galère comme... Yi préféra ne pas finir sa phrase pour ne pas heurter l'épouse mais ce "comme" était bien sûr le mot de trop, et elle fondit en sanglots.

- Tu n'y penses pas chéri, cet homme est un véritable démon, j'ai vu ses yeux de basilic juste avant de m'évanouir sur le sol. Puis tu n'es plus aussi vivace qu'autrefois. Péremptoire Aïcha qui venait consoler Sarah.

- Certes j'ai pris de l'âge néanmoins un marin a toujours de la répartie quand il le faut. Il sait montrer les dents ! Je vous escorterai à la demeure d'Athalie, vous pouvez compter sur moi. Mon devoir est d'assurer votre protection, Allal en eût fait autant de fois si nécessaire si je devais reprendre la mer. Il n'y a plus lieu de s'en faire, ce matin j'ai été voir un éleveur pour lui commander deux bons molosses.

- Ah, voilà pourquoi tu as mis tout ce temps à me rejoindre, je me disais aussi ! Akim manifesta sa joie en sautillant. Car prochainement il aurait de nouveaux compagnons. Je pourrais aller les chercher avec toi capitaine ?

- Tu verras moussaillon, ils te séduiront ! Et ils te serviront plus tard à la chasse lorsque ton père sera de retour à la maison.

- Mon père... Akim restait perplexe.

Sarah et Akim se jetèrent dans les bras l'un de l'autre, se consolant sur les dernières lueurs d'espoir que le vieux capitaine avait laissé au mouillage. Il avait sûrement raison, l'expérience parlait pour lui, même si son langage était parfois brut ou taillé à la hache dans le rauque de sa gorge, il laissait souvent passer des vérités, quoique lardées de coup de couteau, cela n'en restait pas moins des vérités, avec en plus ce que l'écume laisse à supposer.

- IV -

DES FEMMES PERSPICACES

Au palais, Atoum se réjouissait que la providence l'ait mis sur la croisée des chemins de son vieil ennemi d'autrefois, Sarah. Ce à quoi il espérait, était de la neutraliser cette fois-ci d'une manière plutôt nette pour ne pas dire expéditive. Pour ce faire, il avait un atout remarquable, sa discrétion, bien qu'il fût méconnaissable, défiguré, cela laissait planer sur son identité un véritable voile énigmatique à l'instar de ses bandelettes qui ne le quittaient jamais. Autant était-il bien à l'abri derrière ses étoffes qu'au palais qu'on eût pu dire qu'il avait quasiment la main mise sur Sarah car, la connaissant bien, il savait où elle habitait et, qu'en suivant ses habitudes, ses traces une à une, il finirait bien par la coincer, ce n'était plus qu'une question d'heures. Il se remettait difficilement de sa première tentative ratée, s'apercevant sur le fait de sa méprise en pénétrant chez Aïcha où il pensait y trouver sa rivale, il dut l'assommer et fuir précipitamment par la porte comme un voleur. Cependant, il n'avait plus rien à craindre d'une femme qui le croyait mort, d'autant plus que son protecteur avait disparu définitivement de Byblos, ou tout du moins le croyait-il, puisque peu d'hommes avaient survécu aux galères jusqu'à présent. Il attendait patiemment de mettre au point un stratagème, un mauvais coup dans son repaire éclairé à la lueur d'un candélabre, devant une statuette de lionne, psalmodiant d'un ton monocorde, afin que la divinité consente d'y prêter une oreille attentive.

« Oh puissante déesse, je t'invoque et te prie d'ouïr ton disciple qui s'est vu pris dans les rets d'une magie étrangère. Écoute donc mes prières : jadis, la sémite, la sorcière qui devait périr par le feu est aujourd'hui saine et sauve, je l'ai même vue déambuler aux abords. Cette femme qui a été la perte de la forteresse du désert, le dernier bastion égyptien en terre sainte. Elle qui fut assez sournoise et naïve pour s'infiltrer dans le temple de ton époux, Amon, souffreteuse et l'esprit torturé. Elle qui s'est livrée comme l'agneau afin de mieux percer les mystères de l'Enneade et trouver ses points faibles, elle aussi qui, par un vilain dessein, fit fuir la population des lépreux en souillant leur puits d'une charogne, enfin elle qui s'était donnée à moi et aux Hittites afin d'en soutirer quelques subsides, permets donc de me venger. Regarde ce qu'elle a fait de tes ouailles, enfants chéris d'Amon, dont les chairs ont été déchirées, disséminées par les charognards que sont les vautours, les hyènes, les chacals, eux dont les os sont enfouis à présent sous le sable sans aucune sépulture. Tous ces prêtres et ces scribes égyptiens, le gouverneur ainsi que tous les fidèles qui ont péri et dont les noms ne sont inscrits nulle part, sur aucun registre, tous sont perdus à jamais, dans les ténèbres. Consens à les entendre une dernière fois, ma voix parle pour tous ces errants, donne-moi une once de ton pouvoir afin que mes mains puissent serrer le cou de cette abomination. Puisses-tu m'accorder de venger tous mes frères égyptiens qui sont tombés à Quoumram ! »

Une fois sa prière achevée, il égorgea un pigeon et aspergea la statue du sang. Avec ce sacrifice, il imagina Sarah sa prochaine victime dans cette posture inconfortable et en savourait l'instant. Sa haine s'était rallumée dès qu'il l'avait aperçue au palais, durant les noces, et elle ne s'éteindrait qu'avec la mort de l'un ou de l'autre. Il se vantait déjà de s'être débarrassé du mari alors de son épouse…

« Le puissant taureau n'a pu en venir à bout mais les galères termineront mon œuvre. Ma destinée est de vous nuire à tous les deux et le fils adoptif, j'en ferai un esclave. Je vous avais suivi jusqu'au marais et c'est là que j'ai eu ce génie d'exciter le mâle prétendant, j'aurais pourtant cru qu'il n'en aurait fait qu'une bouchée du marmot s'il n'y avait eu le père. Enfin peu importe, mon génie a fait le reste, une fois les chasseurs partis, je me suis acharné sur la bête, lui coupant oreilles, pattes, langue, queue et j'ai pu alerter aussitôt les autorités qui ont facilement retrouvé le petit. Ah ! il fallait voir le père et le fils entre les mains de l'enquêteur. J'aurai nullement pensé qu'il se livrerait comme un bœuf va au sacrifice. Aussi n'aurai-je de repos que lorsque je serai entièrement vengé de la souffrance que je vis au quotidien. »

Il regarda ses bandelettes et commença à les enlever lorsque sa servante entra brusquement dans la chambre comme sous l'effet de la surprise.

- Maître c'est l'heure de vous changer, que faites-vous dans cette antichambre, êtes-vous souffrant ?

- Déjà là ? esbroufa-t-il, en dissimulant l'objet du culte sous un drap, je prenais juste un peu de repos avant d'aller consulter le roi. J'arrive dans un instant. Prépare de l'eau tiède, mon rasoir et le sérum avec une tige de crocus et de digitale en plus pour apaiser la démangeaison qui me dévore les membres.

Au bout de quelques minutes de rangement personnel, il alla rejoindre la servante qui l'attendait pour ses soins, dans la pièce adjacente plus spacieuse et plus lumineuse. Elle déroula une à une les bandelettes et trempa une éponge humide, et humecta la peau avec la décoction. Lorsqu'elle eut fini, elle passa à la tête pour la raser entièrement avec des haut-le-cœur dès qu'elle auscultait cette face défigurée mais elle se retenait bien d'en faire montre. Ensuite elle devait épiler tout le corps de façon à le rendre parfaitement imberbe, par mesure de pureté les prêtres égyptiens ne toléraient aucun système pileux, cela répété tous les trois jours.

Après qu'elle eut fini, elle se rappela une chose importante.

- Une missive vous est adressée maître, elle vient d'Égypte, je peux vous la lire une fois que je vous aurai oint le corps.

- Je préfère le faire moi-même et suivre mon courrier tout seul, c'est purement confidentiel et je tiens à ce que cela le reste.

- Comme vous voudrez maître.

Sa curiosité était piquée au vif et elle osa ces mots douteux :

- Cacheriez-vous une épouse en Égypte, ou bien avez-vous quelques intimes parents là-bas ?

- Autrefois j'avais deux femmes et trois fillettes, soupira-t-il, elles n'ont pas survécu aux campagnes Hittites. Je suis seul, sans aucune descendance à regretter et ce n'est pas plus mal. Depuis, ma famille a toujours été restreinte à celle des prêtres, c'est d'eux que me vient l'enseignement de la médecine ainsi que tout mon savoir.

Il parlait dans le vague dans le but de ne pas trop susciter sa curiosité et lui révéler des détails importants de sa vie qui pourraient le compromettre plus tard. Il procédait par analogisme et espérait retrouver son image d'antan. Il voulait néanmoins rester fidèle à son « statut » de momie qui dégageait l'anonymat le plus total, d'ailleurs n'ayant plus de visage non plus, forcément il n'avait plus d'identité propre. Son image était restée à jamais enfouie à Quoumram, dans ses anciennes fondations. Ses fonctions étaient enviables, seulement la ville de Byblos n'existait plus pour lui, que pour ces uniques aspirations, et lui-même était censé avoir disparu, non seulement d'Égypte, mais qui plus est de la surface du globe. Il n'était donc plus qu'une forme hypocondriaque, tapi dans l'ombre, errant dans son marasme, comme ce reflet sur un poli de cuivre rouge qu'il évite du regard. Il portait ses oripeaux de lin comme un sursis au rite de l'embaumement et marchait tel un moribond, un bossu décharné, un névropathe dégingandé. Il souffrait surtout de n'être plus celui que l'on respectait, celui que l'on admirait pour son talent et son visage humain, lisse d'antan. Dans sa chair il souffrait de profondes meurtrissures qui lui donnaient parfois des crises de nerfs terribles. Il n'avait plus que son nom d'intact qu'il préservait tel un trésor, seule empreinte de ce qu'il appelait son bien-être : son Ka.

- C'est inhumain ce qui vous est arrivé, vous savez, en toute franchise, au début, j'ai eu du mal à m'y faire, vos bandages et vos soins demandent beaucoup de temps et de précautions, pourtant je m'y suis accoutumée... à votre souffrance. Comment pouvez-vous exercer la médecine sous ses conditions ? Un patient qui soigne d'autres patients... Vous êtes très méritant vous savez et je suis fière de vous servir.

- J'en conviens, le roi ne cesse de me flatter à ce sujet. Finis donc mes soins et donne-moi cette lettre que j'en prenne connaissance.

Une fois les soins terminés, elle le laissa retourner dans sa chambre où il put lire tranquillement la missive sans être dérangé par quiconque. Il ouvrit le papyrus et découvrit le contenu qui, à première vue, lui lançait des perspectives de retour.

« ... Moi, Amenemnet, suppléant aux tâches du grand prêtre d'Amon, Atoum, exilé par contrainte à Byblos après de tragiques circonstances, et exerçant le culte dans la ville sainte du dieu de Thèbes, je te fais part des dernières nouvelles de Malgatta, qui je pense te réjouiront. L'Impératrice Tiy vient de rendre l'âme, celle qui tenait tête à son fils pour la régence du pays fait des siennes, même pendant les soixante-dix jours de préparation à l'embaumement. Pharaon a invité cordialement aux funérailles, les souverains qui lui sont redevables, Azirou, le roi de Byblos le roi du Mitanie et celui de Babylone et de Summer ainsi que le vice roi de Crète. Ils assisteront à la mise au tombeau et je suppose qu'une délégation du roi Soupilouliouma viendra présenter ses condoléances à Pharaon, comme la rumeur le prétend. Cependant Tiy, était restée fidèle à Amon et son dernier vœu est d'être inhumée dans la nécropole des reines, dans la *ta set Neferou* (la place des splendeurs) non loin de celle des rois, cependant Akenaton, fils de l'Aton, en a décidé autrement et désire la voir enterrée dans le site merveilleux de Tell-el-Amarna sur les hauteurs du djebel oriental. Ce litige, j'en ai pris connaissance par son frère Ay qui détient le testament et qui a toujours les faveurs d'Amon. C'est une magnifique occasion de revenir en Égypte, car de telles circonstances ne se représenteront plus avant que le roi Impie ne meure lui-même. Nous avons tout prévu, et conspirons pour le grand retour d'Amon à Thèbes, c'est-à-dire par la violence s'il le fallait et l'occasion est trop bonne de se servir d'un incident diplomatique avec le Hatti et la Syrie, ennemis tous les deux de l'Égypte. Ainsi nous pourrions mettre en selle, un roi digne des anciens souverains d'Égypte et tu retrouverais au plus vite tes fonctions de grand prêtre que personne de notre institution religieuse ne conteste et ne dément. Je te demande à la fin, la plus stricte discrétion, ton ami et serviteur… »

- Ah ! quelle joie pour moi d'apprendre de telles nouvelles, bien que je déplore la mort d'une grande reine, l'Impie et son dieu n'en ont plus pour longtemps ! Avant de m'en aller je voudrais régler un vieux compte qui me tient à cœur ensuite je pourrai renaître dans le giron sacré d'Amon et ainsi porter ma nouvelle face, me régénérer, ressusciter en plein jour dans l'unique vérité d'Amon, gloire à toi le caché, bientôt tu nous surprendras tous.

Ensuite il alla voir le roi qui le demandait parce qu'il n'arrivait pas à se débarrasser d'une mauvaise toux. Il en omit, dans son excitation, les dernières recommandations de la lettre et la mit à l'oubli dans un tiroir.

- Votre majesté m'a fait demander, comment allez-vous depuis la fois où je vous ai vu, vous souffriez du mal de gorge.

- Votre remède n'a rien fait du tout, tempêta-t-il, et cela va en empirant. Je vais devenir aphone à crier après mes domestiques, je ne saurais le tolérer car un roi sans voix est comme un souverain sans sceptre. Faites quelque chose ma patience à ses limites !

- C'est juste, ne vous emportez pas pour autant, comprenez qu'il n'est pas toujours aisé de vous soigner que vous êtes souvent en déplacement et le temps des giboulées n'arrange rien non plus. Il vous faudrait un air plus sain, du sec et du chaud, celui de l'Égypte par exemple, en ce moment c'est idéal.

Levant les yeux, espérant un retour prometteur, Atoum se voyait déjà partir aux côtés du roi en Égypte pour les funérailles de Tiy et pendant que sa majesté ferait ses balades en dilettante ou en diplomate, lui en profiterait pour conspirer tranquillement avec les prêtres et faire du bruit dans l'ancienne capitale.

- Thèbes serait idéale, un tel voyage ne poserait pas d'inconvénient pour ma santé ?

- Non bien au contraire, cela vous ferait encore plus de bien, puis l'air de ce palais est malsain en cette saison, je vous conseille vivement l'air que les Pharaons respirent depuis des siècles, qui n'a jamais amoindri leur esprit de conquête.

- Ça tombe très bien, j'attendais un avis avant de me décider. Sachez que l'Impératrice demeure désormais au royaume d'Osiris et que le souverain des deux terres me propose de venir aux funérailles de sa défunte mère. Je ne savais pas si je devais y aller en personne ou bien envoyer mon ministre. Mes conseillers sont plutôt âpres à voyager, mais soit ! Je vous écouterai et j'irai moi-même en Égypte, à la condition que vous soyez à mes côtés il va de soi !

Atoum sourit, très satisfait de son roi et le félicita pour sa décision.

- Voilà qui est sage, comme cela vous ferez d'une pierre deux coups, l'un pour des raisons diplomatiques et l'autre au besoin de votre santé. Qu'en pensera le chef du Hatti s'il vous savait en Égypte ?

- Soupilouliouma ? Il a écrit en personne à Pharaon, il envoie un émissaire le représenter. Cela veut dire que pour les provinces il en va de même, et mon lointain cousin n'aura nul ressentiment à ce que j'y participe.

- Alors il en sera selon votre bon vouloir, mon seigneur, en attendant prenez de ce sirop, un mélange de miel de lavande et de thym qui vous fera le plus grand bien.

*

À cette heure, Sarah et sa sœur étaient au salon d'Athalie, pièce spacieuse où des rais de lumière diffusaient ses couleurs primaires sur le réceptacle blanc du mur central qu'ombre et clarté quadrillaient sous l'effet du soleil. En filigrane derrière les rideaux, il animait leurs craintes sur des objets qui paraissaient suspects, roseaux, jarres et chandeliers du salon, autant d'armes, de couteaux pointus, de fioles empoisonnées et de sabres effilés à redouter. Elles s'étaient mises d'accord sur le danger qu'elles encouraient et leurs lèvres exprimaient de vives exclamations, intervenir et faire en sorte que leur sécurité soit définitivement respectée.

- De tels actes sont proscrits, je ne comprends pas pourquoi vous ne m'en avez pas parlé plus tôt, j'aurais certainement pu intercéder auprès du responsable de la sécurité intérieure, mon mari a déjà eu l'occasion de le rencontrer lors de ses dépôts au trésor, et peut-être aurions-nous déjà appréhendé le coupable. Au fait, à quoi ressemblait-il votre agresseur, interrogea Athalie empreinte de stupeur.

- C'est un homme de petite taille, au nez camard vous savez j'ai à peine eu le temps de me retourner et de le voir filer. Ce que je peux dire, c'est qu'il portait le lin fin des prêtres égyptiens et que du tissu lui recouvrait entièrement la tête, ne laissant entrevoir que ses yeux de basilic qui semblaient des braises ardentes.

- Avec ça, nous ne sommes pas plus avancées ! À part ses yeux singuliers, et son nez, le reste semble aléatoire pour ne pas dire plutôt surnaturel.

- D'autre part il y a un détail qui me revient et qui, je crois, est décisif, sa voix.

- Et qu'avait-elle de si particulier? demanda Athalie de plus en plus intéressée.

- Elle était troublante, les mots sortaient comme le bruit que fait la scie sur le bois, elle sifflait avec des raclements caractéristiques ceux de la langue chamite.

C'est alors que Sarah intervint.

- Dites-moi, j'ai déjà entendu une telle voix de par le passé, c'était au tribunal, il me semble !

- Possible, dit Athalie, quand bien même vous l'auriez entendue auparavant, il est impensable de trouver cette personne à moins qu'un jour le hasard ne la mette sur votre chemin. Je pense qu'il serait nécessaire de diligenter une petite enquête, qu'en pensez-vous?

- En tout cas, il faut rester attentives, mon mari est parti chez un éleveur acheter des chiens de garde.

- En voilà une bonne initiative, ensuite que comptez-vous entreprendre ? demanda Athalie.

- Adviendra que pourra, Aïcha. Aurais-tu oublié ce que j'ai trouvé hier accroché aux épines d'un jujubier.

- Tu veux parler de ceci peut-être.

Aïcha sortit un carré de tissu de sa poche qu'elle exposa sur la table. Athalie le palpa et le sentit afin d'y trouver une odeur, un parfum mais rien de probant ne sortit de cet examen attentif.

- C'est du lin fin. Exactement le même tissu que celui utilisé pour les costumes du mariage de ma fille Jena. Regardez la maille fine et l'épaisseur, elle provient d'Égypte non ?

- Certes, une telie qualité n'est produite que dans les ateliers du delta et comme vous le savez, il n'est pas facile d'en trouver dans la région, surtout depuis que la côte est passée sous le contrôle anatolien. À moins de le faire venir soi-même comme nous qui avons eu la chance d'avoir un fournisseur. Il est plutôt rare par ici. Ce tissu que j'ai trouvé provient sûrement de la tenue de notre homme, il suffirait de retrouver une robe, une tunique à laquelle il manque un morceau de lin, pour le confondre.

- À moins qu'un de nos chiens ne soit utile pour retrouver sa trace.

- C'est plus facile à dire qu'à faire, il faudrait quadriller toute la ville, soupçonner tous ceux de Byblos qui ont porté ou portent actuellement un tel tissu, et mon mari et moi, il nous arrive d'en porter, rien de plus normal, de là à faire de nous des criminels, il y a une marge !

- Une marge à ne pas dépasser ; toutefois il ne manque pas un morceau à votre robe et vous ne ressemblez aucunement à un prêtre n'est-ce pas ? À moins d'une coïncidence fortuite, nous n'oserions tout de même pas vous demander de nous la montrer, cette robe ! acquiesça Aïcha d'un ton ironique.

- Il n'en est rien puisqu'il s'agit d'un homme, cela divise par deux les suspects si toutes les femmes sont mises hors de cause. Ce tissu, ne proviendrait-il pas tout simplement d'un de vos stocks, il vous en reste un peu n'est-ce pas ?

- Nous avons presque tout utilisé. Le seul tissu que nous ayons ne suffirait même pas à confectionner un haut. Il reste du coton du Mitanie et de la laine sumérienne. Oui, ce bout de tissu aurait très bien pu provenir d'un de nos stocks, néanmoins il n'en est rien.

- Cessons de polémiquer, l'affaire est trop sérieuse ! se manifesta Aïcha.

- Cependant, sachez que je ferai mon possible, le coupable est sûrement un bandit, un étranger et s'il vous arrivait encore quelque chose de fâcheux, n'hésitez pas à m'en avertir, je prendrai les mesures qui s'imposent. Doit-on faire surveiller vos environs.

- C'est gentil de votre part, pour le moment nous voudrions garder ceci secret. Il serait malvenu d'ameuter tout Byblos, puis nous avons un homme à la maison et bientôt deux chiens c'est amplement suffisant, qu'en dis-tu Sarah ?

- Tu as raison, avant d'en finir, je voudrais revenir encore sur un détail qui nous échappe. Pourquoi cet homme vous en veut-il ? Est-il égyptien, peut-être même prêtre qui sait ? Et s'il était égyptien que ferait-il à Byblos ?

- Un espion ? s'étonne Athalie. S'il y avait un espion à Byblos, il devrait être au palais ou dans les alentours de la cour. Pour s'en assurer il serait bon d'aller déambuler toutes les trois dans les couloirs du palais, si notre homme s'y cache, nous ne tarderions pas à le trouver parmi les notables.

- Bonne idée, reprit Aïcha, il ne faudrait pas créer d'incident notoire.

- Nous agirons discrètement ; je connais bien les arrière-boutiques du royaume, des shanishirs il sera facile de nous dissimuler dans une chambre et d'observer les gens quelques jours, le temps de savoir si l'hypothèse se justifie.

- En tout cas il m'a fait une peur bleue sous cet accoutrement funèbre. On aurait dit une momie !

- C'est bien ce qui me semblait ! reprit Athalie incrédule. Vous vous moquez ! Il y a bien un homme qui répondrait à cet accoutrement étrange, sachez qu'il est hors d'atteinte !

Les deux femmes se regardèrent tout étonnées.

- Non ! De qui s'agit-il ?

- Du médecin, se rappela Athalie, celui qui soigne sa majesté ainsi que tous les notables de Byblos. Sa réputation le met totalement hors de cause. Il est haut placé et très apprécié de la cour. Ma fille fait appel à ses services de temps à autre. Nous pourrions aller la voir à sa demeure elle nous donnerait de précieux renseignements, mais quand même, permettez-moi de douter, et de croire que c'est perte de temps. Car un homme de cette envergure qui passe le clair de ses journées à guérir autrui, n'a pas vocation au mal.

- En attendant, il reste un suspect plausible et mieux vaut s'assurer de son honnêteté, car si les espions ont toutes les fonctions, quoiqu'honorifiques fussent-elles, cela ne fait pas d'eux des gens honorables, fit remarquer Sarah.

- Comment s'appelle ce médecin ? demanda Aïcha. Si un jour j'ai besoin de ses services.

- Cela m'étonnerait beaucoup, je vous ai dit qu'il ne soignait que les personnes de haut rang ou fortunées, il s'appelle heu… Ah où ai-je la tête encore… Hat… Oumi

Sarah écarquilla les yeux, la phonétique lui remémorait de mauvais souvenirs, un nom lui revint, ce nom qui commençait à prendre une telle importance négative qu'il jetait l'effroi dans son âme.

- Atoum !

- Je ne suis pas sûre, par contre ma fille pourrait le confirmer si vous voulez. Pourquoi Atoum ? Que vous inspire ce nom commun qui n'est autre qu'un nom, lui aussi, bien égyptien d'ailleurs.

- Ce nom pour moi, n'est pas synonyme d'innocence. Et m'inspire chaque fois que je le prononce ou l'entends, une profonde stupeur.

- Que vous aurait fait cet homme qui porte le nom d'un dieu d'Égypte?

- Atoum, ce démiurge bienfaiteur, potier qui a conçu le monde d'après les Égyptiens est pour moi qui suis une sémite, le mal et le chaos. Autrefois j'ai été confrontée à un homme qui portait le nom d'Atoum, un Grand prêtre d'Amon, qui œuvrait à Quoumram, une forteresse égyptienne à l'orée du désert du Seneb. J'allais le consulter comme beaucoup d'autres pour une infirmité que j'espérais soigner. Il m'avait gentiment prodigué des soins. Toutefois, avant que je ne guérisse, il m'emmena de force dans une cave sombre et abusa sauvagement de moi, dissimulé sous un masque terrible, une tête de lionne qui me fixait du regard avant de me dévorer le corps puis l'âme. J'ai mis longtemps à m'en remettre. Cet homme m'avait oubliée jusqu'à la venue d'Akim, toutefois lorsque les ennuis ont commencé à Quoumram, qu'il y eut la sécheresse, les tempêtes et la famine, alors il s'est acharné une nouvelle fois sur moi et m'a fait arrêter par ses gardes pour pratique illicite de la magie alors que je n'avais jamais rien fait de tel de toute ma vie. Ils m'ont accusée d'être la source de tous les maux de Quoumram, même d'être à l'origine d'une endémie. Ils s'en sont pris d'abord aux lépreux puis aux désœuvrés avant de m'arrêter pour me juger…

Athalie était troublée par le récit de Sarah et essaya de la soutenir, elle sentait que dans son âme un poids avait du mal à s'évacuer.

- C'est terrible ce que tu m'apprends Sarah, je ne savais pas que ta vie fut si tourmentée. À te voir coudre les étoffes, je pensais que tu avais l'esprit tranquille, que tu vivais heureuse à Byblos avec ton mari et ton enfant.

- Si je vis bien, ce n'est jamais sans la crainte du passé, la peur qu'un jour il ne me rattrape, que l'injustice ne s'abatte de nouveau sur moi ou mon enfant. Mon mari en est encore victime, de cet homme, et je crains que la prochaine fois... ce ne soit pire encore.

- Quel acharnement aurait-il à vouloir à tout prix s'immiscer dans votre vie, par simple rancune ?

- Si encore je lui avais porté préjudice. C'est la haine de mon peuple qui le pousse...

- Tu sais bien que ta sœur est là pour te soutenir dans les moments difficiles. Moi aussi je me sens victime, depuis sept ans, heureusement que cela a bien tourné, mais qui sait si à l'avenir ? Je vis aussi dans la crainte d'un mari qui ne revient pas. Et accessoirement, Allal n'a pas été la proie d'un homme cruel, mais d'un taureau fou furieux qui en voulait à ton enfant. L'essentiel est que nous soyons solidaires et que nous fassions preuve de perspicacité. Le destin est parfois magnanime envers nous, il y a toujours un moyen de s'en sortir, « une bouée de sauvetage » comme dit le capitaine ; il suffit de le vouloir et de s'entraider mutuellement comme les équipiers d'un navire.

- Pour en revenir à nos moutons, supposons un instant que je reconnaisse l'homme qui m'a agressée et qu'il est bien ce médecin respectable qui officie au palais. Qui nous dira que c'est un espion et qu'il travaille pour le compte d'une puissance étrangère ? Nous ne serons nullement en mesure de le prouver, la seule chose en laquelle il pourrait être inquiété, est qu'il aurait pénétré frauduleusement dans ma propriété, cela ne fait pas de lui un grand criminel. Comment être sûre de l'identité d'une personne qui ne cesse d'être disparate. Non, la seule chose dont nous soyons sûres, est qu'il a de mauvaises intentions, c'est tout !

- Eh bien, reprit Athalie, il ne tient qu'à nous de le prouver, de le démasquer, à commencer par ma fille, elle nous dira qui est l'homme mystérieux qui se cache sous des bandelettes, si c'est bien celui que nous recherchons, nous le saurons vite.

*

Chez Jena, elles se retrouvèrent toutes les trois en conciliabule et mijotèrent un plan qui était de faire venir le médecin afin qu'Aïcha puisse le reconnaître.

- Tu n'auras qu'à tout simplement simuler un violent mal de tête ma fille, il viendra te consulter et nous verrons bien s'il s'agit de notre homme.

- Pourquoi tout ce manège, qu'a-t-il fait au juste, je ne comprends pas ?

- Écoute ma fille, nous le soupçonnons d'avoir attenté à la vie de Aïcha, peut-être même que ce serait un espion, nous n'en sommes pas sûrs.

- Le médecin un espion ? ah, ah... laissez-moi rire, quelle mouche vous a piqués ? Vous n'y pensez pas ! J'ai vu moi-même le caractère exemplaire de ce médecin. Il me soigne régulièrement, je ne me suis jamais plainte de ses services. Certes, son aspect très spécial n'inspire pas la confiance, néanmoins il est tout à fait compétent. Il est égyptien je crois. Il s'est entretenu avec moi le jour de mon mariage après mon incident et m'a remise sur pieds très vite. Pourtant je l'avais trouvé distant et très secret. D'ailleurs, chaque fois il ne manquait pas de détourner son regard comme si le fait d'évoquer son passé le gênait profondément.

- Qu'a-t-il dit de si compromettant, c'est important pour nous, cela peut s'avérer à nos yeux capital. Sarah sentait de plus en plus en elle l'anxiété monter.

- J'insiste, reprit Aïcha curieuse, quel est son nom au juste ?

- Atoum ! Ce que je sais de lui c'est qu'il était autrefois prêtre et que dans des circonstances fâcheuses, il a dû fuir sa ville et venir s'exiler à Byblos où il exerce dûment la médecine. Si mes souvenirs sont exacts, il me semble qu'il avait un poste important dans cette ville, qu'il était très respecté…

- Mon Dieu !

Elle n'eut pas le temps de finir son récit que Sarah comprit déjà que cet homme, cet homonyme, n'était pas le pur fruit du hasard. Elle, qui menait une vie paisible à Byblos, qui redécouvrait les plaisirs de la vie, d'être maman, de faire de la couture, d'avoir des amies, les fêtes en famille, revivait, en cet instant, l'horreur du passé et n'était pas du tout confiante en l'avenir. Cependant elle ne refusa d'y croire, elle ne pouvait accepter qu'un spectre la tourmente. Alors qu'un grand danger la menaçait, elle commençait petit à petit à perdre tous ses moyens, et il fallait agir vite bien qu'elle repoussât l'idée de se voir de nouveau confrontée à lui, la chose devenait inabordable ! En réalisant qu'Atoum, celui de Quoumram, pouvait être le médecin du palais, elle ne put se contenir, et éclata comme hystérique devant ses sœurs qui ne comprenaient pas sur le coup sa réaction.

- Non pas lui, non… pas ce démon ! cria Sarah complètement bouleversée.

Quand Aïcha comprit, elle fit mine de rien et l'enlaça dans le but de la conforter.

- Ne te mets pas dans cet état, ma sœur, il faut se serrer les coudes. Qui nous dit que c'est bien le même, peut-être est-ce quelqu'un d'autre, on ne peut être sûr de rien ! Tu m'as pourtant dit qu'il avait péri, comment aurait-il pu survivre à ses brûlures, ce n'est pas possible.

En entendant ces dernières paroles tout s'éclaira dans la tête de Jena qui se remémora parfaitement le discours du médecin au sujet d'une calamité avec qui il avait eu à faire, alors, il lui fut facile d'effectuer le rapprochement avec Sarah, la « sorcière ». Oui, c'était elle, la victime, qui était là, angoissée dès que l'on prononçait le nom d'Atoum. Cependant elle ne connaissait que la version de l'ancien prêtre et non celle de Sarah, il lui fallait donc tirer les vers du nez de Sarah pour se faire une idée claire sur ce qui s'était vraiment passé là-bas, autrefois à Quoumram.

- Je crois Sarah qu'il serait bon que tu nous donnes quelques détails, en ce qui me concerne, ce que j'ai appris de cet homme ne mettait pas en valeur une certaine femme de cette ville qui a été mise à sac par les Hittites, et qu'on accusait de pratiquer une magie funeste.

- Si c'est bien l'homme, cet Atoum qui vécut à Quoumram. Alors ce qu'il t'a dit n'est que perfidies, que mensonges. Certes, il a dû te dire qu'il était grand prêtre et qu'il exerçait encore à Quoumram à l'époque calamiteuse de la grande sécheresse et des guerres qui apportèrent famine, indigence.

- Oui !

- C'est vrai, je connais l'âme profonde de cet avorton, je l'ai approché de près, et rien ne me fait plus vomir que d'avoir eu à subir sa main oppressante, sentir ses ongles rongés agripper mon ventre, son haleine détestable sur mon visage qu'il exhalait de sa gueule nauséabonde. J'ai eu besoin de ses services médicinaux, vu mon impossibilité à concevoir. Il était mon dernier recours, ma dernière chance. Réputé pour les cas difficiles, il avait alors bonne réputation.

Cependant la vérité est tout autre, c'est un fourbe qui a profité de ma faiblesse, de mes espoirs et muni de sa science détestable, il a abusé de moi en toute impunité. Faute de pouvoir atténuer ou dissiper les fléaux de la ville, il trouva en moi un bouc émissaire idéal, susceptible de porter tous les vices, tous les malheurs. Cause en est de son manque d'efficacité. Car voir un grand prêtre d'Amon dans l'impuissance c'était atteindre à sa dignité. Amon ne l'écoutait même plus c'est dire… si l'on pouvait admettre même son existence.

Alors il a fait fonctionner ces ruses en dépit d'une magie déficiente, accusant dès lors une innocente… cette femme… ce n'était autre que moi : héritière des nomades du désert, de la race des fils du soleil et qu'il haïssait, oui, par-dessus tout. Il a une dent contre les fils de Râ, il n'y a qu'à voir ses yeux qui pétillent qui rougissent comme des tisons pour s'assurer de son antisémitisme. Il a Seth dans la peau !

L'assistance atterrée la laissa continuer :

- La haine, la cupidité, l'orgueil et la perfidie l'animent. Il est prêt à toutes les bassesses pour arriver à ses fins. C'est à moi qu'il en veut, à personne d'autre. Voilà, vous savez tout à présent !

Il y eut un long silence auquel les réflexions se juxtaposaient toutes plus inertes les unes que les autres et fusaient à travers des regards médusés. En cet instant les oreilles incrédules devaient choisir entre Sarah la victime dont la version s'avérait plus plausible et un inconnu caché sous des oripeaux respectables qui se révélait plutôt être l'archétype même du mal, puisqu'il avait déjà fait preuve de brutalité, de bestialité, d'ignominie même en violant la pauvre Sarah, la voulant même éliminer une première fois, en second lieu en agressant sauvagement Aïcha, une femme de marin qui n'avait fait de mal à personne et qui désespérait d'attendre le retour de son capitaine et mari. C'est alors qu'Aïcha comprit qu'elle n'était pas directement visée, qu'en fait en s'en prenant à elle Atoum croyait atteindre son unique but, Sarah. Ainsi se profila l'idée d'un traquenard, conçu et pensé par des femmes, un piège destiné à neutraliser définitivement l'ennemi juré de Sarah, ce poison d'Atoum.

*

- V -

LE PIÈGE

Les jeux de printemps en étaient aux préparatifs, et dans l'arène, les jeunes athlètes s'échauffaient. Celui qui devait maîtriser la bête luttait avec un porteur. C'était le champion, un Héraclide crétois qui connaissait parfaitement l'art de saisir et de maîtriser les cornes du molosse. Lorsque les filles arrivèrent en tenue d'apparat, flanelle légère de coton, couronne de genévrier sur le front, les joues nappées de khôl rougeâtre, la plus ancienne des danseuses à la tête de la parade, se détacha du groupe pour faire ses salutations aux lutteurs. Les athlètes arrêtèrent l'exercice, la maîtresse de séance leur fit une harangue, très impressionnée par le corps sculptural du champion. Ceci étant fait, ils se mirent à travailler de concert garçons et filles. Les jeunes filles n'avaient d'yeux que pour le beau Crétois. À son magnétisme s'ajoutait la force pure de ses muscles herculéens, suscitant les regards admiratifs des danseuses tout acquises à sa plastique. Elles perdaient leur temps en galimatias et chaque occasion de l'approcher de plus près était bonne pour sentir cette force dominatrice et sans égale dans l'arène qui émanait de ses bras cabossés, de ses cuisses épaisses, de son cou évasé dont la base pyramidale s'enfonçait dans ses omoplates saillantes et charnues. La sueur perlait sur les corps huileux des lutteurs accentuant encore plus l'effet de puissance. L'un apporta un taureau factice monté sur bascule, ensuite chacun prit sa place autour de l'épouvantail, pendant que d'autres assistaient tout autour à la leçon du jour. Le héros portait à la taille une ceinture étroite cloutée d'argent celle des lutteurs crétois, la tête ceinte d'un bandeau frangé aux motifs grecs. Ses cheveux blonds tressés descendaient jusqu'à la nuque, insigne achéen. Il portait des jambarts cuivrés au poli rouge et un collier en or, une distinction de sa puissance et sa bravoure. Une fois les salutations faites, montrant aux nouvelles les gestes gracieux qui devaient les départager, la meneuse exprima ses recommandations d'usage, car une fois dans l'arène, la vie pouvait vite tourner court. L'ombre cauchemardesque de la faucheuse rodait en permanence sur le croissant pointu du taureau. D'une pique à l'autre, toujours droite et recourbée comme un défi, à vif de sentiments cruels. Que ce soit avec le sexe fort ou le faible, dans l'arène, il n'y avait qu'un seul dieu à maîtriser, le taureau. À la force mesurée du champion, s'opposait la furie bestiale du taureau. L'astuce était d'un rival en faire un partenaire de jeu, s'ajoutait ensuite le saut leste et rapide de la danseuse qui passait par-dessus les cornes et retombait sur le dos d'airain qui d'un coup sec s'arc-boutait et faisait rebondir très haut l'acrobate, en une pirouette aérienne, juste avant de plonger dans les bras des deux receveurs. Le tout s'harmonisait parfaitement dans un spectacle floral, où le taureau était le héros principal, le plus noble le plus prisé celui qui pousse la nature humaine à s'émanciper, à se dépasser dans une arène pavoisée autant de couleurs que d'incertitudes.

Athalie assistait, depuis sa terrasse, à ces joutes périlleuses. Elle aimait mettre une réserve, une distance vis-à-vis du risque et l'adrénaline que procurait l'arène faisait vibrer toute la foule avec elle.

Le roi de Byblos, fervent défenseur de la cause taurine, organisait donc à chaque retour du printemps une Tavrokathapsia : coutume crétoise par excellence, et l'ouverture des jeux n'était plus qu'à quelques jours. Athalie marchait nonchalamment sur la terrasse et se fit apporter une boisson alcoolisée. Elle admirait le panorama qui donnait sur les rues étroites du centre ville ornées de décors et de motifs taurins. Elle pouvait entendre des discours arrosés de bière concernant des sujets tauromachiques. Les hommes vidaient d'un trait leur verre, dans les tavernes chaudes du port d'où partaient parfois quelques copieuses échauffourées. Le printemps faisait monter la sève mais aussi excitait les hommes, les marins s'adonnaient aux jeux de toutes sortes, les dés, les dominos... Il y avait des paris sur tout et n'importe quoi, si bien que les riches d'un jour, perdaient aussitôt leurs gains, dépensaient leur pécule en boisson ou se vautraient avec des filles impudiques qui se serraient la taille et exhibaient leur poitrine nue teintée de rouge sur le bout des seins. Le brouhaha de la ville montait en volume dès l'arrivée des jeux, et il n'était plus question de faire autre chose que de participer aux préparatifs de celle qui allait être le clou du spectacle, la fameuse Tavrokathapsia. Athalie supputait librement et profitait de ce moment pour commander à son esclave, une toilette à l'occasion bien sûr des prochains jeux.

- Inaïs, hâte-toi d'aller à ma garde-robe, je veux choisir une robe. Les jeux sont pour bientôt et il me faut une tenue légère.

- Tout de suite maîtresse, je fais le tri et vous n'aurez plus qu'à choisir vous-même le modèle.

- Appelle-moi lorsque tu auras terminé.

Athalie resta seule un instant, son pragmatisme lui faisait penser à ce qu'elle allait faire tout à l'heure une fois qu'elle aurait choisi sa tenue, elle irait chez sa fille comme c'était prévu et là, elle la trouverait malade. Ensuite elle irait dépêcher une missive au palais pour convoquer d'urgence le médecin de jour qui n'était autre qu'Atoum. Tout avait été préparé méticuleusement à l'avance, cependant, elle avait une certaine appréhension. Que fallait-il faire, laisser venir ou bien réagir et faire selon. Les quatre femmes avaient décidé d'un plan. Celui-ci consistait en un premier temps, à faire reconnaître l'agresseur aux deux victimes, Sarah et sa sœur Aïcha, ensuite de le démasquer en plein public, sur le fait d'un flagrant délit.

Lamas vint rejoindre sa mère sur la terrasse et s'assit sur ses genoux. Il était préoccupé et trouva le sein maternel en consolation.

- Qu'est-ce qui t'arrive, mon cœur, pourquoi ne vas-tu pas jouer dans le jardin avec les mouflets des servantes, ils t'ont fait du mal ?

- Non, maman, seulement je m'ennuie d'Akim. Depuis que son père est parti, il ne vient plus me voir et nous ne jouons plus ensemble comme avant.

- Tu sais chéri, c'est un grand garçon maintenant. Il est fort préoccupé par l'absence de son père. Sa mère se fait du souci à son sujet, mais bientôt tout va s'arranger tu verras !

- J'aimais bien écouter des fables le soir, pourquoi ne m'en racontes-tu pas ?

- Je n'ai guère ce don, Allal était un excellent conteur, nous le regrettons, cependant il faut être gentil avec Akim si tu le rencontres, car ses parents ont fait beaucoup pour nous et maintenant qu'ils ont de graves problèmes mais ta maman s'occupe d'eux, tout du moins j'essaie de limiter les dégâts. Elle laissa échapper une moue prononcée. Sept ans déjà !

- Pourquoi me dis-tu cela, qu'est-ce qui te préoccupe à ce point, maman ?

- Rien mon petit, un jour tu comprendras.

- Et papa pourquoi est-il toujours absent ?

- Il travaille beaucoup, à moi aussi il me manque même s'il revient tous les soirs à la maison ! Bon laisse ta mère et va donc voir le palefrenier, il te fera monter un poulain si tu es sage.

L'enfant manifesta sa joie, ne se préoccupant pas de ce que venait de dire sa mère qui faisait peser quelques soupçons sur son mari quant au respect de ses devoirs conjugaux. Lamas, innocent, sauta sur ses deux pieds pour aller rejoindre les écuries. Entre-temps Athalie alla faire des essayages et décider de sa tenue lors des prochaines festivités, passant d'une robe à l'autre.

- Ce modèle fera de l'effet, maîtresse, j'en suis sûr !

- Peut-être bien qu'il serait nécessaire d'y faire quelques retouches, je demanderai à Sarah. En passant ses mains le long de ses hanches elle remarqua qu'elle avait un peu forci.

- Hélas ! la dernière grossesse ne m'a pas arrangée du tout que veux-tu !

- Au contraire c'est tout à fait dans les mœurs atoniens, voyez donc comment sont les canons en Égypte, toute la cour d'Akhêtaton se porte bien et vous, sans vous offenser, vous êtes parmi les modèles de choix, je vous assure maîtresse ! Vos courbes sont tout à fait dans le style amarnien, de bonnes cuisses charnues surmontant vos mollets fins, le ventre légèrement bombé juste ce qu'il faut pour sollicité l'œil juvénile. La sérénité d'une grossesse qui se prolongerait avec la fleur de l'âge, où est le mal ?

- Merci pour tes vaines flatteries ! Ce genre de mode est inutile à Byblos, surtout en cette période de festivité où le style crétois serait plus à point, bien qu'il soit complètement aux antipodes de celui d'Égypte, je m'en réjouis cependant ! Enfin de toute manière, merci de ce faux camouflet. Ceci dit j'aurais préféré avoir le corps frêle et ferme de mes vingt ans, jeunesse égarée qui va bientôt s'offrir en spectacle à l'arène. Autrefois moi aussi je défilais et sautais entre les cornes du taureau. J'avais quinze ans alors, cette époque où j'ai rencontré Najib. Il m'avait remarquée parmi les sept danseuses, je fus la mieux primée, dit - elle fièrement.

- Votre fille a suivi l'exemple de sa mère, elle a gagné un bon parti.

- Seneb est un garçon plein d'ambitions, qui aspire à gouverner prochainement le pays. Ma fille sera alors portée au pinacle et c'est dès à présent que nous devons nous méfier et choisir nos partenaires. Moi, j'ai choisi !

Elle mit de côté la robe, se farda joues et paupières et prit machinalement un cuivre poli pour se mirer et pour se rassurer sur son apparence ensuite elle ordonna :

- Demande qu'on me prépare mon palanquin de sortie, je vais chez ma fille dès que possible, je me fais du souci sur sa santé. Aux dernières nouvelles, elle serait alitée.

- Est-elle malade ?

- Je le crains !

Athalie se moquait de ce mensonge puisqu'elle-même devait s'en convaincre afin que cela soit plus crédible vis-à-vis du médecin, qui lui, avait l'œil d'un expert. C'étaient les prémices de ce qui l'attendait, bien que cela fût un leurre, le but était de découvrir la vérité sur Atoum, même s'il fallait en passer par un petit jeu de dupe ou une auscultation à la loupe.

Le palanquin fut attelé à deux juments et Athalie ordonna le départ. Il longea l'allée de palmiers qui bordait les vignes et prit la route caillouteuse qui descendait vers l'arène, plus loin, elle traversa une partie de la palmeraie l'endroit où les ménagères tiraient de l'eau du puits. Athalie y remarqua deux petites filles en guenilles qui peinaient sur la route avec leurs cruches pleines à ras bord qui se déversaient au fur et à mesure. Elle fit stopper le cocher, et proposa aux jeunes filles de les transporter sur une petite portion du chemin.

- Je vois que vous n'avez pas l'habitude, montez, vous aurez moins de trajet à faire et vous aurez plus d'eau dans vos cruches arrivées à la maison.

- Bien volontiers madame, vous êtes très gentille, mais nous n'avons pas de quoi payer la course.

- Ah ah ah ! Que vous êtes mignonnes toutes deux. Cet arrêt si soudain est dans l'unique but de vous soulager la tâche, mes filles. Montez donc, vous gagnerez du temps.

Les deux jeunes se regardèrent tout étonnées et déposèrent leurs cruches dans un coffret, puis montèrent à l'intérieur. Ensuite les deux chevaux reprirent leur galopade.

- C'est la première fois que nous nous faisons promener ainsi... Très agréable je dois dire.

Les filles remarquèrent les atours d'Athalie et lui firent des compliments sur sa tenue ainsi que sur le véhicule somptueux.

- Vous êtes très jolie ainsi vêtue, vous devez être riche, madame ?

- Ceux qui ont de l'argent peuvent aussi avoir du cœur, n'est-ce pas ? Et vous que faites-vous à part puiser de l'eau dans le puits ?

- Nous sommes nées d'une famille pauvre, l'eau n'arrive pas jusqu'à notre maison, nous devons aller la chercher tous les matins. Nos parents ont des tas de choses à faire et nous les aidons de notre mieux, vous savez.

Athalie savourait leurs petits minois adorables mais cependant tout crasseux, elle sortit un mouchoir et essuya la tache brunâtre qui s'accrochait à la joue de l'une d'elles.

- Vous aussi vous êtes mignonnes malgré la poussière. Vous êtes sœurs je présume, la ressemblance est frappante.

- C'est ma sœur Nina et moi je suis Lina.

- Quel dommage de laisser les intempéries cacher vos jolis traits, vous ne vous lavez pas le matin ?

- L'eau est précieuse, il nous en faudrait en quantité pour couvrir tous nos besoins, notre famille est nombreuse et notre maison est bien trop éloignée du puits.

- Et où habitez-vous ainsi ? demanda Athalie curieuse de connaître le parcours qu'elles faisaient tous les matins.

- Là-bas madame, la maison en torchis, celle qui a le toit de chaume abîmé, vous voyez sur la colline, avec les autres masures ?

Athalie regarda l'index qui pointait l'ouest.

- Ouah ! (ce gourbi...) ça fait loin, et vous faites ça tous les jours ?

- Oui madame, répondirent-elles ensemble toutes penaudes, les épaules rompues à la tâche.

Prise de compassion, elle interpella le cocher.

- Cocher, allons faire un petit détour vers la colline, et pressons que ma fille est souffrante !

Le cocher fouetta les chevaux en prenant sans discuter la direction indiquée. Une fois arrivées, Athalie les fit descendre et les aida à reprendre leurs cruches.

- Voilà qui vous a fait gagner pas mal de temps et si je vous revois un autre jour, vous profiterez de mon bon cœur une nouvelle fois, c'est promis. Allez maintenant, faites attention de ne pas trop renverser d'eau, elle est encore plus précieuse que vous ne dites.

Les deux jeunes filles la saluèrent respectueusement et s'en allèrent rejoindre leur maison, heureuses d'avoir pu bénéficier de la complaisance d'un notable qui passait là par hasard et s'était arrêtée sans mauvaise intention. Chose plutôt rare, attendu que le fossé entre les riches et les pauvres n'avait pas de fond, l'intérêt des uns étant souvent en défaveur des autres, une règle somme toute qui devait s'établir dans le temps.

Une fois arrivée à la villa princière de Seneb, Athalie se fit conduire à la hâte auprès de sa fille qui était alitée La mère s'approcha et s'étonna de son état fébrile.

- Alors sont-ce des bobards, tu l'es vraiment? Je croyais que… tu devais feindre la maladie.

- Chut, on pourrait nous entendre! Non je ne joue pas la comédie. J'ai eu vraiment un malaise en me levant et j'ai des nausées depuis mon réveil.

- Et le médecin?

- J'ai envoyé un coursier, il ne devrait pas tarder. Assieds-toi en attendant.

Elle tapa dans ses mains, une esclave s'empressa.

- Une cruche d'oxymel, ma mère vient de faire un trajet pénible sous cette chaleur.

L'esclave s'éclipsait qu'une autre apparut, le visage dissimulé derrière un voile, elle servit ces dames et annonça finalement l'arrivée du médecin. Enfin, elle attendit l'ordre de la maîtresse.

- Reste là nous aurons encore besoin de tes services, faisant un clin d'œil complice à la servante qui le lui renvoya.

Athalie ne comprit pas ses familiarités envers l'esclave, et lui réclama sitôt des explications.

- Tu ne remarques donc rien? répliqua Jena.

- Non, que devrais-je voir à part une servante dont l'accoutrement paraît ne pas convenir avec ses fonctions.

- Exact, et tu me fais plaisir en le disant car celle qui vient de te servir n'est autre que…

La servante se dévoila et Athalie reconnut tout de suite :

- Sarah? je ne comprends pas, que fais-tu dans cet accoutrement?

- Je voulais être sûre que personne ne puisse me reconnaître. C'est une idée géniale de Jena, et ce n'est pas tout. Aïcha entra à ce moment et les explications coulèrent de source.

- Nous avons eu l'idée de nous travestir en servante afin d'approcher au plus près Atoum, sans bien sûr se faire remarquer de lui durant l'auscultation.

- Un peu osé non ?

- Peut-être mais c'est la seule solution que nous ayons trouvée. Cessons les bavardages, j'entends des pas dans le vestibule.

Jena s'allongea et Athalie alla à la porte accueillir le médecin et son second qui ne le quittait pas d'une semelle.

- Mes hommages madame, comment se porte votre fille ? J'ai été averti dans l'urgence d'une consultation, un enfant auquel j'ai dû arracher une dent de lait, rien de grave j'espère ?

- Un malaise, elle est au repos. Je m'occupe d'elle.

- Bien, allons la voir !

Atoum ne fit pas attention à Sarah et Aïcha dissimulées sous leurs costumes de domestique, il se dirigea vers la malade avec des œillères et commença la consultation.

- Vous pouvez vous lever ? demanda-t-il d'une voix douce.

- Oui, seulement je me sens plutôt faible.

- Et depuis quand êtes-vous dans cet état ?

- En me levant ce matin, j'ai eu auparavant des symptômes de ce type, seulement ils n'étaient pas aussi intenses.

Atoum la fit se pencher d'un côté, de l'autre, puis lui tâta le mont de Vénus, les seins et les ganglions du cou qui étaient tout à fait normaux. Il mit sa main sur son front et conclut.

- Grâce aux dieux, votre fille se porte à merveille madame Athalie. Elle est réglée comme une clepsydre. Ce n'est rien du tout, pas de quoi s'affoler en tout cas.

- Comment est-ce possible docteur ? demanda Jena. J'ai pourtant eu des vertiges juste avant que vous n'arriviez !

- C'est tout à fait normal lorsqu'une femme est grosse.

- Grosse moi, expliquez-vous docteur, ce n'est pas le moment de plaisanter. Vous voulez dire par là que...

- Vous êtes enceinte Jena, depuis au moins un mois que vous l'êtes, mais vous ne vous en doutiez pas, bien entendu ! C'est la première fois n'est-ce pas ?

- Oui j'avais du retard mais de là à... C'est formidable, maman tu as entendu ce qu'a dit le médecin, je suis enceinte ! Ça fait si longtemps que nous espérons !

Jena était à la fois ravie et stupéfaite, et sa joie explosa dans toute la pièce. Les deux servantes, Sarah et Aïcha qui avaient assisté à la consultation, proposèrent une collation et Sarah ne manqua pas de prendre son courage à deux mains pour servir celui qu'elle haïssait le plus au monde. Fait étrange que ce soit lui qui venait annoncer la bonne nouvelle. Athalie prit sa fille dans ses bras et laissa l'euphorie la gagner, elle allait bientôt être grand-mère et rien ne pouvait lui faire plus plaisir.

- Tu nous as fait une de ces peurs, je préfère cela ! Allons, dès lors que nous savons, portons à nos bouches les verres de bon augure et trinquons ensemble au salon, vous voulez bien docteur ?

- D'habitude je prends des réserves avec l'alcool, j'ai besoin de tous mes esprits pour le restant de la journée, mes patients ne supporteraient pas un aléa de ma part, surtout le roi ! Par ailleurs je ne rechignerais pas à prendre un bon verre de mousse égyptienne.

Athalie commanda de la bière aux deux complices qui inclinèrent la tête comme le font les esclaves, quoique ce geste furtif fût fait plus pour dire que tout se passait comme prévu quand :

- Et comment va-t-il ? Il y a longtemps que je ne l'ai vu ! en parlant du roi.

- Il a une mauvaise toux que j'ai du mal à soigner, c'est un patient difficile vous savez, qui n'y met pas toujours du sien. J'ai trouvé notamment un bon moyen de le guérir, il ira bientôt respirer l'air pur de l'Égypte, plus sec et moins humide, ce sera un remède palliatif pour son mal lancinant. Bien sûr, je l'accompagnerai dans ce périple, n'ayez aucune crainte, aucun danger ne le menace tant que je suis affecté à ses soins.

- En Égypte ? alors que nous sommes en pleins préparatifs des fêtes de printemps, le roi est indispensable au palais !

- Il sera là pour les festivités, ensuite il partira pour les funérailles de la Reine Mère, l'Impératrice Tiy, décédée il y a deux semaines déjà. Comme il faut soixante-dix jours pour la préparation du corps, cela nous laisse juste le temps de participer à la Tavrokathapsia.

Dans ces dernières paroles, les connaissances du Grand prêtre en matière d'embaumement se révélèrent. L'oiseau de malheur prendrait bientôt son vol pour l'Égypte avec son maître le roi de Byblos, ce qui la rassurait. Cependant Sarah gardait un petit doute sur l'homme et ses desseins, ne pouvant distinguer convenablement son visage. Par la même occasion il était difficile de le reconnaître à moins de le démasquer en lui ôtant derechef les bandelettes une à une. Puis à quoi aurait servi de les lui ôter puisqu'elle n'aurait vu que de vilaines cicatrices, comme le lui avait appris Jena dans son discours. Néanmoins l'idée de le démasquer était la plus forte, pensée qu'elle voulut partager avec sa sœur l'envie de l'immobiliser sur place. Par contre Aïcha put formellement identifier l'auteur du méfait qui s'était introduit chez elle. Elle se retira discrètement avec Sarah, essayant de trouver un moyen rapide de le neutraliser.

C'est alors qu'Athalie voulut en savoir plus et ne pouvant se retenir, elle s'aventura à une question indiscrète.

- Qu'est-ce que le nom de Quoumram vous inspire ?

Atoum perdant la face ne s'y attendait pas du tout.

- Quoumram dites-vous ? réfléchit-il un instant : "Pourquoi me pose-t-elle cette question, cette ville n'existe plus depuis lors. Or qu'aurait-elle appris à ce sujet qui me soit préjudiciable, aurait-on découvert la barque d'Amon ? Je l'ai pourtant enfouie moi-même après en avoir recueilli les gemmes. Il me semble pourtant n'avoir rien dit à personne ?" Qu'est-ce donc, le nom d'un bateau ? lui retourne-t-il, faisant mine de ne pas comprendre où elle voulait en venir.

Jena, étonnée de la réponse, savait qu'il mentait puisqu'auparavant il s'était entretenu avec elle à ce sujet. Seul l'oubli pouvait expliquer ce mensonge, mais il n'en était rien. En répondant ainsi, elle sentait bien une gêne au fond de sa gorge, ses yeux roulèrent comme des billes et ses mains se crispèrent. Athalie le voyant contourner l'obstacle, essaya de se rattraper.

- Non, juste une ancienne forteresse Égyptienne, qui n'existe plus à l'heure actuelle, que les Hittites ont mise à sac. Si je vous en parle, c'est que vous y passerez inévitablement pour l'Égypte.

- Peut-être bien dans mes lointains souvenirs, puis à quoi cela me servirait-il, puisque vous dites qu'elle n'est plus que ruines. Y auriez-vous eu de la famille ? insista Atoum toujours mal à l'aise, comme s'il était sur le point d'être démasqué.

- Non, je tenais simplement à vous avertir que par là, les tribus nomades y vivent depuis la guerre et que c'est une région aride sujette à multiples conflits sporadiques. Les mines du Sinaï ne sont pas très loin, aussi attirent-elles quantité de rebelles, de mercenaires cupides.

- Merci. J'en tiendrai conseil auprès du roi, se rassura-t-il. Tout compte fait, il se pourrait que nous y allions en bateau, l'air de la mer est préférable à sa santé, l'iode lui fera moins de mal que de se frotter aux sabres de ces Bédouins, ces maraudeurs du soleil, ces chapardeurs fumeurs de hachisch... machouilleurs de benjoin, férus de guerre.

L'une des servantes arriva soudain, interrompant la conversation.

- Voilà qui est prêt madame !

- Passons aux réjouissances, allons au salon, commanda Athalie.

Le docteur qui se levait après avoir examiné la situation s'adressa à sa fille en particulier.

- Pour vous, je vous recommande de prendre de l'eau, des jus de fruits ou bien du lait, rien d'alcoolisé, avec les chaleurs qui s'annoncent déjà au printemps. Il vaut mieux être prudent.

- Je serai raisonnable Atoum, je suivrai vos conseils à la lettre, je tiens à ce que ma grossesse se passe bien. Elle s'excusa auprès d'eux et sortit de son lit pour s'absenter un petit moment.

Je me sens beaucoup mieux après que vous m'eûtes diagnostiquée, et je ne peux résister à l'envie d'aller apprendre la nouvelle à mon mari. Il est dans l'enclos à bœufs, nous trinquerons ensemble.

- Fais vite ma fille, va lui dire, il en sera fou de joie.

Elle partit tout heureuse et alla rejoindre Seneb à l'enclos. Il était avec trois hommes à mener les bêtes aux pâturages. Lorsque Jena vint, Seneb était sur sa monture et tenait une pique avec laquelle il faisait avancer le troupeau. Elle l'interpella, son cheval stoppa net et fit volte-face.

- Holà ! Que veux-tu chérie, tu arrives au mauvais moment, ne vois-tu pas que je suis occupé, les bêtes n'attendent pas, qu'est-ce qui urge ?

- Chéri, j'ai une nouvelle à t'annoncer… elle laissa planer un petit mystère.

- Serait-ce ta mère qui serait mourante ?

- Il faut toujours que tu la taquines, un jour elle t'enverra paître avec le troupeau. Elle est peut-être vieille mais elle a encore de la répartie. Heureusement qu'elle t'aime bien, non, c'est juste que je voulais simplement… te dire que… son visage s'illumina et levant les yeux au ciel :

- Je suis enceinte !

- Quoi ? répète, enceinte ? exultant de joie il sauta de cheval pour la serrer fort dans ses bras. C'est formidable, et depuis quand le sais-tu ?

- À l'instant, le médecin vient de me l'apprendre. Il est dans le séjour avec maman, ils t'attendent pour lever les verres, dépêche !

- Bien, les bœufs iront sans moi au champ.

Il appela un bouvier et lui recommanda d'en convenir avec les deux métayers.

- Ça ira bien à trois, j'en ai pas pour longtemps. Ma femme attend un petit, dépêchons !

- Félicitations maître, seulement, il vaudrait mieux que vous soyez là pour la saillie.

- Ah comme si l'animal pouvait se débrouiller seul ! Compte sur moi, d'ici peu je serai de retour.

Le moment était exceptionnel, dans l'euphorie, il attache sa jument, attrape sa femme par les hanches, la soulève du sol, rejoint promptement la maison. Lorsqu'ils pénétrèrent dans la salle de séjour, Athalie et Aïcha étaient penchées sur le corps inerte du médecin.

- Que se passe-t-il ici ? Il y a un instant c'était moi la malade, en voilà de nouveau trois autres !

Seneb déposa Jena qui courut immédiatement vers sa mère pour avoir des explications. Il s'approcha à la hâte, regardant aux quatre coins du salon pour y débusquer quelque chose.

- Malheur ! Ce doit être un aspic, en cette saison ils sortent de leur tanière et viennent parfois dans la maison chercher l'humidité.

- J'ai pourtant dit aux esclaves de ne pas mettre la coupe de lait des chats sur la terrasse, reprit Jena.

- File d'ici Jena. Bien que sacrées ces bêtes sont dangereuses. Reste à savoir de quelle espèce il est, il faut le trouver vite car le poison agit !

Athalie le calma.

- Mais non, rassurez-vous, rien de grave ! Ce n'est question ni d'un aspic ni d'un naja. Ils ont juste été pris d'un malaise, ils vont bientôt revenir à eux, n'est-ce pas Aïcha ? Athalie tourna la tête vers Aïcha qui venait juste de remettre les bandages sur le visage d'Atoum.

- Oui, la bière ne devait pas être fraîche, elle a tourné par cette chaleur ce qui expliquerait que, ceux qui en ont bu, soient malades.

Seneb avait du mal à avaler la pilule.

- Je n'ai jamais rien vu de tel, s'interloqua Seneb. Une bière qui fait tourner la tête, je veux bien, mais pas au point de les mettre K.O. Pourquoi cet homme porte-t-il des bandelettes comme une momie, n'est-ce pas lui, le médecin attitré du roi, qu'a-t-il de si vilain à cacher à ses semblables pour que vous soyez autant pétrifiées ? Puis se tournant vers sa femme, inquiet. Jena, tu ne devrais pas rester ici, si c'était une maladie contagieuse, je ne voudrais pas que tu risques ta vie et celle du bébé.

- Ce n'est ni un serpent, ni une maladie contagieuse comme tu peux le croire, insista Athalie, et il n'y a rien à craindre pour toi, ma fille. Elle lui fit un signe complice afin qu'elle calme son mari qui commençait à dramatiser, à faire des moulinets avec ses bras. Au bout d'une minute d'affolement, de charivari général :

- Regardez, ils reviennent à eux, le mal s'en va comme il est venu, c'est juste une question de temps n'est-ce pas Aïcha ?

- Pardi ! cinq sabliers en général, dit-elle faisant allusion au produit minute.

- Un vrai miracle ! N'empêche que je trouve cela vraiment bizarre, pas de trace de morsure et pas le moindre serpent dans les parages. Sûrement des mauvais génies qui seraient passés par là au mauvais moment et se seraient jetés dans vos verres, avec cette chaleur accrue, ils seraient certainement morts de soif n'est-ce pas? conclut Seneb d'un ton sarcastique.

En effet, sans le savoir il touchait de près la vérité ; cependant, il était loin de se douter que les mauvais génies qui passaient par là, étaient entre autre les femmes qui avaient profité de l'absence de Jena pour mettre un somnifère dans la bière du médecin et de son second, s'endormant d'autant plus vite sous l'effet de la chaleur. Qu'ensuite, l'une lui avait ôté ses linges pendant qu'une autre le fouillait. La dernière bandelette qu'avait déroulée Sarah, avait laissé apparaître un visage abject, boursouflé, brûlé sur une demi-face, l'autre face était restée suffisamment intacte pour que Sarah puisse alors l'identifier et reconnaître finalement l'homme de Quoumram. C'est ainsi que l'horreur l'avait submergée d'un coup et dans le feu de l'action, Sarah était tombée en pâmoison devant cet être qui lui inspirait crainte et dégoût. Pendant ce très court laps de temps où Jena était partie, les trois femmes avaient fait le nécessaire pour immobiliser Atoum et son acolyte. Jena qui n'était pas dupe en voyant la scène, avait deviné que quelque chose s'était produit en son absence. Elle prit donc sa mère à part et eut une petite explication avec elle.

- Tu aurais pu me prévenir, enfin maman, cela fait un sacré désordre. Seneb n'est pas tranquille, tu peux être sûre qu'il va tout retourner dans la maison! Enfin ça l'occupera un moment. Alors qu'avez-vous découvert, est-ce bien lui?

- Elle va te le dire elle-même maintenant qu'elle va mieux. Moi, je ne suis que spectatrice tout comme toi. Occupe-toi donc de ton mari, et sers-lui autre chose que de la bière, elle est extra.

- Bonne?

- Je ne savais pas quoi répondre lorsque vous êtes arrivés précipitamment. Nous n'avons eu que le temps de dévoiler le visage du médecin et de le fouiller alors qu'il était sous l'effet du sédatif.

- C'est donc ça, j'aurais dû m'en douter... que ça irait si loin ; holà là !

Lorsque les esprits furent calmés et que le médecin et son assistant revinrent à eux, il fallut les rassurer, plutôt groggy, ils ne comprenaient pas ce qu'il s'était passé. Ils mirent cela sur le compte d'une mauvaise fermentation de la bière, et tout rentra finalement dans l'ordre. Atoum, lui, commençait à avoir des soupçons sur la bonne fréquentation de la demeure et de ses fameux expédients. Enfin, il préféra se retirer sans faire de scandale, se jurant que la prochaine fois il ne bougerait pas du palais, où la bière est finalement bien meilleure, trouvant une excuse de dernière minute pour esquiver une prochaine invitation de ce genre. Quant à Seneb, il rejoignit ses bœufs avec le sentiment de n'avoir rien compris à l'affaire seulement d'être futur papa. Il était sûr qu'un rampant rôdait dans les parages et qu'il ne tarderait pas à lui faire la peau. Les femmes, elles, restèrent en petit comité, et tirèrent une leçon de cette aventure rocambolesque. Sarah et Aïcha ôtèrent leurs habits de servante et les rangèrent soigneusement. Lorsqu'elles furent tout ouïes, Sarah décrivit à ses sœurs, le malaise qui l'avait assaillie lorsqu'elle reconnut malgré les cicatrices, l'horrible visage d'Atoum. Le même qui l'avait harcelée à Quoumram et qui était toujours vivant à sa plus grande stupéfaction. Elle n'avait pu échapper une fois de plus à ses émotions et avait perdu connaissance. Ce spectacle ranima un feu ancien, un fléau qui jadis s'était abattu sur sa famille, sous la forme de cet homme qui n'avait d'âme que pour la vengeance, le profit mais aucunement pour la compassion ou l'humilité. Cette fois-ci, elle avait l'avantage d'en être avertie et ne plus être seule à l'affronter, elle pouvait enfin compter sur ses amies, ses sœurs, leurs aides s'avéraient des plus utiles, voire même précieuses.

- VI -

LA TAVROKATHAPSIA

En Crète comme à Byblos, l'heure était au taureau sacré que l'on fêtait en grande pompe. Pour signifier le renouveau de la nature ; dès la nouvelle lune, les éleveurs du domaine royal présentèrent leurs plus beaux étalons, des colosses tout en muscle pouvant ébranler la terre lorsqu'une horde vint à se déplacer. Ces mêmes qui étaient déjà dans les coulisses sombres de caractère, reniflant l'extérieur où la lumière de l'arène les attend où une foule s'apprête à les recevoir un à un et où ils peuvent entendre monter une clameur. Quelques-uns déjà grattent le sol, traînent leurs cornes sur les murs pour les larder comme il pourrait le faire en s'appropriant d'un fief. L'odeur du sang badigeonné le long des murs arrivait jusqu'aux naseaux et ajouté à cela les piques qui les embrochaient faisant un cocktail des plus détonants. Ne tenant plus en place, ils commençaient même par s'affronter les uns les autres tant et si bien qu'il fallut prendre la résolution de les séparer. On fit alors cesser les piques, et les taureaux baissèrent leur garde. Un tiercé par jour faisait le relais, soit un peu moins de deux douzaines en tout et pour tout, qui devaient satisfaire au spectacle et ce, durant sept journées consécutives.

Ce jour tant attendu était un vrai cataclysme social qui allait balayer toutes les rues des villes lors du lâcher du bovin sacré, l'Astérion, plus prosaïquement l'ancien Minotaure refaisait surface. Le champion faisait l'ouverture, partant de son enclos natif avant d'aller parader dans la ville avec les caballeros qui le tenaient à distance du public à l'aide de piques. C'était le moment favori des gens qui n'avaient pas assez d'argent pour assister aux jeux de l'arène, et certains aventuriers n'hésitaient pas à s'avancer au-devant des deux cornes, à lancer leur défi qui tournait court aussi sec qu'il avait été jeté.

Dans l'enceinte de l'arène, les équipes de lutteurs se mettaient donc à la parade, saluant le public qui hurlait à tue-tête vers leurs favoris. Dans la tribune centrale, étaient le roi Idoménée et ses proches, Mérion et sa fille, l'éleveur à sa droite ainsi qu'Irella. Elle portait la couronne de lauriers sur le front qu'elle irait offrir au vainqueur, celui qui aurait lutté le plus vaillamment et fait la plus belle figure au-dessus du taureau, son promis. Les sept principautés arrivèrent l'une après l'autre en grande fanfare au milieu de l'arène, bannières au vent et costumes d'apparat, aux quatre couleurs du prisme lumineux, le bleu de la mer, le vert des oliviers, le jaune du blé, l'orangé des crocus qui marquaient chaque équipe avec sa spécialité, son estampille régionale. Les princes vassaux s'avancèrent devant le roi de Cnossos et sa fille, les saluant respectueusement, enfin, chaque héraut annonça les marques et qualités de son prétendant avec son équipe formée de deux lutteurs, d'un écuyer, d'un porteur d'armes, d'un médecin et d'un sauteur accompagné de deux danseuses à la fine taille.

Quand le roi se leva pour une harangue protocolaire.

« Que ces jeux de printemps vous donnent vigueur au combat, soyez dignes de vos ancêtres, de notre île si chère, soyez fiers de notre grotte où Amalthée a nourri le rejeton de

Kronos, faisons leurs offrandes ainsi qu'aux valeureux qui se sont illustrés à Troie. Les trois divinités de Cnossos seront honorées, comme j'ai pu les honorer moi-même durant toute ma vie et encore aujourd'hui par le sacrifice rituel. Au prince vainqueur ira une grande récompense, ma fille cadette, la princesse Irella ainsi qu'une parcelle de terre avec un cheptel de vaches et cinq de mes étalons royaux. Que commencent les jeux ! »

Ainsi, par ces paroles, débutait la séance première de la Tavrokathapsia, à grand renfort de trompettes de sistre et de tambourins, une musique endiablée de cris et d'instruments rythmant les sabots de l'animal et les grelots des costumes.

Allal assistait aux jeux de l'arène ainsi que son ami Darouk et le reste de l'équipage phénicien. Un privilège du roi qu'ils surent apprécier comme il se devait en plus de la veille, où ils avaient bien festoyé au port d'Héraklion. Ce séjour crétois était le séjour dionysiaque pour les marins en mal de réjouissances terrestres. Ils étaient devenus de vrais durs, au cuir épais tanné par le vent marin, le sel et le soleil n'avaient plus d'emprise sur eux. Les nages avaient fait d'eux des athlètes à la peau meurtrie par le fouet, les mains percluses de durillons, les genoux rouillés par le manque d'exercice, mais ils avaient tenu bon. Les violentes tempêtes qui s'étaient abattues sur leur navire, leur avaient forgé un moral d'acier, malgré les pertes d'une partie de l'équipage sans compter les vivres qui étaient passées par-dessus bord et les avaient contraints au régime sec. Voilà le triste destin des galériens, mis entre parenthèses pour un court instant, dans la circonscription de l'arène. Vraiment, il était temps pour eux de toucher terre et pour l'heure la meilleure de toutes était la Crète aux produits artisanaux incomparables, riche en épices et saveurs exotiques qui provenaient des quatre coins de la Méditerranée. Certains ports étaient encastrés au pied d'une falaise, des maisons s'amoncelaient en cubes comme un gigantesque jeu de légo incohérent, cela valait la peine d'essayer ces lieux pittoresques, où les vins enivrants pullulaient comme mouches sur un pot à confiture, où l'octopus séchait de tout son long comme le linge des ménagères, pendu sur les étais des barques de pêche. Sans oublier les démarches chaloupées, la plastique des demoiselles crétoises qui se pavanaient dans les ruelles étroites et sinueuses du port ; certaines naturellement les seins nus, sans aucune vergogne. Sur le goût, la beauté et la grâce de ces femmes aux mœurs légères, la Crète donnait profusion à ceux qui recherchaient les leçons d'Épicure : débauche et volupté. L'accueil des étrangers dans la basse ville était cordialement accompagné de gestes expressifs, toniques, voire même obscènes. Langue universelle des marins et autres galériens qui aspirent au repos du guerrier. Le sérail était un site réputé pour ces délicieuses chaises du plaisir. Les braves soldats phéniciens ne répondaient qu'aux ordres du capitaine Nikios, un marin remarquable, cependant cupide, un Phocéen qui avait su braver les dangers de la mer et qui était un des rares à parler la langue du pays. Il était installé avec ses hommes d'équipage sur les tribunes en bois qui avaient été montées à l'occasion de la fête. Le moment du tirage au sort pour chaque équipe une fois accompli, le spectacle n'allait pas tarder à commencer.

Les trompettes sonnent soudain, un premier taureau s'élance sur la piste où attendait une première équipe chauffée à blanc par le public qui contenait toute la population de Cnossos dont le gratin aux premières loges, ainsi que les élus des provinces voisines. Les familles sont là, à encourager leurs équipes favorites, agitant frénétiquement des fanions colorés, vibrant à chaque soubresaut et détour du taureau qui faisait des circonvollutions sur le sable de la piste. Mortelle spirale qu'appréhendait la foule comme des réminiscences d'un lointain labyrinthe. Le souffle de l'Astérion monte en vigueur ainsi que la sueur qui satine sa robe. Respirant par saccades plus prononcées et plus vives encore à chacun de ses pas. Lorsqu'il s'arrête, il râpe le sol de son grattoir, cherchant de son œil rond orangé, la lueur d'un ennemi qui oserait le premier l'affronter de face, lui, ce noble étalon qui ni fléchit et ni capitule. C'est ici, dans l'arène que se niellent les différends, c'est ici que les clans rivaux s'affrontent en combats singuliers avec pour seul arbitre, la robe chatoyante et sombre du taureau qui porte en diadème la faux, le glauque croissant de lune rouge et or, le rouge du sang pour la rage au combat et enfin le jaune de l'or pour celui de la victoire. Car qui la remporte sinon lui, le taureau que rien ne peut terrasser ou l'éprouver sans se mettre en péril lui-même.

Pourtant, Allal le voyant évoluer sur le rond jaune de la piste, souffler, râler, baver de l'écume, agiter brusquement les cornes d'un côté puis de l'autre, éprouvait une vive émotion, ainsi que de la fierté en se rappelant de lointains souvenirs, le temps où lui aussi, il fut un jour confronté à cet ouragan, avec pour simple défense un arc et des flèches à la pointe armée de bronze. En ceci, il avait un point commun avec son fidèle ami, son compagnon de galère, le médecin Darouk, et rien désormais ne pourrait les séparer. Leurs chemins s'étaient croisés tout d'abord dans la cour de l'Hyppocampus où leurs fils respectifs échangeaient des maladresses de gamins. Depuis, ils ne s'étaient plus quittés, unis par le même voyage, comme deux frères soumis au même destin, ils se retrouvaient une fois de plus dans l'arène face à face avec le taureau. Ils s'étaient unis dans le marais pour résister aux assauts de la bête furieuse, là-bas à Byblos, à mille lieues de cette terre sauvage et aride, de l'autre côté de la mer, où leurs familles, leurs souvenirs s'entremêlaient, s'étalaient sur la grève, en bordure d'un palais ou d'un village de pêcheurs perché à flanc de colline. Ils savaient que l'espoir de revoir leurs proches allait de paire avec le fait de se plier aux exigences du moment, que le prochain départ pour l'Égypte serait peut-être même salutaire. Alors ils assistaient paisiblement aux jeux, une distraction qui venait briser la monotonie d'un galérien. Chose plutôt exceptionnelle dont ils ne se rendaient pas assez compte, seuls aujourd'hui les jeux primaient bien que leurs souvenirs fussent malgré eux si disparates.

Sur la piste, la première équipe finissait sa prestation quand soudain sur un dernier sursaut, le voltigeur se réceptionne mal et le taureau l'écrase de tout son arrière-train. La bête s'en rend compte, fait volte-face instantanément, énervée de plus belle, cornes plongeant vers le sol telles deux piques acérées qui transpercent sa cuisse et l'envoie en l'air comme un vulgaire fétu de paille. Il s'écrase, là, dans un coin de l'arène à la stupeur de tous, de tout son poids, une dizaine de mètres plus loin, les côtes brisées, inerte, accablé par la douleur. Sans attendre, ses équipiers se jettent immédiatement à son secours, deux lutteurs occupent déjà le bicorne afin d'éviter une seconde attaque plus meurtrière encore. Enfin le porteur d'armes arrive avec le médecin portant un brancard, et le blessé peut désormais être évacué sous les tollés d'une foule toujours plus avide de barbarie.

Après cet intermède, le roi baissa la tête de dépit et salua la bravoure du prince qui agonisait dans le stand. Il regarda tendrement sa fille, lui tapotant le plat de la main pour la conforter. Elle avait fermé les yeux et réprouvait l'humeur bestiale de la populace. Rebutant la boucherie et le sang qui coulait des cuisses du valeureux prince. Un prince tombé en brave en entraînait automatiquement un autre.

« Ô combien les jeux de la séduction peuvent être cruels… » pensait la princesse. Mais il ne fallait pas montrer sa délicatesse, sinon se tenir droite telle une descendante du divin Minos, lever la tête avec fierté, montrer que le sang royal se mérite par la hardiesse, au diable les mondanités du palais, l'arène n'était-il donc pas le meilleur révélateur de bravoure ? À la fin, on partait, soit sur une civière, soit sur la chaise du triomphe. Un second mâle arriva avec son petit comité d'acrobates. Le spectacle précédent les avait beaucoup refroidis, les femmes n'étaient plus aussi promptes dans leurs passes aériennes. Le taureau aussi était rudement éprouvé c'est pourquoi un second fut amené, plus vivace et plus frais que le premier, sous les acclamations bien sûr du public. Allal et Darouk regardaient passionnément les jeux, pris par le sentiment étrange d'une beauté conditionnée par ces silences furtifs qui suivaient une passe ainsi que son basculement très rapide et inexplicable vers l'horreur. Car tout d'un coup, on ne sait pour quelle raison, l'imprévu survient, et c'est la catastrophe. Ce sentiment très particulier de l'arène excitait de plus en plus la foule qui réclamait encore plus de sauts. Aussi l'animal devait-il être à la hauteur des exigences du public, un vrai cercle vicieux qui n'allait jamais en faveur des derniers participants. Si bien que chaque fois les enjeux montaient, et il devenait de plus en plus ardu pour les princes de prétendre faire mieux. Une fois toutes les équipes passées, restaient les plus valides qui devaient finir par s'affronter le lendemain aux olympiades. Pour finir, deux princes se disputaient la main d'Irella, l'un venant de Phaïstos, un Mycénien qui maniait promptement le labrys, l'autre de Malia un Achéen, habile piquier à la javeline de bronze qui avait la réputation de ne pas faire de cadeau.

Comme ils n'arrivaient pas à se départager à la lutte, à la course et au lancer du poids, le roi leur demanda d'arrêter le combat et d'approcher. Les deux rivaux s'arrêtèrent épuisés, couverts d'ecchymoses, de sueur et du sang des écuyers qui s'étaient fait encorner la veille, et dont le sang maculait encore le sable sur lequel ces fétus avaient roulé.

Le roi fit son sermon, tout étonné de leurs prouesses.

- Braves princes, féaux de Phaïstos et de Malia, vous êtes tous deux la fierté de ce royaume et l'un vaut l'autre aussi bien en bravoure qu'en force. À jeu égal lot égal, hélas, il n'y a guère plus qu'une seule faveur, ma chère fille Irella, et c'est vers elle que je me tourne à présent.

Il l'interpella en la suppliant de trouver une solution.

- Ma chère fille, à quoi voudrais-tu qu'ils se confrontent, jusqu'à présent nulle épreuve ne les a départagés et à mes yeux tous les deux sont dignes d'Irella ou de Parsiphaé.

Irella entrevit la gêne de son père dans cet affrontement sans fin.

- Père, je sais reconnaître la bravoure, ceux qui sont dignes de porter une victoire et tous les deux le sont. Toutefois le nerf ne suffit pas et il faut savoir faire preuve d'endurance et de ruse comme tu me l'as très souvent répété lorsque tu parlais du divin Odysséus.

- Tu me vois ravi de t'entendre parler ainsi ma fille, je reconnais là l'ingéniosité de ta mère. En quoi pourraient-ils faire la différence, as-tu une épreuve à leur soumettre, que je me régale de finesse après tant de sauvagerie.

- Bien père, souviens-toi de notre divin ancêtre Minos, qu'a-t-il fait pour trouver le rusé Dédale, ne te souviens-tu pas de son voyage en Sicile ?

Le roi réfléchit un instant.

- Bien sûr que si, ma fille, cela fait partie des annales du palais, tout le monde en connaît l'histoire. Comment notre ancêtre a traqué le traître jusqu'en Sicile et dès lors, en vue de le débusquer, a demandé au roi de Syracuse un stratagème infernal. Une coquille d'escargot. Il fallait y penser n'est-ce pas ? Et comment cela s'est-il fini ?

- Tu le sais bien père, et pour te rafraîchir la mémoire, cette coquille demandait beaucoup d'ingéniosité à faire passer un fil d'un bout à l'autre de la coquille.

Les deux princes connaissaient aussi cette légende et se regardaient l'un l'autre en espérant que la princesse leur demandât la solution.

- Ne vous réjouissez pas trop vite mes chers, jusque-là, il n'y a rien à dire sur votre valeur mais à présent vous n'aurez pas besoin du truchement de la fourmi pour passer les spirales de la coquille de l'escargot.

Le prince de Phaïstos commença à s'impatienter.

- Princesse, ne soyez pas si cruelle en nous faisant languir de la sorte, les combats nous ont amoindris, aussi, si nous pouvions en finir rapidement.

L'autre approuva son rival malgré la querelle précédente.

- Alors que votre main se mérite, le temps, lui, joue sur nos nerfs. Je ne voudrais pas que cela se répercutât sur votre santé et par là même n'altère votre beauté, vous nous en rendriez coupable.

- Quelle délicatesse de votre part de vous soucier de ma santé !

- Quelle est donc cette épreuve qui paraît si terrible ?

- Allons Irella, tu veux nous faire perdre patience ! insista le roi.

Elle dut faire appel à sa sœur, Mérile, prêtresse de Charybe qui soumit aux deux prétendants une énigme mystérieuse qui devait les départager une bonne fois pour toutes.

- Très bien, puisque vous mourez d'impatience et que ma cadette me sollicite, je vous éprouverai donc par une énigme. Sachez que nul n'a trouvé de réponse jusqu'alors. La mort a fauché ceux qui ont tenté d'y répondre après avoir franchi le seuil irréversible, dans l'antre sacré de la grotte mystérieuse où n'entrent que les initiés. Ma sœur est moins exigeante que la déesse et c'est dans cette grotte que l'énigme vous sera soumise.

Irella reprit sa sœur afin de conforter sa volonté.

- Sachez que j'épouserai celui qui trouvera la réponse juste. Ma sœur Mérile a vu tous ces prétentieux se presser dans sa grotte dans l'espoir d'y répondre et d'y trouver fortune. S'offrir à celui qui trouverait l'énigme est aussi le vœu de ma sœur, or aujourd'hui c'est à moi qu'elle prête son vœu, et je lui rends hommage à savoir que le mariage est aussi spirituel que la fraternité. La balle est dans votre camp mes princes.

Faites preuve de jugeote. Mérile, tu peux les éprouver.

Mérile leur conseilla de prendre leur temps et posa son énigme sans plus tarder. Voilà :

« Je suis un à l'origine, deux lorsqu'on me pique, en trois je ne meurs toujours pas, sachant qu'au premier niveau je me terre, au second je croque, au troisième je m'envole et je meurs, qui suis je ? »

*

Alors que les princes s'évertuaient à trouver une solution à l'énigme, à Byblos, Sarah et sa sœur profitaient des jeux taurins pour aller au palais.

Sarah y avait toujours à faire depuis le mariage de Jena, elle avait une petite clientèle fidèle, dont des notables de la cour. Elle profita de son laissez-passer pour s'introduire en douce chez le médecin avec sa sœur. Elle avait la certitude que, si elle trouvait des preuves compromettantes contre Atoum, elle serait sauvée et pourrait confondre ses futurs plans, l'éloigner de Byblos enfin pour toujours. En pénétrant à l'intérieur de son repaire, un sentiment d'angoisse les prit à la gorge, comme si elles allaient se retrouver face à face avec leur destin.

- Sarah, ce n'est pas prudent, on risque gros, s'il nous surprenait… imagine le scandale… Nous perdrions la confiance que les notables nous portent et ainsi toutes tes commandes importantes. Qui sait si on ne nous accuserait pas aussi d'espionnage, ce serait terrible !

- Je n'ai pas le choix, Aïcha, puis tu n'étais pas obligée de me suivre. Dès lors que nous y sommes, pas question de reculer. Je suis sûre que l'on va trouver des indices, va plutôt voir dans sa garde-robe, moi je fouillerai son courrier, peut-être y trouverai-je des choses intéressantes, des preuves ?

- Tu sais parfaitement que je ne suis pas du genre à te laisser tomber, dans cette affaire nous sommes toutes deux concernées et lorsque nous aurons trouvé ce que nous voulons, promets-moi de repartir aussitôt car je ne suis pas du tout rassurée ici. Quelque chose de malsain rôde le long des murs, ne sens-tu pas cette odeur feutrée de…je ne sais quoi?

- Cesse de te tourmenter l'esprit, ce n'est guère le moment, allons !

Sarah avait la crainte elle aussi, et inspecta les lieux. Elle vit une petite ombre se glisser sous un meuble et sursauta. Qu'est-ce que c'était… tu as vu ?

- Ah, tu vois quand je te disais qu'il y avait quelque chose ici ! Approche-toi de moi, je ne tiens pas à aller seule dans ce lieu d'épouvante.

Sarah alluma une lampe à huile et dirigea le halo lumineux en direction d'un buffet qui recelait du matériel d'alchimiste. L'endroit : un fatras d'apothicaire, de formules et de potions magiques en tout genre, d'herbes médicinales suspendues à des fils. Sur les murs des taxidermies de mammifères aux yeux luminescents, de fennec, de rats musqués, de mangoustes aux crocs menaçants, de petits sauriens bayant aux corneilles, de diptères, de charançons aux élytres poussiéreuses, de ranatres fuyant les dards figés des scorpions, de chenilles, de lucioles dansantes enivrées de luciférine, de grosses mygales immobiles et silencieuses qui patientaient, l'épingle à l'abdomen, de chiroptères velus aussi étranges qu'immobiles semblant hypnotiser la pléthore de phalènes poudreuses qui vint fondre subitement sur les yeux des intrus.

- Ah, au secours !…

- Comment peut-on vivre dans ce shéol avec tous ces cadavres d'animaux, une vraie nécropole ! Ce ne peut être que l'œuvre d'un nécromancien, d'un magicien qui invoque le mal, les ténèbres.

Elle se pencha plus près et put voir des grenouilles séchées, des pattes de lapins aplaties, des nœuds de vipères noyées dans un bocal ainsi que l'astrakan encore maculé du sang du sacrifice. La sensibilité féminine était poussée à bout de l'écœurement. Pour identifier la chose vivante qui s'était réfugiée sous le meuble, Sarah approcha le halo, afin d'y dénicher le petit diablotin poilu. Lorsque soudain, sans crier gare, une boule prise de peur, fit un bond, frôlant de ses griffes l'ovale de son visage. Ce mouvement subit produit un souffle d'air qui éteignit la lampe, plongeant ainsi la pièce dans les ténèbres.

Elles en furent toutes deux quittes pour une belle frayeur. Tandis qu'Aïcha se mit à pousser des cris étouffés dans sa main, essayant tant bien que mal de contenir ses frayeurs, la plus prompte, Sarah, se releva rapidement, alluma la lampe et fit une prière pour que tout ce passât bien. Sa sœur qui geignait dans son coin, transie de peur, reprenait peu à peu confiance avec la clarté.

- Calme-toi, c'est juste un gros matou qui s'est jeté sur moi. Il devait être encore plus effrayé que nous d'ailleurs. Allons, nous avons assez perdu de temps.

Ce petit incident n'allait en rien enlever à leur détermination et chacune se mit au travail. Dans la pièce principale, Sarah fouillait le mobilier, ouvrant un tiroir après l'autre, avec minutie, balayant des mains, des pieds, tâtonnant chaque coin et recoin afin de trouver un indice quelconque. Par hasard, elle tomba sur le courrier du médecin, tria les lettres à la va vite et s'aperçut qu'il correspondait régulièrement avec l'Égypte puisqu'elle reconnut le cachet, un scarabée avec le cartouche de Thèbes. Elle en prit une au hasard dans le tas, l'ouvrit et déroula son contenu. Le papyrus était pour elle indéchiffrable, puisqu'entièrement d'écrit égyptien. Alors elle remit le papyrus dans son pli et alla trouver sa sœur dans la pièce d'à côté.

- Qu'as-tu découvert ma chérie, moi je crois avoir ce qu'il me faut.

Aïcha ne répondit pas, immobile devant un objet que Sarah ne pouvait encore apercevoir. Sarah comprit qu'elle était troublée et vint auprès d'elle. C'est alors qu'elle découvrit une statuette qu'elle identifia instantanément.

- Sekhmet, celle qui m'a persécutée à Quoumram, dit-elle horrifiée. Tu vois cette lettre avec son cachet, puis ces traces d'immolation, c'est la preuve irréfutable qu'il est égyptien et prêtre, que c'est lui forcément le grand prêtre d'Amon, il n'y a plus aucun doute. Qu'as-tu trouvé d'autre Aïcha ?

- En fouillant sa garde-robe j'ai trouvé ceci !

Elle sortit une robe fourreau en lin fin, et lui montra son ourlet.

- Regarde ce bout qui manque... il correspond parfaitement.

- Nous avons assez de preuves pour le traduire en justice, qu'en dis-tu ?

- Que sa magie est puissante et que nous devrions filer !

- Nous aurons le temps d'y réfléchir, un poisson de cette trempe ne se ferre pas si facilement, comme dirait mon mari : « il a trop de relations, de poids, le roi l'écoute comme un oracle ». Je ne crois pas qu'on puisse le tenir juste avec un morceau de tissu, il faudra trouver autre chose de plus probant.

- Tôt ou tard, un jour il fera une faute et là... j'espère seulement que nous l'aurons avant que lui ne nous trouve.

- Pourquoi dis-tu cela, pourquoi crois-tu qu'il est à Byblos, il aura peut-être oublié ?

- Oublié ? Impossible, c'est évident qu'il sait et qu'il m'en veut à mort. Il est prêt à tout pour arriver à ses fins, et je n'aurai de repos que lorsqu'il sera allongé dans un sarcophage. Je t'assure que c'est un satyre, le pantin de Seth, avide de pouvoir, fourbe, mesquin cupide, démoniaque… Crois-moi si nous avons tous deux déjà eu affaire à lui, et que nous en ayons réchappé, c'est grâce à la protection du divin. Sa magie est redoutable, à nous d'être plus malignes que lui. Allons-nous-en, nous avons assez traîné ici, ça sent le roussi et je préfère décamper avant que toutes ces horreurs ne reviennent à la vie. Qui sait de quoi il est capable ? Les jeux doivent être terminés, il risque d'arriver d'un moment à l'autre et devant lui le seul recours c'est la fuite.

- VII -

UNE LETTRE D'ÉGYPTE

Sereins étaient Akim et son ami Jereth à la garnison, au nord de Byblos. Aux abords du fleuve ils péchaient tous deux quand vint la question de leur prochain départ pour l'Égypte. Le roi était sur le point d'appareiller. Ses troupes ayant besoin de renforts immédiats pour appliquer les nouvelles dispositions du protocole d'accord qui liaient le trafic commercial de Byblos à celui de la Crète sous condition d'enrayer la piraterie. Ils s'étaient mutuellement motivés pour s'engager, partir dans l'immédiat sur un navire en laissant en tout et pour tout qu'une lettre d'explication à leurs mères respectives. Ils avaient les mêmes motifs de mettre les voiles, dès lors qu'ils étaient majeurs, libres avec plus qu'une idée en tête, voir du pays, retrouver chacun leur père.

- Tu as entendu ce qu'a dit le capitaine, une délégation crétoise a pris comme escorte des navires de Byblos, ils sont déjà partis pour l'Égypte. Il y aurait une chance qu'ils soient vivants. C'est inespéré pour nous, l'Égypte n'est guère plus qu'une question de semaines, là-bas nous pourrons les trouver s'ils sont encore en vie, ce que j'ai d'ailleurs toujours cru.

- Que Dieu puisse t'entendre, Akim, cela fait si longtemps à espérer un retour que je ne compte plus les mois ni même les déceptions. Combien de fois suis-je allé en bordure de digue à scruter la mer.

- Quatre-vingt-six mois sont passés, frère, et toujours pas le moindre mât à l'horizon. Ils auraient dû être là depuis, il est temps de partir et d'aller les trouver ; qu'en dis-tu Jereth ?

- Certes, mais qu'en penseront nos proches si nous partons sans prévenir ?

- T'en fais pas, j'ai préparé le coup, une lettre qu'un de mes amis lui lira, ma mère comprendra. Elle n'a rien dit du fait que je choisisse les armes, cependant, elle ne supporterait pas que je prenne la mer, c'est viscéral chez elle, elle est hantée par le large autant qu'Aïcha. Il faut dire qu'entre la vie de marin de mon oncle et la disparition de mon père, il y a de quoi ! Et si je ne pars pas maintenant alors jamais plus je ne pourrai retrouver espoir.

- Tu as raison, il faut profiter de l'occasion. Ils sont vivants quelque part et nous saurons les trouver, parole d'officier.

- C'est pas tout, officier Jereth. J'ai quelque chose à te montrer mais je ne sais si je dois. Une lettre que j'ai trouvée récemment.

- Quelle lettre ?

- Non rien…

- Tu ne peux me faire de cachotteries sachant qu'est intimement lié le sort de nos parents.

- Je l'ai trouvée dans le courrier en cherchant de quoi lire. Es-tu sûr de vouloir la lire, au risque même de me porter préjudice.

- Allons, ne te fais pas prier, l'ami. Comment pourrais-je te faire du mal. Oublierais-tu que je suis ton supérieur et que mon devoir est de veiller sur mes subalternes.

- Ah, si tu le prends par les sentiments alors… elle est écrite en égyptien, sur le coup j'ai cru que c'était une fable égarée de mon père, or en la relisant attentivement, j'ai vite compris que cela n'avait rien à voir. Je ne comprends pas pourquoi elle a atterri chez nous ?

- Explique-toi, il serait tout à fait admissible que ta mère puisse très bien correspondre avec la famille d'Allal pour la tenir informée des dernières nouvelles, ou peut-être a-t-elle tout simplement de la famille là-bas ?

- Plutôt mon père. Mais le hic, c'est qu'elle ne connaît pas cette écriture, seul mon père sait lire les hiéroglyphes et me l'a apprise avec ses fables et c'est comme ça que j'ai pu la déchiffrer. Cette lettre n'a rien de commun avec la famille. Elle est signée d'un prophète d'Amon, et adressée à un dénommé Atoum. Il la lui mit sous ses yeux ahuris. Tiens !

- Atoum ?

- Je ne sais pas encore qui il est ni quel rapport il a avec ma mère. Mais je compte bien le découvrir. Elle me cache des choses qu'avant de partir je tiens à éclaircir.

- Qui sait si depuis la disparition de ton père elle n'a pas trouvé une âme charitable ?

- Je te l'interdis ! Tout ce que je sais et qu'elle m'a juré, est que je sois son vrai fils, le fils de sa chair et qu'elle est fidèle. Cependant, mon père m'avait assuré le contraire à mon sujet, tu vois un peu où j'en suis dans ce quiproquo ! Je cherche la vérité sur moi, mon identité. Celui qui semble être mon géniteur a disparu, et je n'ai plus qu'un seul espoir, c'est de le retrouver pour les confronter l'un à l'autre. Je me demande si cet Atoum n'est pas lui aussi mêlé à cette sombre affaire, s'il n'en serait pas la clef.

Akim restait dubitatif.

- Je comprends, après ce que tu m'avais dit à propos de cette fâcheuse chasse au sanglier. Oublierais-tu que moi aussi j'y étais, que je suis dans ton camp ! Mon père, Darouk, a dû subir indirectement ce mensonge, ou vérité peu importe, l'essentiel est maintenant de les ramener à la maison. À moi aussi il me manque terriblement, ma mère tarit d'espoir, elle pense déjà à refaire sa vie avec un autre homme. Tu comprends comme cela devient urgent pour moi ? Que t'inspire la vie, sinon des tas de questions sans réponses, des tracas quotidiens !

- Je sais que pour toi aussi c'est difficile, quoique nous sommes deux, l'un pour épauler l'autre lorsqu'il en a besoin. Et si la vie tend au mystère, sachons au moins profiter d'elle avant d'en être aigri. Partons à l'aventure l'ami !

- Eh pas si vite ! rattrapa Jereth, que dit cette lettre de si important pour que tu m'en parles avec tant d'émotions ?

- Je l'ai déjà traduite, son contenu est surprenant, écoute !

Akim se mit à lire la lettre à haute et intelligible voix à son ami de plus en plus hagard.

« Moi, Amenemet, premier prophète, suppléant aux tâches du grand prêtre d'Amon, Atoum qui fut exilé par contrainte à Byblos après de tragiques circonstances... L'Impératrice Tiy vient de décéder... Pharaon a invité cordialement aux funérailles les souverains... C'est une magnifique occasion pour toi de revenir en Égypte... Nous avons tout prévu, et conspirons pour le grand retour d'Amon à Thèbes c'est-à-dire par la violence s'il le fallait. L'occasion est trop bonne pour se servir d'un incident diplomatique avec le Hatti et la Syrie... Ainsi nous pourrions remettre en selle un roi digne des anciens souverains et tu retrouverais au plus vite tes fonctions de grand prêtre que personne de notre institution religieuse ne dément. Je te demande la plus stricte discrétion sur cette affaire. »

- C'est pas croyable ! Tu te rends compte, intervint Jereth, que ceci est la preuve formelle d'une conspiration contre l'autorité de Pharaon.

- Oui, j'en suis fort conscient ! C'est incompréhensible ! Comment a-t-elle atterri dans les mains de ma mère ?

- Crois-tu qu'elle puisse être une espionne, le messager d'Atoum ?

- Imbécile, ma mère n'est ni une espionne, ni un messager, je la connais que trop pour savoir de quoi elle vit et ce qu'elle fait. Même si elle en était, tu ne crois tout de même pas que j'irais aussitôt la dénoncer, sans même avoir une explication de sa bouche. Je te recommanderai une seule chose, que cela reste uniquement entre nous, compris ?

Jereth le regarda droit dans les pupilles et acquiesça.

- Je te le jure, toutefois ceci est trop important pour le laisser dans les oubliettes. J'attendrai que tu te sois expliqué avec Sarah ensuite nous devrons ensemble en aviser le capitaine et lui montrer la lettre ; cependant un conseil, fais vite ! Bon, je dois rentrer, les préparatifs du départ sont finis et je dois m'assurer que tout est en ordre pour les équipages.

- Va, tu deviendras un bon officier avec la médecine que ton père t'a enseignée, et je m'en réjouis. Moi aussi je lui dois beaucoup à mon père, ses lectures m'ont appris parfaitement le métier de scribe traducteur et, grâce à eux, notre avenir est tout tracé. C'est pourquoi nous ne devons pas les abandonner à leur sort, et je compte sur toi Jereth pour entériner notre petit conciliabule, insista-t-il.

- Je tiendrai ma promesse, toi aussi n'oublie pas !

Ils se quittèrent chacun de leur côté avec, en tête, cette lettre plus que troublante qui demeurait un profond mystère pour Akim. Qui était pour lui cet homme, et surtout, que voulait-il à Sarah, sa mère ? Il sentait déjà qu'un danger menaçait, son flair de chasseur ne le trompait guère, seulement, il ne connaissait pas le fin mot de l'histoire, et, vers qui étaient dirigées les menaces, puisque, à l'époque de Quoumram, il n'était alors qu'un nourrisson. C'est pourquoi il se tournait maintenant vers sa mère, il était en âge de lui demander des explications. C'était fini pour lui les grandes interrogations, les conspirations du silence. Il la mettrait au pied du mur avec cette lettre compromettante à l'appui, afin qu'elle lui révèle enfin la vérité sur un passé qui lui paraissait plus que flou, pour ne pas dire presque inabordable. Il prit son cheval de sang arabe, qu'il monta avec la fougue de ses dix-sept ans, le talonna sans relâche, filant à bride abattue vers les masures des pêcheurs où habitent Sarah et sa tante. Une fois arrivé, le portail était grand ouvert, ce n'était pas de coutume qu'il fût ainsi. Les deux dogues de garde fondèrent sur lui la langue pendante, la queue entre les jambes, ils firent des ronds autour de lui et couinaient voulant montrer leur embarras. Akim sentit l'air qui devenait plus pesant, les chiens lui indiquaient par leurs yeux larmoyants quelque chose d'inhabituel, les oiseaux du jardin s'étaient tus eux aussi. C'est alors qu'il eut des soupçons et se précipita à l'intérieur de la maison, laissant paître sa monture vers le potager.

Lorsqu'il fut dans le salon, le vieux marin l'attendait, les yeux bas.

- Quel triste jour mon petit ! Il te faudra être doux avec ta mère qui est là-haut dans sa chambre avec Aïcha.

- Que se passe-t-il ici? interrogea-t-il, ému de voir son oncle livide et si désemparé. Je ne comprends pas, il lui est arrivé quelque chose de grave ?

- Va fiston, t'en jugeras par toi-même, moi je n'ai pas le courage, aussi ménage-la, elle est plutôt mal en point tu sais.

Akim avala les escaliers deux à deux et se rendit dans la chambre où Aïcha était au chevet de Sarah. Il s'approcha lentement et stupéfait, vit sa mère souffrante reprendre doucement ses esprits. Aïcha désemparée se leva et lui recommanda de ne pas la brusquer.

- Ta mère est gravement atteinte, il ne faut surtout pas lui parler.

Akim ne tenant pas en place, voulut savoir ce qui c'était passé en son absence. Il tourna en rond et finalement n'en pouvant plus, il se pencha sur le visage éprouvé de douleur, réclamant des explications.

- Mère chérie, que t'arrive-t-il, qui t'a fait cela?

Sarah sentait ses membres s'engourdir avec le froid de la nuit qui enveloppait les chaumières, elle émit une plainte, réclamant un peu de chaleur. C'est tout ce qu'elle pouvait traduire de son diaphragme qui la faisait horriblement souffrir dès qu'il fallait expirer ou inspirer de l'air.

Une feuille s'envola et parvint jusqu'à la fenêtre pour finir sa course sur le drap maculé de sang. Le fils revint et put entrevoir la tâche pourpre à travers la compresse que Sarah maintenait serrée sur son bas-ventre avec ses mains. Akim s'agita rapidement pour l'envelopper de la couverture de laine qu'elle avait réclamée. Sarah sentait le fluide vital s'écouler de son ventre, sa respiration devenait de plus en plus lente et difficile, le souffle irrégulier.

Enfin elle put bouger ses lèvres et prononça une brève intonation à son fils. Akim colla l'oreille sur sa bouche afin de mieux entendre les mots hachés qui sortaient au goutte-à-goutte.

- Akim, ne pars pas, je ne veux pas te perdre toi aussi!

Akim comprit alors qu'elle avait trouvé sa lettre de départ, celle qu'il avait préparée et laissée en évidence sur la table. Il comprit qu'elle savait, aussi que le moment était mal choisi pour supporter un interrogatoire qui la ferait souffrir encore plus. Que pouvait-il faire à ce moment précis, à part lui dire qu'elle avait raison, qu'il resterait auprès d'elle pour la soigner, s'occuper d'elle comme il l'a fait dès le départ d'Allal, lui le brave fils devenu soutien de famille, qui avait à charge de surveiller sa mère le temps du retour du mari. Bien qu'il fût majeur, que la liberté fût à deux doigts de sa porte, il ne pouvait s'empêcher d'y réfléchir et de culpabiliser.

« Que puis-je faire dans cette tourmente, partir pour trouver mon père, ou bien rester pour la protéger? Elle a lu ma lettre et sait que je dois partir. Je suis en âge de comprendre les choses que tu me caches. Et cette lettre n'est pas des adieux, mais l'espoir de trouver des réponses à toutes les questions que je me pose. Depuis le début tu me faisais croire que j'étais votre enfant, que j'étais le petit Akim, celui de Quoumram qui apprenait tout juste à marcher. Mais depuis qu'Allal m'a dit la vérité je me cherche, je cherche celui et celle qui m'ont fait naître. Je vous dois tout à l'un comme à l'autre, or qui peut me dire ce que je suis vraiment? »

Non, en cet instant il ne savait plus que faire, ni quoi penser. Il tenait sa lettre entre ses doigts et la question de l'existentiel le rongeait toujours. Ses pensées le torturaient autant que la douleur de sa mère et il était certain qu'elle détenait l'unique vérité, la seule qui puisse tout éclaircir, le secret de sa naissance; puis cette lettre destinée à un certain Atoum. Qui était-il et que faisait-il en ce moment précis, pensait-il?

- Mère, inutile de te fatiguer à parler, je sais d'avance ce que tu veux me dire et je ne te torturerai point avec mes questions. Seulement sache que celui qui t'a fait cela paiera de son sang! Je te le promets.

Elle n'avait pas l'air d'y consentir alors il lui montra la lettre qu'il tenait entre l'index et le pouce; elle sut aussitôt, car son regard s'était illuminé d'un coup, comme si le coupable venait d'être tout désigné.

- C'est lui, Atoum n'est-ce pas? Un certain Grand prêtre celui de la lettre. Je ne sais pas pour quelle raison il l'a fait mais je saurais le faire parler. Je veux juste savoir ce qu'il fait à Byblos.

Sarah esquissa un regard d'effroi car elle ne voulait pas le voir confronté avec ce démon. Elle détourna la tête et ferma les yeux pour se laisser emporter pleinement par le sommeil.

Alors tous deux la laissèrent se reposer et descendirent dans le séjour où Yi attendait, tirant comme un forcené sur sa pipe, pris d'inquiétude, essayant vainement de se justifier.

- Je n'ai rien pu faire fiston. Je l'ai trouvée dans cet état. Puis il regarda sa femme en chien battu. Vas-y toi, explique-lui ce qui s'est passé. Tu étais avec elle, non !

- Avant je voudrais savoir ce qu'elle a, si elle va s'en sortir.

- Elle ne veut pas voir de médecin. Elle dit qu'elle n'a pas confiance en eux. Penses-tu ! si je l'avais écoutée... j'ai voulu en avertir Athalie qu'elle nous envoie son médecin mais elle s'est mise dans tous ces états, alors j'en ai fait quand même venir un qui exerce au village des ouvriers, c'est un gentilhomme tu sais qui ne m'a rien réclamé pour les soins. Seulement il a dit qu'il lui fallait du repos et qu'on devait lui changer les compresses régulièrement.

- Elle va s'en tirer alors? bredouilla Akim avec une lueur d'espoir.

- Espérons, le médecin a dit qu'il fallait du temps et que l'intestin n'a pas été perforé, c'est une chance, vu son âge, elle n'aurait pas survécu à pareille misère, répondit Aïcha d'une petite voix.

- Mais par tous les démons de l'enfer, que s'est-il donc passé Aïcha? exhorta Akim pris d'impatience et de tension soudaine.

- Voilà : « nous avions chargé le camion et faisions chemin vers le marché de la place. Au niveau du second virage serré qui borde l'à-pic, soudainement la roue se déboîta de l'essieu, nous faisant basculer sur le bas-côté. Par chance, j'ai pu me rattraper en saisissant une racine d'acacia, tandis que ta mère moins chanceuse, a chuté lourdement et s'est ramassée dans le ravin. Dans sa chute, heureusement elle n'a pas perdu connaissance. Je lui ai demandé ce qu'elle avait, elle me répondit qu'une branche pointue lui avait perforé l'abdomen et qu'elle perdait ses forces. Il fallait agir vite. J'ai de suite appelé des secours et Yi est arrivé avec des amis pêcheurs. Nous l'avons sortie de là avec difficulté ; heureusement maintenant elle est sauvée, a dit le sage, c'est le principal ».

- Yi s'en voulait à mort pour cet accident et se sentit en partie responsable -.

- Vraiment la scoumoune s'acharne sur nous ! Son mari qui ne revient pas, toi qui t'es déjà fait agresser par un visiteur et maintenant la carriole qui nous lâche. Remarque, si j'étais mécano, j'aurais pu éviter l'incident en vérifiant ce matin le chargement et l'état des moyeux. Mais que veux-tu, un marin n'y connaît pas grand-chose en mécanique, d'habitude ça n'arrive jamais ces choses-là. La fatalité que veux-tu !

Akim manifesta sa désapprobation.

- Si tu veux mon avis, je n'y crois pas du tout, je voudrais inspecter en détail cette pièce défectueuse de la charrette car j'ai pu conduire des chars à la garnison et un essieu ne se désolidarise jamais d'une roue à moins d'une intention malveillante.

- Tu voudrais dire que quelqu'un aurait traficoté notre bonne vieille charrette ? s'interloqua Yi incrédule. Impossible avec mes deux gardes qui rôdent dans la propriété, leurs crocs sont assez dissuasifs pour les intrus !

Aussitôt dit, les deux hommes se rendirent au garage vérifier l'hypothèse qu'Akim venait d'émettre. Après une inspection rigoureuse de l'essieu, ils s'aperçurent en effet que des traces suspectes subsistaient. La goupille avait bien sûr disparu dans l'accident mais, à bien y regarder de près, il restait sur la douille, une entaille des plus caractéristiques comme celui laissé par le frottement d'une lime.

- À l'évidence, c'est l'œuvre d'une main criminelle, péremptoire le capitaine. Qui donc, sinon le même qui en voudrait à Aïcha. J'en mettrais ma main au feu !

- C'est sans équivoque, il y a bien eu une intention de tuer, de là à prouver qui est derrière tout ça? C'est peut-être le moment d'avoir une discussion avec ta femme, mon oncle. Akim sortit la lettre écrite en hiéroglyphes.

- Où veux-tu en venir je ne comprends pas?

- Voici une lettre étrange trouvée par hasard chez ma mère. C'est la preuve écrite du complot qui se trame contre Pharaon. Je suis venu ce soir élucider l'affaire or je n'ai pu lui soutirer quoique ce soit, vu son état.

- Tu as bien fait fiston, il ne faut plus la tourmenter avec tous ces griefs. Elle a assez souffert. Malgré tout je ne vois pas quel rapport il y a entre la lettre et l'incident. Aïcha doit savoir d'où vient cette missive, allons la questionner.

Désemparée, Aïcha s'était postée devant la porte qu'elle ouvrit sur leur passage.

- Je vous attendais. Alors qu'avez-vous découvert?

- Et bien nous avons fait le tour de la question, l'intention criminelle a bel et bien été à la base de cet accident. Vous avez eu beaucoup de chance étant donné le chemin escarpé qu'il vous faut prendre tous les matins en allant au puits ou au marché.

Akim d'ajouter en sortant la lettre de sa poche.

- Et ceci c'est quoi?

Aïcha, sur le coup de la surprise, ne pouvait croire qu'elle fût en sa possession, et comprit à l'instant même que la main qui était derrière la lime, l'assassin qui leur en voulait à mort, ce fait odieux, innommable, n'était autre que la signature d'Atoum.

- Je croyais que c'était un incident? s'indigna-t-elle d'une voix innocente et confuse. C'est une lettre provenant d'Égypte c'est tout ce que je sais, je ne connais pas du tout son contenu, ta mère non plus d'ailleurs c'est de l'hiéroglyphe, du sacré charabia...

- Oui et il n'y a que moi qui puisse déchiffrer ce charabia comme tu dis.

Aïcha retint sa respiration et continua avec peine… comment réfléchir à ce qu'elle lui devrait comme explications : « Très bien lis-la-moi après je délierai ma langue si je puis ».

Elle écouta Akim qui confirma que Pharaon était en danger, qu'un complot était en cours pour changer de régime et qu'en l'occurrence Atoum dirigeait de Byblos les opérations. Alors, dans un émoi incoercible, au bord des larmes elle s'effondra et révéla ce qu'elle avait entrepris en secret avec sa sœur. Ce secret un jour ou l'autre allait être percé et plus elles attendaient, plus les choses, hélas, s'envenimaient.

Yi et Akim l'écoutaient attentivement, leurs regards se croisant par moment pour manifester leur consternation, leur incompréhension. Comment pouvaient-ils être restés aussi longtemps à l'écart, eux les hommes, comment n'avaient-ils pu se douter d'un quelconque danger?

- C'est bien lui, Atoum le médecin du roi, un maniaque de première, fit-elle avec rancœur. Elle décrivit en détail celui qui était la source de tous leurs problèmes et comment elles avaient réussi à le démasquer, en lui tendant un piège chez Jena.

- Vous ne manquez pas de génie mais cela ne me dit pas pourquoi ? répéta machinalement Akim en rangeant la lettre dans sa poche. Si c'est le même qui conspire contre Pharaon, je comprends pourquoi ma mère ne voulait rien me dire. Elle avait peur que je sois confronté à ce diable d'homme. Elle voulait me protéger, me mettre à l'écart, moi son fils !

- Certainement ! reprit Aïcha qui séchait ses larmes.

- Maintenant que nous savons qui est cet homme, pourquoi ne le dénoncerions-nous pas à la justice? s'excita Yi, ne tenant pas en place, prêt à l'affronter au corps à corps, à intervenir sur-le-champ. Akim plus circonspect, contint la hargne de Yi, le prenant comme affaire personnelle.

- Cet homme est trop puissant, ses fonctions le mettent à l'abri derrière le roi. Il est l'arbre qui cache la forêt et doit avoir tout un réseau de complices. Il est quasiment intouchable à Byblos tant que la juridiction est entre les mains des Hittites. En Égypte, par contre, ce sera différent, là, à la moindre occasion, j'aurai la peau de ce pleutre, ce fourbe qui en outre s'en prend à de pauvres femmes. Je le ferai payer pour tous les crimes qu'il a commis et le livrerai à Pharaon. Il n'aura plus aucune chance et s'il en réchappe c'est moi qui en finirai avec lui, de mes propres mains. Foi d'Akim !

Yi n'était pas tout à fait d'accord.

- C'est encore plus dangereux en Égypte, fiston. Là-bas tu seras sur son terrain de prédilection, il aura beaucoup d'alliés, n'oublie pas ! Il est encore grand prêtre bien qu'il soit toujours en exil à Byblos ; dès qu'il sera de retour, il reprendra certainement ses anciennes fonctions incognito et œuvrera dans les arcanes des prêtres.

- Tant que Pharaon vivra, il n'en sera pas ainsi ! Pour le moment c'est Aton qui règne sur l'Égypte et s'il y a complot, je serai bien placé pour le faire échouer, cette lettre à l'appui !

Aïcha essaya encore de le raisonner, de le dissuader de partir comme Yi venait de le faire comme sa mère l'aurait fait mieux encore.

- Akim, tu dois rester ici avec ta pauvre mère. Elle a besoin de toi encore plus aujourd'hui, elle ne supportera pas de perdre son fils après son mari, même si elle éprouve du ressentiment pour cet homme. Tu dois m'écouter et avoir un peu de compassion pour ta vieille mère qui se meurt.

- Ne m'attendris pas avec tes lamentations qui lient mes sentiments à ceux que j'ai pour ma mère. Même si tout te donne raison, je suis décidé à partir coûte que coûte et rien ne peut plus me fléchir, tout est clair, je sais qui nous a fait tant de mal.

- Non tu dois rester !

- Pharaon est en danger et mon devoir est de le protéger par tous les moyens. Allal est égyptien de souche, il a grandi en Égypte, là-bas il a espoir de s'en sortir. Il en aurait fait autant à ma place et aurait été fier de me voir réagir ainsi. Je pars donc chercher mon père !

- Il est loin et qui nous dit qu'il est vivant, nous commençons à perdre espoir avec ta mère. Après le père, le fils…

- Tais-toi ma tante. Sauf mon respect, je ne saurais tolérer que l'on perde espoir, raison supplémentaire pour que j'aille le retrouver. Je dois arrêter cet avorton de Seth avant qu'il ne fasse d'autres ravages, ma mère peut dormir tranquille.

Ce furent ses dernières paroles. Après ses adieux, Aïcha lui remit l'objet fétiche que Yi lui avait rapporté d'Afrique noire.

- Puisque tu es inflexible, tiens, garde ce talisman fils, jusqu'à ton retour avec ton père. Le doigt de Waka te protégera du mauvais sort. C'est Oncle Yi qui le dit et tu sais, il ne s'est jamais trompé. Va si tel est ton destin et revenez-nous vite, toi et ton père.

- Plaise à Dieu que tu nous reviennes en un morceau fiston… soupira Yi qui ne put retenir une larme.

Akim assembla ses affaires et rejoignit sa monture qui avait ravagé une partie du potager. Il maugréa après la bête, et s'en prit à lui-même pour tout le mal de la maisonnée. Il ne se retourna pas, trop ému.

- Adieu monts et merveilles du Liban, Égypte me voilà !

Il mit le pied à l'étrier, enfourcha son alezan qui décolla aussitôt du jardin sous les coups de cravache. Au loin une flotte l'attendait, le port finissait de charger ses denrées et il le considéra comme son dernier point d'attache ; Jereth l'y attendait le cœur serré à l'approche du crépuscule, la tête dans les étoiles, il longeait d'un pas inquiet le quai comme un chien fidèle, le silence était grand aussi bien que la nuit féale à tout espoir, et toujours plus longue d'incertitudes.

Enfin vint la dernière aurore, après le chant du coq, c'était au glissement des étrivières de succéder, ainsi qu'aux gardes molles de s'arracher des bittes d'amarrage, puis aux nages de plonger, de souquer et aux navires de filer droit vers l'aventure…

- VIII -

LA DENT DE SOBEK

Après deux jours de mer, la flotte chargée et de soldats et de présents, approchait des côtes égyptiennes, le pavois gonflé. Le roi sortit de sa cabine, accompagné du médecin, et se réjouit des splendeurs de la nature qu'offrait le delta verdoyant du Nil. Le cours d'eau était encore bas, les galères entrèrent par Pharos, le milieu de la grande bouche que forme le delta, et se laissèrent porter par la force du vent à contre courant le long du fleuve jusqu'à l'ancienne ville des Apophis.

- Le Nil et ses merveilles, nous voici au pays du roi serpent, s'exclama le capitaine accueillant le despote sur le pont.

- Il serait utile que l'on sacrifie dès notre arrivée à Tanis, pour être agréable à Aton et sa divine lumière. Qu'en dis-tu Atoum, toi l'Égyptien ?

- C'est la coutume aussi de tout marin, le dieu unique a la lumière pour témoin, et nous n'arriverons que ce soir sous les auspices de Khonsou*, un peu tard cependant ! Il serait préférable d'attendre demain matin pour les holocaustes, nous

---

* *Dieu symbole du cycle lunaire.*

repartirons aussitôt pour la capitale Akhêtaton. Par contre je peux honorer Sobek cette nuit même. Le crocodile sacré se réveille au crépuscule, il serait bon de lui jeter quelques offrandes afin de calmer son appétit féroce, le voyage n'en sera que plus profitable.

- Je vois que tu es resté fidèle aux anciennes traditions égyptiennes, Atoum, aussi te ferai-je confiance, je ne veux point d'incident pendant la remontée du fleuve. Je ne voudrais pas non plus qu'un de mes jarrets aille tâter les crocs du saurien !

- Vous ne craignez absolument rien ici majesté, reprit le capitaine.

- Bon ! Fais selon, Atoum ; usuellement je n'ai que faire des dieux aquatiques mais par Baal, mon instinct me dit toujours de m'en méfier comme de la peste ! Ce fleuve me paraît aussi long qu'antipathique.

- C'est plus sage ainsi mon seigneur ! Bien que les us se perdent dans le limon. Atoum se réjouit de ce premier sacrifice, lequel défiait les principes atoniens, prémices du prochain retour de tout le panthéon égyptien dont le principal dieu Amon.

- Il est cependant préférable, continua-t-il, pour la bonne entreprise de ce voyage que je fasse les offrandes, accompagné de mon serviteur. Je connais l'Égypte sur le bout des doigts, seigneur, et ignorer les divinités antérieures à Aton reviendrait à blesser leur orgueil et nous soumettre à leurs puissances qui peuvent se transformer en de terribles fléaux, n'est-ce pas Mineb ?

- Absolument maître, j'en ai fait la triste expérience auparavant lorsque les démons s'étaient déchaînés sur les basses terres et que leurs courroux avaient asséché le Nil. J'ai pu en réchapper, mais je souffre encore de la disparition de ma famille.

Atoum perplexe devant les paroles de son serviteur, revivait l'histoire de Quoumram prise par les flammes, dans les tourmentes de l'enfer, l'autodafé de sa vie.

- Nous ne sommes pas venus porter ombrage, reprit le roi, ni même entendre des sornettes du passé, fais ta besogne avec qui bon te semble, prestement, que les dieux soient honorés comme il se doit ; moi, je me sens loin de ces rites étrangers.

Atoum prit le nécessaire et se dirigea à la proue pour brûler de l'encens, faire une prière et jeter à la mer une carne fraîche de bœuf de premier choix. À ce moment précis, on vit sur la rive un tronc gigantesque glisser de tout son poids sur la berge boueuse, prendre un élan silencieux et fondre précipitamment dans les profondeurs noires et fraîches du limon. Le silence se fit, une onde arriva à hauteur de la poupe du navire, suivant de près son sillage lorsqu'un gros bouillon apparut et engloutit le reste du repas de la veille. Puis le calme revint sur le pont qui s'était momentanément agité pendant les oboles. Les bateaux arrivèrent à quai sous bon auspice, un comité d'accueil les attendait à coups de trompettes, de crécelles, de sistres et de tambourins. Les danseuses les accompagnaient, agitant leurs voiles translucides et soyeux qui s'animaient au souffle d'une risée. Cette arrivée nocturne n'enleva rien au côté officiel et le roi de Byblos reçut tous les hommages dus à son rang. L'instant fut bref, un palanquin sous escorte les mena à la villa diplomatique du vizir, homme dont le pouvoir faisait ombrage à Pharaon lui-même. Il dut se retrancher dans les basses terres, étant suspecté par la couronne d'être resté fidèle à Amon et d'amasser d'immenses richesses susceptibles de confondre le pouvoir du dieu vivant, Pharaon.

À cette heure tardive, la diplomatie avait rejoint ses quartiers, et le roi sa villa princière. Les hommes, qu'ils fussent soldats ou bien simples matelots, tous étaient logés à la même enseigne, fourbus par ces longues heures de navigation, si bien qu'ils ne s'étalèrent guère dans le protocole. Atoum logeait à proximité de son principal patient, le roi, celui qui devait occuper toutes ses pensées et toute son attention. Cependant, cette nuit, le roi, exténué, trempé d'orgueil, l'avait mis comme d'habitude à la porte, lui et tous ses remèdes rébarbatifs. Atoum maugréa une batterie d'onomatopées inaudibles, lui en voulant d'autant plus qu'il était rare qu'il obtînt sa récompense sur-le-champ mais ce n'était pas si mal pour ce soir puisqu'il avait quartier libre.

« Au diable ses rodomontades, pensa-t-il, mes remèdes auront beau être efficaces, ils ne lui enlèveront jamais son caractère exécrable, sa pingrerie.» Il salua avant de se fondre parmi l'obscurité environnante.

- Vous pouvez dormir tranquille, j'ai fait le nécessaire, votre altesse, fit-il avec obséquiosité.

Il venait de lui administrer un somnifère afin que lui aussi puisse jouir d'une nuit tranquille après les astreintes du voyage, c'est du moins ce qu'il espérait lorsque, en sortant de sa loge, un inconnu se présenta à lui comme porte-parole du vizir qui se jeta à ses pieds.

- Soyez le bienvenu, porte-parole du grand Dieu Amon. Que de temps et de chagrin nous ont séparés, mais le temps presse, le vizir s'impatiente dans sa loge. Il a des choses importantes à vous transmettre.

- Comme je me doute... relève-toi qu'on ne me prenne pour le roi lui-même.

- Ne vous inquiétez pas, ce ne sera que juste un entretien qui doit rester strictement confidentiel ! Ensuite vous serez libre de retourner à vos charges officielles.

- On ne me laisse pas le choix, mais fort heureusement j'espérais ce moment depuis toujours. Menez-moi sans tarder à votre maître, je verrai bien sur place si mes attentes se confirment. Mais par tous les dieux d'Égypte, s'il s'agit d'un piège vous entendrez parler de mon seigneur et maître, le roi !

- Ne vous fâchez pas ! Nous tous, vous croyions mort depuis le sac de Quoumram, mais dépêchons-nous, le vizir vous en dira plus, il n'aime pas attendre !

Atoum confiant, se laissa donc conduire à francs étriers à l'ancienne demeure des Apophis, reconvertie par la suite en palais du vizir Ramosé. Ils quittèrent les appartements puis revinrent sur les quais et empruntèrent un tronçon de route lacustre, s'enfonçant profondément dans les terres tout en longeant le bras d'une rivière, ils traversèrent un petit pont de bois et continuèrent leur chemin sans se retourner. Derrière eux, Akim, accompagné de son fidèle ami, les suivait à distance respectable sur le dos d'un bourrin de campagne qu'ils avaient trouvé dans une étable.

- Sacrebleu ! tu aurais pu en choisir un meilleur que celui-là. Ils vont bien finir par nous semer à l'allure où nous allons !

- Tu n'es jamais content Jereth ! Réjouissons-nous de l'avoir trouvé, il nous conduira à bon terme quelle que soit l'allure.

- À bon terme, sûrement tardivement ! Car je doute fort que nous y soyons à temps. As-tu idée de ce que nous allons faire là-bas ? D'autre part je crois que c'est encore un coup de folie. Arrête donc cette mule et faisons demi-tour, j'ai moi aussi une chose à faire, de la plus haute importance, dormir !

- Tu es fou, si nous sommes à ses trousses, ce n'est certainement pas pour le lâcher, répliqua d'un ton sec Akim qui était déterminé plus que jamais en parlant de son rival. Je compte bien entendre ce félon et le démasquer d'ici peu ! Je suis sûr qu'il mijote un plan des plus tarabiscotés, sa piste nous mènera à de gros partis.

- À des ennuis certainement ! Nous finirons en gibier de potence si par malheur ils nous surprenaient à les suivre, n'oublie pas que nous jouons sur leur terrain. En plus, je ne fais aucune confiance aux Égyptiens de près ou de loin, leurs dieux sont puissants !

- Suffit de parler inutilement, je suis ton ami et tu dois me faire pleinement confiance ! J'ai la preuve irréfutable de sa trahison puis j'ai l'intention de venger mon père ainsi que ma mère. Cet homme est une aberration, ne l'as-tu pas entr'aperçu sous ses bandages ? C'est par lui que tous ces malheurs sont arrivés, il a, par deux fois, voulu tuer ma mère, et s'il a usé de magie pour sortir du néant, moi je lui ferai tomber son masque. C'est la vérité, la justice qui nous guident et rien ne pourra m'en empêcher, pas même toi Jereth, mon plus fidèle ami.

- Que vas-tu chercher Akim, loin de moi l'idée de trahir notre vénérable amitié. Notre cause est juste. N'oublie pas, frère, que tous les deux nous sommes liés par un serment, celui de retrouver nos pères ! Moi aussi je veux faire entendre justice, même s'il fallait par la suite que j'aille goûter aux affres de l'enfer.

- C'est tout droit ! rétorqua son compagnon, alors qu'ils approchaient du palais.

Ils arrêtèrent leur monture et mirent pied à terre dans les fourrés, surpris que la propriété fût aussi bien gardée, il leur serait impossible de s'y introduire sans l'aide du brouillard, ils se mettraient en péril. Alors ils se rangèrent à de sages résolutions et se postèrent en sentinelles, préparant une embuscade de fortune lorsque Atoum se déciderait enfin à tourner brides.

Dans son empire, le vizir accueillit Atoum avec grand ménagement, il le fit asseoir à ses côtés et enjoignit aux esclaves d'apporter de quoi se restaurer.

- Nome des basses terres, demanda Atoum intrigué, pourrais-je savoir ce que me vaut l'honneur de festoyer ? J'ai très peu dormi la nuit dernière et la traversée a été plutôt éprouvante, par ailleurs ma curiosité m'a conduit à votre invitation. Je suppose que vous avez des choses importantes à me soumettre ?

- Tout à fait, je vous en parlerai une fois assuré que votre estomac aura été rassasié le premier. L'esprit est plus convivial d'après le code de l'hospitalité. Ensuite nous irons dans un endroit plus intime. L'hospitalité est chez nous de rigueur et je mets un point d'honneur à ce que ma table soit un modèle du genre. Elle a vu passer tant de convives, vous savez.

- D'impressionnantes orgies, je n'en doute pas à voir toutes ces bonnes chères exposées. Cependant, pour converser est-ce l'endroit idéal ? Ne craignez-vous pas, seigneur, que les murs eussent des oreilles ?

- Si oreilles fussent ici, je les aurais moi-même tranchées sur le vif, cependant, nul n'est à l'abri dans ce palais où le vent s'engouffre et se perd dans les méandres des nombreux couloirs. Voyez donc ce qu'il m'en coûte de l'entretenir et malheureusement, chaque jour le sable s'y introduit un peu plus, c'est harassant !

Il poussa un soupir de résignation avant de poursuivre :

- Autrefois la cour suivait ici même les Pharaons étrangers, Apophis nous a apporté des merveilles, n'est-il pas ?

Il lui montra de l'index les rares fresques restaurées qui avaient subsisté à l'œuvre du temps.

- Certes l'art n'a pas de frontières et notre armée a bien hérité de leurs chars, toutes ces machines dont les Hittites sont devenus des experts pour le maniement. Savez-vous qu'on dénombre au Hatti pas moins de douze milles chars, quelle armée ! Mais n'oublions pas que l'Égypte est le fleuron de tout art, que notre science la met hors d'atteinte !

- Cependant ce n'est guère pour vous parler de mon palais ni du passé glorieux que je vous ai fait venir, mais plutôt pour vous mettre en confidence et vous avertir qu'un nouveau surgeon est prêt à croître… Il n'en dit pas plus et chassa les esclaves qui étaient aux alentours à servir afin d'être plus tranquille. Prudence veut… marmonna-t-il.

- Comment ! un héritier? tressaillit Atoum de tout son corps, auriez-vous consulté l'oracle pour être aussi informé? Je croyais que les lois de Pharaon étaient si drastiques qu'elles interdisaient même de prédire l'avenir, enchaîna-t-il en baissant la voix. - Il pressentait que les desseins de Ramosé allaient aussi dans son sens et que le vizir attendait de lui un soutien, pourtant, il préféra rester sur ses gardes -.

- Non pas ce que vous croyez. Que voulez-vous, on ne peut enlever deux mille ans de civilisations, de prédictions et d'histoire glorieuse de l'Égypte d'un seul coup d'éponge, par la seule force d'une révélation quand bien même elle viendrait de Pharaon ! Il y en a beaucoup qui me soutiennent, et veulent le retour de l'Ennéade. Venez grand prêtre Atoum, il est temps d'aller dans ma loge nous serons plus à l'aise pour discuter affaire.

Ils se retirèrent lorsque le repas fut terminé, Ramosé exposa son plan, à l'abri de toutes oreilles suspectes. Il craignait fort les espions et prenait mille précautions dès qu'il s'agissait de politique.

Ils entrèrent dans la loge où les attendait Nakht le successeur de Ramosé qui semblait ravi de voir l'ancien grand prêtre réapparaître dans la scène politique au côté de son bien-aimé maître le vizir.

- Quel plaisir de vous revoir en Égypte ! Sauf votre respect, que vous est-il arrivé de si grave pour que l'on n'entende plus parler de vous si longtemps. Nous vous croyions aux mains d'Anubis, au royaume des chimères.

- N'en faites pas cas !

- Approchez-vous jeune homme et tâtez ma chair, voyez comme je suis bien vivant ! Et, si je suis revenu d'entre les morts c'est afin de revendiquer mes droits sur mes nombreux fiefs ceux que Pharaon a réquisitionnés à son profit, ainsi que mes anciennes fonctions au temple de Thèbes. Une injustice m'a exilé de mes terres, néanmoins Mâat est et se fera toujours entendre, le peuple lui, au moins, est resté fidèle au culte.

- D'Amon bien sûr, le coupa Nakht, et non seulement vous êtes ressuscité mais vous avez réchappé en plus aux barbares Hittites ? Eux qui ont plutôt la réputation d'être hargneux et de ne pas avoir de pitié envers leurs ennemis ?

- À la bonne heure, c'est une longue histoire qu'un jour je me flatterai de vous conter, pour le moment vous avez des projets urgents, il me semble en faire partie n'est-ce pas ?

- Soit ! venons-en aux faits, reprit Ramosé. Nous avons des intérêts communs et il serait bénéfique que l'on étayât nos plans. Installez-vous donc Atoum et veuillez écouter nos desseins sur l'avenir de l'Égypte.

Atoum tout ouïe savait qu'un complot se tramait contre le Pharaon « impie », restait à savoir quel rôle il aurait à jouer.

- Je vous écoute avec sagesse mes seigneurs. Lorsque de grands esprits se croisent, c'est toujours pour générer un nouvel élan et fondre ses idées dans le creuset de Mâat*, c'est s'assurer de leur prochain succès !

- Qu'Amon entende tes paroles et qu'il daigne nous éclairer dans cette périlleuse entreprise qui en appelle à la sagesse d'Amenemhat, reprit Nakht tout confiant. Il est temps de vous exposer nos pensées avec la permission du vizir. Tout d'abord plusieurs raisons nous poussent à dessaisir le roi de son sceptre, en voici la liste qui est longue :

« Premièrement, vous êtes bien placé, Atoum, pour savoir que les temples ont fermé leurs portes et que tous les biens

---

* *déesse qui symbolise la norme, l'ordre divin.*

cléricaux ont été rattachés à la couronne, ce qui est un argument majeur pour vous de vous tourner de notre côté.»

- Il a osé s'en prendre aux œuvres séculaires, il a tout détruit, complètement rasé notre lapidaire divin, effacé le nom d'Amon, spolié nos biens !

« Conséquence de notre révolte ! Ceci dit, la centralisation administrative et son bras exécutif sont restés aux abords de la capitale cloîtrée entre les quatorze bornes qui délimitent son royaume d'Akhêtaton, ce qui joue indéniablement en notre faveur, surtout depuis qu'un édit royal a mentionné que la famille souveraine ne franchirait pas les limites de l'horizon d'Aton. Ce qui laisse le libre arbitre aux localités de tout l'empire et plaide en faveur soit de l'anarchie soit d'une conspiration, n'est-ce pas ? Il nous est donc imparti de faire revenir l'ancien empire aux portes de Thèbes et grâce à nos alliés nous saurons éviter un bain de sang et faire revenir l'ordre en Égypte. »

Atoum approuvait totalement.

- Par un Putch ! Jusque-là, vous êtes dans le vrai et je vous engage vivement à poursuivre, moi aussi je me languis du retour de l'Ennéade. J'ai un correspondant qui m'informait depuis la chute de Quoumram, Aménemet, le second prophète d'Amon, toujours dans l'enceinte sacrée de Thèbes parmi les reclus et les ouvriers qui pratiquent encore le culte à leurs risques et périls. D'ailleurs il m'a confié que beaucoup étaient mécontents des réformes, qu'elles ne leur avaient apporté que miasmes et tristesse, rien de plus. Tout le clergé vous soutiendra, moi le premier, je puis vous dire que le peuple suivra.

- Merci de votre soutien Atoum, je savais que nous pouvions compter sur vous et vos disciples…

- Nous sommes tout acquis à la cause, continuez je vous prie, reprit-il de plus en plus intéressé.

- Il y a un autre critère qui nous pousse à agir : « l'âme du peuple ». La construction de cette maudite capitale a ruiné tout le pays et ignore toutes les autres splendeurs des anciennes demeures, la glorieuse Memphis, Héliopolis, le palais de Malgatta, Karnak. Tous les anciens temples sont à l'abandon et c'est un sacrilège que d'ignorer le passé ! Le Ka des anciens n'est plus honoré et beaucoup d'artisans ont subi des revers dus au changement de régime et de capitale, les uns plus chanceux ont pu suivre et survivre grâce à leur art, les autres plus attachés à leur cité, leurs coutumes, ont dû se résigner à rester sur place et braver la folie du régent, les pillards. Sans compter tous ces Bédouins qui prolifèrent comme sauterelles dans les quartiers des ouvriers et qui sont une menace pour l'Égypte.

- Je l'ai toujours cru ! approuva Atoum.

Le vizir opina et sortit un papyrus d'un tiroir, qu'il tenait écrit de la main d'une proche, une nièce de l'épouse royale Néfertiti.

- Tenez, lisez donc ceci, c'est une nouvelle qui nous attriste mais qui ira dans notre sens le moment venu.

Nakht prit donc le pli et le lut à haute voix devant Atoum.

« An douze du règne...

... Moi Méritré, fidèle servante et nièce de ma souveraine Néfertiti, vous annonce la triste nouvelle que ma reine, avec sa suite, s'est retirée dans ses appartements sur la rive occidentale d'Akhêtaton. Ne pouvant plus supporter les charges qui lui incombent, du fait de sa soudaine et très grande affliction. Aucun médecin n'est à même de la guérir et je crains une aggravation... Je prie tous les jours (Aton) pour son bon rétablissement et espère que l'aurore daignera adoucir ses souffrances jusqu'au prochain retour de la crue... »

- La reine serait-elle mourante? s'inquiéta Atoum, ma médecine pourrait lui être utile, qu'en dites-vous seigneur ?

- Ne m'en veuillez pas si je vous dis que votre médecine ne pourra rien y faire puisque la médecine ne soigne que les malades et non les bien portants.

- Vous vous moquez de moi, expliquez-vous je ne comprends pas, rétorqua Atoum.

- Néfertiti n'est point malade, seulement elle nous fait dire par ce message codé, qu'elle se retire du pouvoir parce qu'elle pressent un changement radical et qu'elle préfère être du côté des vainqueurs plutôt que de celui des vaincus, elle a choisi Amon, semble-t-il !

- Elle est donc au courant ?

- Oui, cela dit, elle préfère rester neutre dans cette affaire et se retirer dans ses appartements à attendre le retour de la crue qui n'est autre que le retour d'Amon sur son trône de Louksor. Sa fille Mékétaton, par ailleurs, est gravement atteinte ; à ce qu'on dit elle aurait été victime d'un cobra. La famille royale serait à son chevet depuis hier.

- La famille royale paye cher ses égarements, reprit Atoum avide de morale envers ses interlocuteurs, et je ne pense pas du tout que cela aille en s'arrangeant ! Le mal prend diverses formes. J'ai, pour ma part, consulté les astres, ils m'ont annoncé un nouveau décès dans la famille royale. La reine mère est morte et je crains pour la jeune princesse et en général les astres ne se trompent jamais, ce que vous venez de me dire le confirmerait. Pour en revenir à tout à l'heure, vous m'avez parlé d'alliés ?

- Je ne puis vous les citer pour la simple et bonne raison qu'ils côtoient de trop près la famille royale. Ils préfèrent rester anonymes car ils redoutent les espions. Cependant qu'en est-il de vous ? Êtes-vous prêt à nous suivre, à pactiser ? Ainsi vous retrouverez votre gloire d'antan, celle de grand prêtre et toutes vos anciennes richesses, disciples, terres et or compris.

- Il n'y a plus à atermoyer, il faut agir ! éructa Nakht.

- L'enjeu est de taille quoiqu'il en vaille la chandelle ! Je suis prêt à pactiser sur-le-champ s'il le faut et m'engagerai à fond dans ce projet honorable même s'il devait m'en coûter la vie, par Amon ! jura Atoum.

- Qu'il en soit ainsi, reprit Ramosé, et que cette alliance soit scellée d'un sacrifice, qu'il nous porte chance à l'avenir. Je suis sûr que la victoire est toute proche !

- Amon en soit témoin ! répondit Nakht. Faisons l'offrande pour la bonne marche de cette entreprise.

Satisfait, Atoum signa le papyrus, scellant le pacte d'une goutte de son sang puis en sacrifiant une oie dont il extirpa le foie, les reins afin d'y lire de bons présages.

- Alors que voyez-vous ? s'impatienta Ramosé.

- Oui, dites-nous, quelque chose ne va pas, Atoum ?

- Le foie est sain et de bonne proportion ce qui indique que les dieux nous seront favorables mais...

- Mais quoi ?

- Il est cependant parsemé de petites taches brunes, l'entreprise sera donc des plus périlleuses, il nous faut craindre à l'avenir quelques pertes.

Éreinté, il s'excusa auprès du vizir qui insistait pour le garder la nuit mais celui-ci préféra rentrer afin de ne pas attirer les soupçons et d'être auprès de son roi, si le besoin était. Il ne s'agissait en rien d'omettre ses premiers devoirs puisque, alors, le roi lui devait de nombreux gages.

Dès que la porte se referma dans leurs dos, Nakht et Ramosé se consultèrent mutuellement au sujet de l'inattendu retour d'Atoum, le « ressuscité ».

- Qu'en pensez-vous Nakht, ai-je bien fait de m'adresser à un cadavéreux ?

- On peut lui faire confiance, maître, Atoum a une revanche à prendre sur Akhénaton et j'ai cru entendre même, qu'il aurait rancune tenace. Fait étrange qu'il n'ait point donné signe de vie depuis l'invasion hittite au Liban. Ces bandages ne plairont pas à tout le monde non plus mais ils sont efficaces pour l'anonymat, Pharaon et sa cour ne pourront le reconnaître lors des funérailles.

- Malgré le fait qu'il se soit présenté comme le grand prêtre, il ne nous a pas montré son visage, qu'a-t-il à cacher de si vilain derrière ces linges? Il était très discret à ce sujet et je pense que quelque chose de terrible a dû lui arriver, qu'il préfère garder sous silence. En tout cas il nous sera utile, aussi le roi de Byblos vient à point pour charrier avec lui la colère de nos dieux. Un incident diplomatique avec la province d'Amourou aura des répercutions et ce sera parfait pendant les funérailles. Je compte sur lui, qu'il sème la discorde entre les deux pays, ainsi nous gagnerons l'appui de l'armée qui aura perdu toute confiance envers Pharaon, Horemtep devra s'incliner devant les souhaits du peuple et reprendre les armes au nom de Mâat ou bien périr. Il se joindra inéluctablement à notre cause dévote. Le pays a besoin d'un homme fort, d'un taureau puissant qui sache tenir les rênes du pouvoir, non d'un poltron, d'un boiteux dont les chairs adipeuses pendouillent comme des flanelles de jeunes femmes. Le peuple sera avec nous!

- Horemtep risque quand même de poser problème ; n'est-il pas encore fidèle à Pharaon et son dieu Aton?

- Plus pour longtemps! L'amour d'une femme représente une faiblesse au cœur d'un soldat, Moutnotjime la fille d'Aï saura le ramener à la raison! S'il a un faible pour elle, nous la gagnerons à notre cause puisque son père Aï est indécis, nous n'aurons pas de mal ainsi à l'influencer lui et ses deux filles Moutnotjime et Néfertiti. Sa retraite ne peut que nous être profitable. L'Égypte a perdu une grande régente, Tiy qui menait la politique d'une poigne de fer; son fils est un pantin, un névrosé, un impotent. D'ailleurs si son épouse s'est retirée cela expliquerait le fait qu'elle ne croit plus en les faveurs d'Aton depuis la perte de ses enfants. Je suis sûr qu'elle déteste son divin époux, et me demande encore comment une perle puisse être attirée par un pachyderme sans une once de virilité, sans le moindre attribut de valeur guerrière, au point de lui faire six enfants dont pas un seul héritier mâle? Incompréhensible ! Tout du moins cette union justifie-t-elle son goût prononcé du pourvoir sinon rien de tel ne serait arrivé.

- Les canons de la beauté ne sont plus ce qu'ils étaient mon maître, bière, luxure et corruption ont engrossé le pouvoir qui lui-même est devenu ventripotent et hérétique. Soit, la beauté et la lucidité de la reine restent louables pour le royaume, néanmoins tous ces deuils infantiles l'ont aussi affectée comme tu le soulignes, au point de renoncer à ses tâches de souveraine ! Qui gouverne aujourd'hui, sinon un impie, un fou ?

- Même les nantis sont à plaindre, il n'y a qu'à les voir se fourvoyer, dans l'apparence de l'horizon doré. Mais les dieux auront leur revanche, ils sauront punir leurs actes diffamatoires, commenta Ramosé en pensant à son plan futur.

- Voyez, les raisons d'état ont toujours le dessus, nous pensons que Méritaton l'héritière royale devrait bientôt prendre les rênes du pouvoir, elle est plus à même de gouverner, surtout depuis la mort de la reine mère, dit Nakht prévoyant.

- Ce serait une bonne chose, la jeunesse est facilement influençable... encore faudra-t-il qu'elle change de nom ! Bon assez pour ce soir, reprit le vizir en jetant un œil sur la clepsydre, tu verras que le jour approche où nous la verrons sur le trône, ce ne pourrait être pire qu'alors ! Allons donc nous coucher, la nuit nous est propice en conseils ! Nous en aurons grandement besoin lors des prochaines funérailles.

Au-dehors Atoum était sous l'escorte de deux gardes qui l'accompagnèrent jusqu'aux portes colossales du palais. L'acacia massif faisait suer les portiers qui redoublaient d'effort à chaque entrebâillement d'un des vantaux. L'un des gardes éclaira de sa torche la façade et Atoum ne put s'empêcher de rester là, quelques instants, en pleine admiration devant ces fines ciselures historiant d'anciennes batailles à la gloire d'Ahmosis le premier d'une nouvelle lignée de pharaons guerroyeurs qui avait su reconquérir les basses terres à ses oppresseurs asiatiques, pour les repousser par la suite au-delà d'Alalak vers le nord et aller porter victoire jusqu'aux bornes du Mitani pour la partie Orientale. C'était le temps des grandes conquêtes et des grands noms comme les Thoutmosis III, les Amenophis II. Ô combien Atoum regrettait ce temps-là, celui d'Ahmosis pour la reconquête du delta, celui de Aménophis II le cruel qui frappa de sa massue sept princes d'Amourrou afin de les pourfendre et de soumettre les provinces à son joug, celui de Thoutmosis III « le soleil des neufs Arcs », qui étendit les bornes orientales aux frontières du Mitani ; l'Égypte était forte, à cette époque les victoires ne se comptaient plus, gravées en grand nombre sur tous les murs de la capitale et des temples. Soudain son alezan se mit à hennir, il revint à lui, sortant de ces rêves de gloire auxquels il aspirait. Il baissa les yeux, mit un pied à l'étrier et fila au triple galop à la faveur d'une nuit ténébreuse. Akim et son acolyte étaient à l'affût l'un derrière un fourré, l'autre sur un monticule, tous deux prêts à bondir sur l'homme et sa monture dès qu'ils seraient à leur hauteur.

- Le voilà qui arrive, cria Jereth à son ami, je reconnais sa monture rapide.

Sitôt à leur hauteur, Akim de se ruer sur le cavalier afin de le désarçonner en plein élan. Le cheval se cabra et les deux hommes se retrouvèrent à terre, roulant l'un sur l'autre, soulevant poussière, gesticulant comme des animaux de basse-cour.

Atoum n'eut pas le temps de comprendre ce qui lui arrivait qu'avant même de se relever, une seconde ombre fondit sur lui et l'immobilisa sur place.

- Que me voulez-vous gredins ! Je n'ai guère qu'un fond de bourse qui ne suffirait même pas à satisfaire un pauvre hère. Ayez pitié d'un malheureux homme qui s'est vu toucher par l'infamie d'une maladie honteuse et qui ne peut se défendre. Atoum espérait ainsi se débarrasser au plus vite de ces bandits qui prendraient la fuite pensant qu'il serait lépreux. Pour accentuer encore plus la chose il mit bien en évidence ses bandages, prenant l'air du souffreteux, courbatu, cassé de toute part.

- Tais-toi vieux renard ! dit Jereth, ce n'est pas avec tes ruses que tu nous échapperas. Un moribond ne chevauche pas ainsi une monture. Quant à ta bourse garde-la, nous ne voulons pas de ta charité !

- Enfin qui êtes-vous et que me voulez-vous par Amon ? cria-t-il d'une voix désespérée.

Akim se releva et épousseta ses habits tout en approchant le cheval qu'il prit par les rênes et attacha à un tronc qui jonchait la route. Puis il vint voir sa prise et se réjouit du spectacle. Atoum qui portait le lin pur, était à présent souillé de boue, suppliant son agresseur de le laisser en paix.

- Te voilà enfin misérable vermine, ici, tu n'es pas en position de poser des questions, c'est moi qui exigerai des réponses, avant tout Jereth bâillonne cette chose, qu'elle cesse de gémir !

Pendant que Jereth lui attachait les deux mains et le bâillonnait, Akim en profita pour le faire taire une bonne fois pour toutes en lui assenant un tel coup de gourdin sur la tête qu'il tomba, inconscient.

- Que fais-tu Akim, serais-tu devenu un assassin ?

- Ne dis pas mon nom en sa présence, même s'il n'est qu'évanoui, le gronda Akim, je ne veux pas être démasqué. Maintenant nous aurons tout le loisir de méditer sur son sort.

- Que comptes-tu faire du nanti ?

- Je ne sais pas encore, il nous sera sûrement utile en temps voulu.

Après quelques supputations fructueuses :

- Je lui ferai avouer tous ses crimes, ensuite je le livrerai à Pharaon avec le privilège d'avoir ôté un parasite de ses terres.

- Tu risques gros pour une récompense qui n'en sera peut-être pas une si Pharaon ne désire pas nous recevoir. Ne restons pas là c'est dangereux ! Si une escorte venait nous serions perdus et adieu notre désir de justice, adieu la récompense.

- Tu as raison filons au plus vite. Nous le cacherons dans une grotte que j'ai entrevue en chemin. Là nous le ferons parler et peut-être qu'il nous dira ce qu'il mijote et ce que sont devenus nos parents.

Atoum fut mis sur la croupe du mulet et les amis enfourchèrent tous deux la plus noble monture pour détaler en direction de la fameuse grotte.

Après dix minutes d'une course effrénée, ils arrivèrent à l'endroit indiqué par Akim puis sautèrent de leurs étriers. Les chevaux étaient hors d'haleine et réclamaient de l'eau que Jereth s'empressa de leur fournir en les menant au ruisseau bordé d'ombelles de lotus et de papyrus.

L'un et l'autre étaient éprouvés par le voyage et cette chevauchée les avait achevés, bien qu'ils fussent ravis de cette entreprise plutôt périlleuse. Ainsi tous trois passèrent leur première nuit en Égypte au sein d'un antre lugubre à peine visible du bord de la route avec pour unique réconfort une lampe à huile et l'espérance qui reposait en chacun d'eux.

Le lendemain matin, le cocorico d'un coq de bruyère résonnait à travers l'étendue de la plaine dont l'écho perçant ricochait sur le pan schisteux de la caverne pour arriver aux oreilles des trois clandestins abasourdis, qui se raidirent d'un coup et sautèrent sur leurs deux jambes, du moins pour deux d'entre eux, comme si l'alarme venait d'être sonnée. Dormir à même le sol était spartiate pour le médecin qui avait l'habitude d'un lit bien douillet. Il eut un mal fou à évacuer ses courbatures, soulager ses muscles endoloris et ne pouvait accepter la misère de ses hardes, la terre noire qui le maculait. Akim et Jereth s'activaient pour un petit déjeuner sommaire, du pain au sésame, de la bière qui devait plus narguer et faire saliver le prisonnier que leur remplir l'estomac.

- Donnez-moi de l'eau, ma peau ne supporte pas la poussière, priait Atoum. Je ne tenterai rien.

- Ne rêve pas, répondit Akim tenant la dragée haute, nous devons d'abord t'interroger, ensuite, si tu as bien coopéré, nous te donnerons satisfaction…

Atoum ne comprenait pas ce qui lui arrivait, ni ce que voulaient ces deux bandits qu'il découvrait pour la première fois. Il supposait que Pharaon avait commandité leur geste, qu'ils n'étaient que des espions à sa solde. Tout compte fait en y regardant d'un peu plus près, il remarqua à la lumière du jour, leur accoutrement et en déduisit qu'ils étaient tous les deux phéniciens. « Peut-être des proches du roi lui-même ? Pensa-t-il, des soldats, sûrement des déserteurs reconvertis en mercenaires afin de tirer quelques menues rançons d'un pauvre imbécile. Et ce pauvre imbécile risque fort d'être le roi, en plus des gages qu'il me doit, si c'est le cas, je peux leur dire adieu, car le roi ne sacrifiera pas une rançon sans en tirer une contrepartie. Ainsi adieu mes gages ! Je devrai repartir à zéro, quelle misère ! Le sort peut s'acharner sur moi que bientôt j'aurai ma revanche et elle sera terrible. Lorsque j'aurai les rênes du clergé, que mes terres, toutes mes richesses me serons restituées lors de l'avènement du nouveau souverain, un fidèle parmi les fidèles d'Amon, je rendrai justice à Amon et beaucoup de têtes tomberont sur le parvis du temple. Quant à savoir ce que mijote Ramosé et s'il mérite ma confiance? C'est fort dommage qu'il ne m'en ait touché mot, j'aurais tant espéré... Je suppose que ses décisions ne sont pas encore nouées, pourtant il n'a rien à craindre d'un grand prêtre d'Amon. Hormis ce fait, j'aurai grand plaisir à consacrer le nouveau souverain.

Akim s'approcha du prisonnier et lui asséna un coup de pied sur la fesse droite. Il lui ôta son bâillon, lui cracha au visage en essayant de tirer sur ses bandelettes, Atoum riposta en éructant des jurons.

- Maraud, vous aggravez mes plaies, elles ne sont pas belles à voir et sont contagieuses. Écartez-vous malheureux à moins que vous ne vouliez aussi subir la marque de Sekhmet.

Akim ne put se retenir de rire devant ce mensonge, Jereth, lui, assistait à la scène laissant faire son ami qui en voulait terriblement à Atoum. Akim était prêt à le faire périr sur-le-champ, si son ami en le raisonnant, ne s'y était opposé. L'un comme l'autre étaient d'accord sur un point, lui faire cracher le morceau; quant à lui rendre gorge, cela soulevait des problèmes de conscience à Jerteh qui, lui, était de nature plus pacifique. Cependant, afin que justice soit rendue, ils étaient prêts à le livrer à Pharaon dans le but d'en tirer certainement un bon prix, en rapport avec les dignes insignes de leur prise, d'autre part l'espoir de retrouver leurs pères était le plus fort et tous deux espéraient qu'Atoum leur révélerait l'endroit où seraient détenus leurs parents, sinon ils n'hésiteraient pas à le balancer dans le Nil avec les crocodiles et l'envoyer au diable, lui et son dieu au cas où leur plan échouerait.

- Lève-toi vermine, c'est le moment où jamais de nous dire ce que tu faisais chez le vizir, ordonna Akim d'un ton autoritaire.

- Je ne vois pas de quoi vous voulez parler, je suis malade, laissez-moi en paix, je n'ai rien à vous dire, mis à part la misère d'un lépreux !

Alors Akim se fit plus menaçant.

- Lépreux ? s'esclaffa Akim. Un lépreux ne monterait certainement pas avec cette prestance un pur-sang comme je t'ai déjà dit. Tu as l'esprit d'un fourbe, nous t'avons vu filer de l'appartement du roi à la villa diplomatique et t'avons suivi jusqu'ici. Atoum, n'est-ce pas toi le médecin du roi de Byblos dont tu as la charge ?

- Hum !... fit Atoum, pris soudain d'une quinte de toux.

- Inutile de le nier. Nous voulons savoir où sont nos pères ! Akim l'empoigna, et le molesta sur le coup de son emportement.

- Mais enfin qui êtes-vous ? se révolta Atoum cependant intimidé, comprenant qu'il avait à faire à des personnes de l'entourage du roi donc inévitablement du sien. Donnez-moi de l'eau je vous en prie je n'ai plus de salive.

- Rien ! Peu importe qui nous sommes, nous agissons dans nos propres intérêts, nous savons ce que tu projettes et voulons connaître tous ceux qui conspirent contre Pharaon.

- Vous êtes fou, comment osez-vous ? Vous vous trompez à mon sujet, je ne suis pas un conspirateur, encore moins un criminel, je ne suis qu'un honorable médecin de la cour de Byblos et si vous ne me libérez pas sans délai, vous allez devoir subir la terrible colère du roi ! C'est un homme qui peut être très cruel lorsqu'on le contrarie et qui n'hésitera pas à vous pendre et vous écorcher vif avant de vous jeter aux crocodiles. L'incident diplomatique n'est pas loin, réfléchissez-y, libérez-moi je dois lui donner son remède !

- Suffit ! C'est toi qui iras dans le Nil en remède pour les crocodiles si tu ne t'expliques pas sur-le-champ. Sept ans que nos deux pères ont été envoyés aux galères par ta faute ! Que crois-tu scélérat, qu'on va te choyer peut-être ?

Akim ne put s'empêcher de le mettre sur la voie.

- Je ne comprends pas, fit Atoum, qui êtes-vous, que me voulez-vous ?

Le voyant si réticent, Jereth intervint auprès de son ami.

- Ne crois-tu pas qu'on devrait lui dire qui nous sommes une bonne fois pour toutes. Je pense qu'il serait bon de lui rafraîchir la mémoire, qu'en dis-tu ?

- Très bien, Akim se rapprocha de son interlocuteur, te rappelles-tu ce procès qui naguère a défrayé la chronique de Byblos ? Ce procès qui fit scandale auprès du roi qui réclama aussitôt que l'on fasse périr ceux qui avaient sacrifié son plus beau taureau.

Atoum comprit aussitôt de quoi voulait parler Akim et par la même occasion que ses deux persécuteurs n'étaient autre que :

- Vous êtes les fils, répondit Atoum. C'est facile à deviner et vous êtes deux déserteurs qui ont profité de la traversée et du régime favorable pour vous insérer dans les rangs de l'armée dans l'unique but d'arriver à vos fins, c'est-à-dire satisfaire votre soif insatiable de vengeance. Mais pourquoi m'en voulez-vous alors que le roi est mieux placé que moi pour complaire à vos soins ? Moi je ne suis guère qu'un de ses sbires, son médecin, rien de plus. Celui qui a au départ réclamé leurs têtes, a plutôt été clément en les condamnant aux galères. Fût-il dans son plein droit que moi je n'ai rien à voir de loin ou de près dans tous vos malheurs.

Jereth ne connaissait pas toute l'histoire d'Akim et cette lacune allait être vite comblée de la bouche même de son ami.

- Oh que si, et voilà le nom de ton persécuteur. Écoute-le bien car plus jamais tu n'auras à commettre d'autres iniquités. Je suis Akim, le fils de Sarah, celle-là même envers qui tu t'acharnes. Je ne sais pas à quelles fins, seulement les faits parlent d'eux-mêmes, tu voulus en finir avec elle tout d'abord en t'occupant du sort du mari pour mieux l'atteindre ensuite.

C'est donc toi qui as trafiqué la carriole avec laquelle elle allait paisiblement en ville. Sache qu'aujourd'hui elle souffre par ta faute, qu'elle est mourante et que moi son fils je suis prêt à la venger. Mais d'abord, tu vas me dire ce qu'il est advenu de nos pères et ce que mijote le vizir Ramosé. Parle !

- Toi le fils de Sarah ? J'aurais dû m'en douter, tes yeux sont les siens. Par contre à ta place je ne parlerais point d'un parâtre, d'un fantôme qui à l'heure qu'il est, serait à rôtir parmi les damnés de Seth et qui soi-disant serait ton père. D'abord qui le prouve ?

- Tais-toi, vipère, ta bouche ne sème que le trouble et le parjure, tu ne pourrais être celui que je cherche…

- Oui, toi, l'avorton, l'avatar des deux terres et du désert, du fertile et de l'infertile, le suppôt de Sekhmet voilà ce que tu es fils, un démon, reconnais-le et libère ton père que tu as blessé au plus profond de son âme afin qu'il puisse enfin te pardonner ! Donne-moi un peu d'eau, fils !

- Tais-toi, te dis-je !

Akim était complètement désarçonné par ces paroles, Jereth, lui ne capta que quelques brides de mots. La situation tournait au vinaigre et résolument à l'avantage du prisonnier qui utilisait tous les subterfuges, les mensonges, les sarcasmes afin de déstabiliser ses adversaires, et chez lui c'était plutôt un art dans lequel il excellait. Sa magie était redoutable quoique sa langue aiguisée l'était encore plus. Alors, il continua à enfoncer le clou dans la plaie, essayant par tous les moyens de se sortir de cette souricière.

- Libérez-moi et tout rentrera dans l'ordre, vous, vous rentrerez dans vos rangs, resterez fidèles au roi, je promets de ne rien dire de tout cela. Quant à cette histoire de complot, vous jurerez que ce ne sont là que balivernes, ainsi fils, nous pourrions partir sur de nouvelles bases, nous connaître un peu mieux devenir des amis, rattraper le temps perdu, tout le mal que j'ai pu faire sans le vouloir. Pardonne-moi fils, mais je ne savais pas !

- Assez ! hurla Akim qui se prit la tête dans les mains. Je ne veux plus t'entendre, mon vrai père est Allal toi tu n'es rien ! Et pour ce qui est du complot que tu nies, ceci devrait te démentir.

Il sortit la lettre du premier prophète d'Amon et la lut à haute voix devant Atoum pantois, lui qui pensait s'en être débarrassée le voilà désormais sous sa coupe.

- J'ai la preuve, soutint Akim, ceci te fera plonger pour le reste de l'éternité. Traître, tu ne pourras échapper à ton destin !

Alors, voyant qu'il restait muet à toutes tentatives, Akim et son complice décidèrent de se séparer, l'un restant pour surveiller l'otage pendant que l'autre rentrerait, rejoindrait les rangs, trouvant une bonne excuse à son compagnon qui aurait disparu durant la nuit afin qu'il ne fût pas accusé à tort de désertion.

Avant que Jereth ne franchisse le seuil de la caverne, il lui remit ses provisions d'eau et sa ration de vivre pour deux jours.

- Tu ne tiendras pas longtemps mais je reviendrai te rapporter le nécessaire dès que possible. Je te promets que je ferai tout pour approcher Pharaon et lui remettrai la lettre en mains propres. J'espère seulement qu'il daignera m'écouter et croire à nos recommandations. Tu avais raison à propos de cet homme, il est pitoyable ! Allez bon courage, surtout ne te laisse pas influencer par cet aspic, ce n'est plus qu'une question de jours désormais !

- Va, que le ciel te bénisse et ramène-nous nos proches en vie, c'est tout ce que je demande. Pharaon nous écoutera et tout redeviendra comme avant.

- Puisse le ciel t'entendre, nous saurons les retrouver, adieu !

Akim resta seul devant l'entrée de la grotte accompagnant du regard son ami qui filait à bride abattue vers ses quartiers. Ses pensées allaient vers son père dont il n'avait aucune nouvelle et que seule son obstination maintenait en vie. Ce que venait de lui dire le prisonnier l'avait profondément troublé, il lui était difficile de tirer des leçons de ses échecs, de mettre tout ça au clair, d'avoir l'esprit lucide, c'était trop difficile pour le moment. En dépit de se rattacher à un objectif fixe, son identité incarnée dans l'image de son père était fuyante, mais elle était toujours sa raison de vivre. Et il finirait bien par trouver la vérité, celle que sa mère morcelait en son intérieur depuis sa plus tendre enfance afin de ne pas le blesser. « Enfin, des raisons elle devait en avoir sûrement des bonnes, se disait-il ne sachant pas encore son viol. Pourquoi envenimer les choses en se cloîtrant dans le secret, le silence. Qu'ai-je fait pour mériter cela ? Plusieurs fois il s'était torturé l'esprit à ce propos pourtant il ne pouvait lui en vouloir, elle était devenue si vieille, si obstinée aussi. Alors comment lui traduire mon désarroi, au risque que l'émotion soit si forte que son cœur ne puisse guère résister à une confrontation ? »

Puis il rentra à nouveau dans sa coquille, l'obscurité de sa grotte, son regard un instant voilé par le changement bref de clarté, tout devenait plus sombre dans cet antre, tout était noyé de noirceur, de plaintes. Enfin, la momie apparut dans le halo d'un brasier, ses bandages souillés, salement recroquevillé, le corps grêle, maugréant une prière, sollicitant sa magie, adorant l'unique compagne de tous les malheurs, Sekhmet, détournant alors son regard vers celui qu'il oserait à nouveau outrager, appeler même son fils.

- IX -

L'HORIZON D'ATON

Avant que l'Aton ne se lève, le roi se mit debout, des fourmis dans les jambes, et alla se dégourdir sur le perron profitant de la fraîcheur matinale. Devant lui la terre grasse du delta, inondée de roseaux et de ses alluvions fertiles qui coiorent l'immense delta. Un esclave vint lui endosser un peignoir sur les épaules, l'invitant à prendre un bain chaud dans l'étuve emplie de lait d'ânesse et d'arômes exotiques, une ablution avant la collation matinale.

La toilette fut minutieuse, comme la pureté du rituel l'exigeait, et le temps ne comptait point lorsqu'il s'agissait de goûter aux vertus du bain, privilège des grands de ce monde. Des Nubiennes au nez aquilin, aux yeux d'amandes se joignirent à lui pour lui frotter le dos, lui ôter toute trace de sueur qui dégageait des odeurs désagréables de la veille. Ainsi la fatigue s'évacuait entre les mains expertes des femmes aussi sombres qu'envoûtantes. Une fois propre, le roi sortit de l'eau, la peau ramollie, le minois plutôt réjouit, on le sécha longuement, le rasa de près, le coiffa, l'oignit et lorsqu'il l'eut jugé bon, il se retira comme s'il était au chapitre de la parade, au palais d'Akhêtaton. Une fois arrivé dans sa chambre, on le déshabilla avec soin et le revêtit de son costume traditionnel de Byblos. La faim se fit sentir et il brailla un petit déjeuner qui fut servi illico avec tout le soin que mettaient ses nombreux esclaves, traumatisés par la poussée soudaine d'adrénaline.

- Que fait Atoum, il devrait être à mes pieds, et où est mon épistolier que je n'omette pas de lui transmettre mes consignes d'aujourd'hui.

- Majesté me voici, excusez du peu de retard, dit le scribe embarrassé devant le glouton qui dévorait ses tartines de pain et buvait son lait à grandes lampées.

- Nous partirons sans tarder, après le lever des couleurs. Je voudrais remercier l'hospitalité du nome et avant de partir lui remettre quelques friandises du pays.

- Ce sera fait selon vos ordres majesté et rien de plus ?

- Rien, sinon que la ponctualité d'Atoum aujourd'hui est détestable, il va m'entendre !

- Sire, si je puis me permettre, je suis allé dans sa loge le réveiller et il n'y était pas. Je suppose qu'il a dû faire une course de dernière minute.

- Comment cela, pas dans sa loge, reprit le roi intrigué. Et que ferait-il à l'extérieur, sinon se divertir avec une oiseuse, les Égyptiennes devaient lui manquer depuis le temps ! L'Orient a des vertus qu'il est difficile de contourner pour un exilé du pays.

- Je ne saurais dire si les femmes d'ici sont aussi joviales qu'elles ne le paraissent, elles seraient plutôt d'humeur farouche à ce qu'on dit ; ceci dit c'était juste une supposition de ma part à moins qu'il ne soit dans la cour de la petite chapelle, je vais tout de suite vérifier.

- C'est cela, amenez-le moi sans plus tarder, je sens la toux revenir, l'essentiel est que nous filions au plus vite d'ici, j'ai hâte d'arriver à Akhêtaton, et vérifier de mes propres yeux la légendaire beauté de Néfertiti. On m'en a tant dit qu'il serait inconcevable de ne pas y faire pèlerinage au moins une fois dans sa vie. Et puis si l'on m'y invite c'est que les raisons sont d'importance, je me ferai un plaisir de courber l'échine pour lui baiser le bout de…

C'est alors que la reine entra ; sur ses grands chevaux, elle surprit son mari en train de parler d'une autre reine, d'une rivale.

- Lui baiser le bout de ses… quoi ? et pourquoi pas lui sauter au cou lui susurrer le bout du téton, l'asperger d'indécentes flatteries ? Est-ce une cérémonie de funérailles ou une parade nuptiale ? Tu prendras dès à présent ton air qui te sied le mieux, le dédain car la jalousie risque de te sauter aux yeux lorsque nous verrons toutes les merveilles d'Égypte.

- Ne sois pas si jalouse d'une femme dont on a juste esquissé le portrait. Tu sais, la renommée vient parfois avant bien des déceptions, alors ne gâche pas mon plaisir, sortons d'ici pour prendre un peu l'air si tu le veux bien, j'étouffe dans cette chambre.

- Le grand air donne bon appétit, dit Atoum !

- Couard ! dit-elle en suspectant plus encore un besoin de nouvelles maîtresses.

Le couple royal gagna la cour, où un opéra de verdure les attendait, s'y alignaient quantité d'essences d'arbres exotiques, acacias, palmiers, goyaviers, poivriers, d'eucalyptus qui offraient un ombrage épais, d'où ils purent distinguer au grand jour, tout le charme du jardin. Il y avait là un bassin bruyant où pullulaient les puces d'eau où nichaient une pléthore de batraciens qui se protégeaient sous les nénuphars, des massifs truffés de lotus à la corolle éclatée, les trompettes de papyrus et d'impénétrables liserons d'où surgissaient une flopée de papillons, plus loin on entendait des roucoulements qui se perdaient dans le limon.

- L'endroit est idyllique constata la reine, j'y serais bien restée deux où trois jours de plus.

- La nuit nous a caché des merveilles qui ne peuvent s'apprécier qu'en pleine lumière, encore faut-il avoir le bon goût et le temps. L'Égypte nous réserve bien des surprises, prochainement tu auras l'honneur de t'émouvoir des fastes de la capitale, en comparaison ceci n'est qu'un simple bouquet de nénuphars, un interlude, un divertissement de moindre ampleur. Là-bas ce sont des forêts entières qui n'attendent que les pieds délicats d'une reine, la plus renommée et la plus chérie des dames du Liban.

- Réserve un peu de ta salive pour des futures mondanités, Néfertiti en aura besoin si j'en crois les rumeurs qui fusent dans le delta. Il faut d'ailleurs s'attendre à ce qu'elle ne soit pas dans son assiette et que des ridules entament son joli minois. Sa fille Meketaton étant aux prémices de la mort il y a de quoi ! Sache cependant que tes douces paroles m'ont réchauffé le cœur, mon amour, même si je ne suis plus la jeune danseuse qu'autrefois dans l'arène tu convoitais de tes yeux doux, la jeunesse est une couleur qui se délave avec le temps, malgré tout le travail des maquilleuses, elles ne peuvent rien changer à son œuvre délétère.

- Certes, si les produits cosmétiques de la cour d'Akhénaton font des miracles, tu n'as lieu de t'inquiéter !

- Il me tarde de les découvrir mon tendre époux aussi veux-je te faire honneur ainsi qu'à notre pays.

Une heure plus tard le départ était donné et toujours pas de médecin en vue. Le capitaine fit son rapport au roi, lui mentionnant qu'un des sous-lieutenants avait lui aussi étrangement disparu.

- Dans quel traquenard seraient-ils tombés tous les deux ? Ce pourrait-il qu'ils aient... déserté ? hésita le roi.

- Impossible majesté, mon lieutenant guérisseur peut répondre du soldat Akim. Moi-même je le connais bien, il a la réputation d'être loyal et irascible au combat. Mais quant à savoir ce qui les retient je ne saurais émettre aucune opinion.

Le lieutenant Jereth en profita pour prendre la défense de son ami afin de dissiper tous les soupçons qui pesaient sur lui.

- Votre majesté, je l'ai croisé hier soir dans la cour, il allait en direction de l'écurie. Il a dû partir en éclaireur le long de la berge et quelque chose de fâcheux lui serait arrivé. À moins qu'il ne nous attende plus en amont? En tout cas je peux témoigner de son dévouement pour son pays et son roi ainsi que de son efficacité, c'est un soldat exemplaire.

- Il faut l'espérer car la désertion est un crime qui se paie cher, c'est la sentence capitale. Dépêchons de larguer les amarres et suivons les conseils du pilote qui nous mènera à bon port. Il salua le nome et sa tribu qui étaient restés sur la berge avant de se diriger avec sa femme dans la cabine bien douillette du bateau.

« Pour ce qui est des oboles dont Atoum devait se charger, elles attendront un jour plus propice, marmonna-t-il, lui seul était à même d'amadouer les dieux d'Égypte. Bien que son absence me coûte physiquement quand il est présent il est plus pendu à mon escarcelle qu'à ma santé, je ferai donc provisoirement des économies » conclut-il.

Il fit signe au capitaine lui lançant un dernier mot d'impatience. Dépêchons, dépêchons, Pharaon, toute l'Égypte nous attend !

Le bateau royal quitta le quai accompagné de toute une escadrille de badauds, pirogues et felouques, glissant de manière progressive vers l'horizon d'Aton qui se trouvait beaucoup plus au sud. En aval les pêcheurs revenaient de leur longue matinée de labeur avec leurs fonds de cales bondés de poissons qu'ils venaient de traquer aux abords de la baie de Pharos, et prirent d'assaut les quais qui venaient juste de se libérer.

Le capitaine se réjouissait d'être parti à temps, avant les embouteillages usuels qui donnaient au fleuve plus des allures d'une grande ligne commerciale que celle d'une artère sauvage et paisible. C'était à peine la cinquième heure que déjà le soleil annonçait la canicule de l'après-midi. L'ardeur des rayons indisposait la reine qui ne manquait jamais de se protéger sous l'ombrelle dès qu'elle en avait l'occasion, son teint exigeait toutes les attentions et les soins de nombreuses esthéticiennes. Le voyage prit deux jours de plus que prévu, Jereth ne cessait de s'inquiéter pour son ami qui était resté à Tanis avec le plus perfide des ennemis. Arrivé à mi-chemin, il découvrit les innombrables syrinx alignés au pied des pyramides des anciens rois d'Égypte sous l'œil énigmatique de leur éternel gardien de pierre*. Il fut tellement captivé par ce gigantisme que son esprit se laissa aller quelques instants à s'imaginer ce temps-là, où la gloire des puissants équivalait en grandeur les montagnes du Taurus. Malgré le prestige de ces monuments, la couleur unie de la pierre et celle plus claire du sable jaune du désert, la sueur suintait encore, des pleurs coulaient le long des ouvrages usés, délavés, érodés, taraudés par le vent, la pluie, la grêle, la foudre divine sans oublier les profanateurs de tombes, pourritures, autres vermines, carcans pour des destins exceptionnels comme les bâtisseurs autant que les architectes, les savants ou les souverains. Ces grands monuments étaient devenus sans âme, pillés de leur musique cosmique à jamais perdue avec les noms des régents tout juste effacés du lapidaire. À l'intérieur régnait un silence inaltérable qui tranchait avec les forêts immenses, bruissantes de vie, celles de son pays natal, aux couleurs vertes persistantes de ses milliers d'oliviers aux branches alourdies d'émeraude gonflées d'huile, ces cèdres majestueux qui se dressaient en obélisques vers le ciel mais qui s'égratignaient au fur et à

* *Le sphynx de Gizeh.*

mesure des grands travaux Pharaoniques. C'était aussi un tableau merveilleux et unique que l'Égypte le long du Nil, cependant elle avait terriblement souffert des fastes des Grands de ce monde, autant des voleurs que des guerres et des luttes intestines. Enfin lorsqu'il revint à lui, Jereth se trouvait devant les hautes murailles crénelées de Memphis et à en juger par leur taille, il s'interrogeait sur ce qu'il y avait de si précieux à l'intérieur, pour qu'on y élevât de si hauts pylônes. Il posa la question à son capitaine qui ne manqua pas de lui faire une remarque de bon stratège, qu'il retint par la suite.

« Combien sont tombées de murailles aussi hautes que celles que tu vois, l'important n'étant moins leur taille colossale que la confiance qu'elles renferment en leur sein, voilà ce qui marque la solidité d'un régime ou voilà aussi comment peut tomber une fameuse Troie… »

Jereth médita un moment, le capitaine était sûrement un sage, se disait-il, le ver de la corruption avait grignoté bien des royaumes, cette pomme à belle renommée à laquelle on accordait toutes les vertus dont la plus précieuse, l'amour et le mariage, ne figurait désormais plus comme la pomme de la discorde, depuis Troie. Memphis, le bateau s'y arrêta une nuit, puis continua de glisser tout droit le long du rivage, laissant la ville, l'ancienne capitale à l'errance des chacals. Elle, vidée de sa cour qui avait déserté et de loin c'était bien triste d'assister à cette démonstration de puissance sans l'ombre d'un sceptre, sans nulle âme qui vive. Alors Jereth s'interrogea sur la prochaine et puis l'autre encore, et toutes ces villes semblaient comparables les unes aux autres, mornes, désolées, toutes avaient comme subi l'épreuve soit du simoun soit de la guerre. D'où que fût venue la main de la malédiction, peu importait le temps, l'apparence avait suffit, celle d'une illumination, peut-être le génie d'un homme qui, dit-on, avait pris un grain de folie. En une nuit fatidique tout le socle, toutes les croyances sur lesquelles le royaume reposait devaient être annihilées d'un seul trait ainsi que tout ce qui s'y rattachait d'homme et de matériel. Et cet illuminé vers lequel il allait, c'était, lui, Akhénaton, et il irait tout droit le trouver. Était-il à ce point fou plus qu'il n'en paraissait ou qu'on ne le disait. Qui était-il vraiment, un prophète, un illuminé, un exalté du soleil ou un soleil exalté, un unique qui jouait un double jeu ou bien un homme double, atteint de schizophrénie, d'hydropisie, de claudication et qui ne jetait qu'un seul dé à la fois ? Qui croire, et à qui faire confiance sur ses terres qui jusqu'alors ne lui ont rien appris de juste que par des rumeurs. C'est alors qu'il eut une folle appréhension. Lui remettre la lettre devenait chose presque insurmontable. Certes, quelquefois la raison est la plus forte, elle nous pousse à agir, mais devant Pharaon ? Il se devait donc de franchir le pas, de faire coûte que coûte son devoir envers son ami, ne manquait seulement qu'un peu de courage. N'était-ce pas là aussi l'unique espoir de retrouver son père, quand bien même il aurait à affronter toute la cour de Pharaon ainsi que sa garde personnelle, ses singes qui déambulent dans les couloirs comme des petits génies, ou ses savants, ses scribes boulimiques de savoir, ses fonctionnaires introvertis, avides, cupides ainsi que tous les aristocrates pervertis, ces bons à rien qui ne savent que festoyer, dormir, s'agiter de contretemps, oui il se devait de les affronter. Pourtant rien ne devait faire obstacle, il était déterminé. Et quand il en aurait fini avec tout ce monde alentour, le trouver, lui, le souverain : « l'Horus d'or... », tout seul, pour lui dire ses quatre vérités. Il se mit alors à y songer sérieusement durant le périple. Il était sur le pont à ressasser les multiples façons d'aborder le souverain, les bonnes allocutions, tournures de phrases qu'un bon orateur doit formuler devant une cour. Du souverain on le disait prophète, même poète, porté sur les arts nouveaux. Et lui, le fils du médecin devait tenir ce challenge puisqu'il était meilleur orateur qu'Akim, et la force qui lui manquait pour devenir zélateur, il la puiserait dans son désir insatiable de justice. Alors pour se donner plus de nerf, il repensa à son pauvre père, un forçat qui se trouvait sûrement quelque part en Égypte et qui attendait le moment propice pour s'évader. Il se disait qu'il était vivant, qu'il n'était pas seul, qu'Allal et Darouk se serraient les coudes pour survivre et revenir au pays. Alors il réalisa soudain le danger qu'il encourait et ses avis étaient encore une fois de plus partagés.

« Pourquoi vouloir à tout prix protéger un homme que l'on dit pris de démence. Ne risquerais-je pas ma vie dans cet acte ? Il se trame de noirs complots contre lui et je ne voudrais pas y être mêlé car je risque de me trouver pris entre deux feux.

Au bout de quelques minutes d'incertitudes, il se remonta le moral en marchant le long du pont, prenant de grandes bouffées d'air afin d'évacuer le stress.

« Allons un peu de courage ! Ton père serait fier de trouver un fils vertueux, un lieutenant de l'armée de Byblos qui a bravé le danger au mépris de sa vie pour venir à lui et le sauver. Qui sait si Pharaon le prendra au sérieux, il faut tout de même en prendre le risque. »

Ç'aurait été plus facile à Akim d'aller trouver Pharaon et lui remettre la lettre, lui au moins ne se posait pas ce genre de questions accaparantes. Avec son caractère foudre de guerre, il n'avait qu'un seul but, faire justice, croiser le fer, retrouver lui aussi l'être de son cœur sans aucune arrière-pensée. Néanmoins le péril aurait été grand que Jereth restât avec Atoum dans la grotte, voilà aussi pourquoi le plus fort des deux était resté avec le prisonnier.

Et en ce moment même, Akim avait du mal à contenir les inepties d'Atoum qui voulait endormir sa méfiance pour mieux se dépatouiller de ce traquenard dans lequel il était tombé. La grotte lugubre, à nouveau assombrissait sous le crépuscule, un tissu de mensonges l'habitait mais plus grave encore les vivres commençaient cruellement à se raréfier. Quoi qu'il en soit, rien n'était assez tordu pour Atoum qui ne supportait plus les miasmes, la poussière et le stratagème qu'il avait inventé, et torturait l'esprit du jeune soldat à un si haut degré qu'Akim ne savait plus s'il fallait le laisser filer ou résister à sa langue meurtrière. Ainsi par un habile processus, le bourreau devint le supplicié et le supplicié le bourreau. Comme quoi la langue est une arme pour celui qui sait la manier. Avait-il dit la vérité en parlant de son « aventure » avec Sarah, se pouvait-il qu'il soit vraiment son géniteur, lui cet être que tout désignait comme immonde? Tant de questions auxquelles il ne pouvait répondre et c'était pire que de subir le fer rouge sur sa peau, pire encore que d'endurer la morsure du scorpion ou du cobra à laquelle il avait déjà échappé, pire encore que le fait même d'être orphelin. En ce moment précis, il eût été préférable qu'Atoum soit mort, tant sa langue était fielleuse, cependant lui et Jereth avaient un immense besoin de justice qui passait inévitablement par la quête du père et cette quête ne devait en aucun cas être démise, que ce soit par le mensonge, le doute ou l'assujettissement.

Le soleil se leva à nouveau sur le Nil et la flotte du roi reprit le cap plein sud sous l'escorte d'un héron. Après quelques heures de navigation, ils passèrent Hérakléopolis puis enfin arrivèrent à destination, Akhêtaton la nouvelle capitale.

- Vous voilà arrivés dans l'horizon d'Aton, fit observer le pilote égyptien au capitaine, maintenant ma mission s'achève, à vous de jouer, je vous laisse les commandes. Le bureau des douanes est averti de votre arrivée, une formalité de plus !

Le capitaine prit alors le relais et le congratula. La flotte arriva au quai de l'îlot, la douane fit monter un de ses agents qui vérifia le contenu des cales et le nombre d'équipage, ensuite il leur attribua un canal de navigation portuaire. Puis le pilote descendit et fit ses adieux au capitaine.

- Vous nous avez été d'un grand secours, répondit le capitaine, sans vous, nous nous serions échoués sur un des nombreux bancs de sable qui minent le Nil. - Puis le capitaine s'adressa enfin à ses matelots -. Choquez de l'écoute, soyez prêts à affaler la voile, nous allons accoster d'un moment à l'autre.

Le remplaçant prit la barre après s'être assuré de la bonne manœuvre à suivre et le restant de la flottille suivit.

- Nous allons accoster aux abords des faubourgs nord, il y a là le palais du tribut étranger. Vous verrez, vous y serez bien, dit-il au capitaine. Lorsque le roi sortit de sa cabine, il remarqua la berge bordée d'une palmeraie somptueuse et à quelques encablures le bassin de retenue qui accueillait les voyageurs.

Le nouveau barreur traça un large sillon avant de pénétrer dans le port, un par un les bateaux suivaient la capitan. Jereth était de la partie pour lancer à ses hommes les ordres de manœuvre qui venaient directement du maître de bord. Il y mit de sa personne pour aider les matelots à faire tomber la grande vergue, plastronnant à tout va avant que le bateau ne touche le quai. Ceci étant accompli, il jeta un œil vers la place et ne put s'empêcher de saisir la lettre qu'il enfermait précieusement dans sa poche, à l'abri de mains indiscrètes afin de s'assurer qu'elle y était encore. Il pensa au fait qu'il n'aurait pu la remettre au capitaine sans trahir son meilleur ami. Il aurait bien voulu prévenir son supérieur mais lui dire qu'Atoum était sous séquestre et que les commanditaires n'étaient autres que le soldat Akim et lui Jereth, le lieutenant, aurait certainement compromis la suite de leur plan, et renversé le cours des choses, si ce n'est de se faire étriller pour désertion et rapt. Alors il s'était tu, préférant le silence à de chaudes confessions.

Un peu plus de cinq minutes avaient suffit, que le despote descendit du bateau, accompagné de son épouse, sous l'ombrelle et l'éventail d'un porteur. Un cortège d'hommes en armes suivait, ainsi qu'une kyrielle de domestiques. La chaleur était rude et toute la famille royale était sous le couvert d'ombrelles. Un héraut les mena avec soin vers Pharaon. Ils rejoignirent le dais où les attendait la famille royale avec tout une suite de domestiques et de courtisans qui vaquaient à leurs occupations journalières qui consistaient en de multiples flatteries et des révérences plus qu'appuyées à en devenir douteuses. De loin Jereth aperçut la parade du couple royale et fut si impressionné par les proportions grandiloquentes de l'accueil qu'il en vint à ces réflexions :

« Voici donc la fameuse capitale du soleil ! acquiesça-t-il. Je comprends maintenant que le monde entier y veuille fouler le sol. Tant de richesses, la foule y est si nombreuse qu'il me sera quasiment impossible de l'approcher, pourtant il le faudra, je trouverai bien une occasion… »

Le long cortège défila le long d'un canal et vint auprès du maître incontesté et déifié de l'horizon d'Aton. Jereth fut surpris, il avait beau chercher les murailles d'une forteresse, rien ne s'y prêtait pas même un seul pan de mur autour de la ville pour la protéger. Aussi le capitaine fit-il la remarque à ses officiers qui prenaient conseil : « C'est au cœur de l'Égypte qu'il règne une paix durable, ici l'ombre d'un conflit ne s'y est jamais profilée pourtant les murailles sont bien naturelles, derrière la ville voyez ces hautes falaises. »

- D'un côté les falaises, de l'autre le fleuve, que faut-il de plus pour bâtir un havre de paix ! Le seigneur des deux terres a été inspiré sur le site, c'est par une révélation que la ville est sortie des sables, commenta, non sans fierté, le héraut au roi de Byblos.

- Où se trouve le palais, s'enquit le Despote, je ne vois que de somptueux édifices éparpillés.

- Comme vous pouvez le constater, tout est calme et paisible lors même qu'à deux stades les artisans s'affairent dans leurs quartiers. Ici tout est disposé selon la volonté d'Aton et rien n'est dû au fruit du hasard. Grâce à la vision de notre maître, nous vivons en pleine lumière dans un sanctuaire paradisiaque délimité par les quatorze stèles auxquelles nous sommes rattachés.

De visu, il lui montra les emplacements des stèles puis la grande palmeraie qui donnait sur le jardin royal, le Maru Aten ; ensuite sur l'arrière-plan, balayant de son doigt l'ensemble du site sur cent quatre-vingts degrés, il lui fit une présentation sommaire de la capitale avec ses palais, son temple solaire à ciel ouvert, ses villas d'aristocrates qui contrastaient avec le quartier populaire et plus encore avec ces taudis rudimentaires qui s'étalaient aux abords de la nécropole.

Après cet interlude, ils arrivèrent devant le dais, un héraut annonça la famille royale de Palestine. Pharaon se leva, tenant le sceptre dans une main et dans l'autre le fléau surplombé d'un pectoral en or massif, incrusté de turquoises et de lapis, ainsi que la reine Néfertiti qui était à sa droite maintenant l'Ankh. Suivaient leurs délicieuses filles, la toute jeune Ankhesenpaaton et Méritaton tenant à la main elle aussi une Ankh et portant la coiffe ailée d'Isis. Le couple royal était ceint de la couronne bleue de parade, habillé de lin blanc et portait tous deux le brassard du deuil. C'est alors que Méritaton se détacha du giron parental pour accueillir de plus près ces voyageurs de marque. C'est elle qui prononça les vœux de bienvenue. Ensuite, elle alla à leur rencontre et les mena par-devers le haut dignitaire d'Égypte.

- Vous voudrez bien excuser « agréable à Aton, » de ne pouvoir prononcer de sermon, le deuil l'affecte beaucoup, la reine mère comptait beaucoup d'émules.

- Oui c'est une grande perte pour l'Égypte, acquiesça la Dame de Byblos en se prosternant par-devers Pharaon leur suzerain.

Puis au despote d'ajouter :

- Nous sommes désolés de vous trouver en de pareilles circonstances, aussi tenions-nous absolument à rendre un dernier hommage à la reine mère défunte, Tiy.

- Fort bien ! et je vous sais gré pour votre délicatesse, nos deux pays ont tant à échanger, surtout en ce moment. Le voyage a-t-il été pénible ?

- Plutôt ! Les pirates craignent tant la puissante flotte de Byblos qu'ils ont préféré battre au large.

- Vos kebents sont d'ailleurs taillés pour la haute mer et la guerre à défaut de nos felouques à fond plat, cependant les nôtres ont l'avantage d'être efficaces pour le transport fluvial et le commerce, cela dure ainsi depuis la nuit des temps. Vous les avez laissés à Tanis, je présume, puisque le fleuve n'est guère praticable pour vos vaisseaux creux.

- Leur tirant d'eau, leurs lests auraient été un handicap, j'espère néanmoins que nous les récupérerons sans trop d'impondérables administratifs.

- Je reconnais que l'administration égyptienne est très pointilleuse et lente mais toute notre économie est basée là-dessus que voulez-vous nous en sommes plutôt fiers, comme de nos navires ! Comme quoi la lourdeur peut être synonyme de longévité... J'ai cependant tenté de la réformer elle aussi, mais j'avais plus vite fait de bâtir un nouvel empire, n'est-ce pas ? Toutefois, nous aurons tout le loisir d'en reparler. Qu'attendons-nous pour rejoindre le palais, j'ai hâte de vous montrer nos merveilles.

- Nous sommes déjà comblés majesté. Il fit un signe à ses porteurs d'amener les présents et de les déposer aux pieds de Pharaon. Voici : de la laine de Mésopotamie, de l'ivoire, ainsi que des perles fines du Levant, de l'huile d'Alep, de l'encens du pays de Pount, des onguents, du fer du Hatti, ainsi que de l'or et de l'argent en quantité afin d'honorer Aton et son « Bien-aimé » avec la meilleure part de votre vassal : cinq taureaux issus de la nouvelle génération, de la lignée des champions aux longues cornes, un pur produit de mon élevage.

- Nous avons aussi notre bétail sacré ! dit Pharaon d'une manière désabusée. Autrefois des caravanes entières passaient avec leur tribu et il fallait plusieurs jours aux scribes pour les comptabiliser au passage des douanes. Mon rêve serait de retrouver ces verts pâturages des origines, en voici l'archétype même. Au bon vouloir d'Aton…

Néfertiti essaya de rattraper la mélancolie de son royal époux, qui ces derniers jours était facilement irritable. Il n'avait plus son appui habituel, sa petite fille Mékétaton qui l'aidait souvent à marcher et perdait l'esprit, en sombrant dans d'ostensibles névralgies qui pouvaient parfois laisser un certain rictus sur sa face sacrée. Et la vue de ces richesses lui remit en mémoire un passé, lequel faisait prédominer les qualités de négoce de sa défunte mère, chose qui lui fit perdre un instant de son stoïcisme.

- Tant de largesses nous comblent, reprit Néfertiti en parade. Puis s'adressant à voix basse à son époux : « N'oublie pas qu'ils viennent honorer ta face et celle de ta défunte mère, que ce n'est pas une simple visite de courtoisie. »

- Ce n'est rien, l'incident est clos, répliqua le despote, sensible à la beauté et la jeunesse de l'héritière. Pour en venir à l'accessoire, vous connaissez les difficultés dont nous souffrons en Méditerranée, la Crète se plaint que ses côtes attirent la racaille et les forbans, et le commerce parvient difficilement à bon port du fait de l'active flibuste. La nécessité requiert la prudence, la contribution de nos marines est inévitable. Aussi que de paperasses et de perte de temps qui malheureusement nous coûteront cher au bout du compte !

- Cependant toutes résolutions passent par la main des scribes. Veuillez bien pardonner mes sautes d'humeurs qui sont de circonstance, vous comprendrez.

- Cela n'enlève rien à votre prestance, votre altesse, feint-il en soutenant la belle Néfertiti du regard.

- Je reconnais qu'il y a mieux que la paperasse et les flatteries pour en venir à bout ! Il serait utile d'unir nos flottes en vue d'enrayer un tel fléau. J'ai déjà reçu deux délégations, l'une de nos confrères crétois qui m'est parvenue avec son lot d'artisans décorateurs et l'autre, votre ambassade dont le représentant vous attend d'ailleurs au palais, à ce sujet j'ai cru comprendre que votre flotte manquait cruellement de marins expérimentés aux combats navals et qu'elle avait dans son actif des membres du peuple de la mer ? Vous savez ce que j'en pense, je ne leur fais aucunement confiance. Nous avons eu affaire à eux de par le passé.

- Pourtant ce sont les meilleurs marins de ce monde !

- Quoi qu'il en soit, je préfère en discuter sous un meilleur jour, le deuil affecte trop mes pensées. En attendant sachez prendre part aux merveilles de « l'horizon d'Aton ». Notre astre divin ne saurait taire tous ses bienfaits, et se réjouit aujourd'hui de votre présence. Ah j'oubliais ! voici mon héritière, Méritaton l'aînée qui vous a ouvert les bras. Elle fait une bonne diplomate n'est-ce pas ? sa sœur cadette Ankhesenpaaton qui la suit en permanence, mon autre fille Mékétaton étant...- Il ne put terminer sa phrase tant le deuil le minait -.

- ...aux confins de l'Aton il y a quelques lunes de cela, s'émut Néfertiti, la princesse sera inhumée auprès de sa chère grand-mère d'ici deux jours.

- Recevez nos plus humbles condoléances. Nous compatissons à votre douleur !

- Rien ne pourra effacer le souvenir de mes enfants, la douleur est trop vive et si je suis là à mes obligations, ce n'est dû qu'à la compétence des médecins qui m'ont administré ce qu'il fallait pour la sédation de la douleur qui m'accable.

- À ce propos, dit le despote, je serais d'avis que vous me recommandiez un de vos médecins, j'ai besoin d'un remontant. Le mien s'est malencontreusement perdu en cours de route, je crains même de ne pas le revoir avant longtemps. - Sa voix pincée cachait malgré tout son bonheur de voir tous ses crédits s'évanouir avec lui -.

Les présentations finies, Pharaon s'éclipsa prétextant un office incontournable au temple solaire, laissant à Méritaton et sa mère le soin d'accompagner les hôtes au palais afin de recevoir les premières réjouissances et de satisfaire un désir tout naturel de curiosité. Toucher d'un peu plus près aux richesses qu'il renfermait et dont toute la Méditerranée faisait l'éloge.

Le chargé de mission aux affaires étrangères les accueillit chaleureusement leur faisant la visite guidée du fief atonien. Le plaisir du détail nourrissait les yeux des convives ; les murs et le parquet en étaient farcis au point de faire du palais, un véritable bouquet floral. Les fresques de la vie courante ourlaient le dessus du parvis, des scènes de chasse côtoyaient celles des loisirs, du sport et de l'oisiveté la plus parfaite. Des images de quadrupèdes, d'échassiers, de palmipèdes, de rapaces ou d'insectes de toutes origines se côtoyaient ; y gambadaient la gazelle, l'oryx ; y volaient librement l'oie, la sarcelle, l'ibis rouge aux abords du rivage. Toujours en compagnie des deux héritières et d'une tripotée de domestiques qui se jetaient après leurs ourlets dès qu'un désir pressait, le tout au milieu des nombreux babouins qui gesticulaient en tous sens, librement. Quand vint l'heure de se rafraîchir.

- Si nous allions au miroir des bienheureux ? eut idée Méritaton, qui ne put se résoudre à supporter plus longuement la chaleur de l'après-midi. Voici ! Cet énorme bassin que

Pharaon a fait construire pour la reine mère, juste à l'orée du palais royal, à l'instar de notre divin prédécesseur Aménophis, communique directement avec le Nil par un canal qui longe le palais nord de l'ancienne Régente. Nous pourrons faire le tour en barque si vous voulez, ou prendre un bain, nous y rafraîchir. Vous verrez, l'endroit est particulièrement agréable.

À l'initiative de Méritaton, la petite troupe se laissa guider, suivant bien volontiers la jeune héritière, d'autant plus que la chaleur devenait insupportable pour les Phéniciens qui n'avaient jamais connu autant d'ardeur à l'astre. Ils quittèrent le luxe et le brouhaha de la bâtisse pour finalement se laisser glisser une seconde fois sur les flots veloutés, goûter au plaisir incomparable d'une baignade. De loin Pharaon lorgnait la scène du haut de son perchoir mystique, le temple solaire, dont la vue plongeante balayait le paysage par une demie révolution comparable à celle que faisait le soleil au-dessus de l'horizon. Il avait fini sa besogne, c'est-à-dire sa prière, ses oboles de mi-journée, prenant un petit moment à lui, pour méditer sur le sort de l'Égypte jusqu'à ce qu'une idée fixe vienne l'obnubiler à tel point qu'il voulut rejoindre au plus vite la tribu royale afin de vider lui aussi l'amphore de son stress, ses mauvaises influences astrales dans l'eau régénératrice du Nil. Cette attitude ne soupçonnait rien de bon…

- Pentou, prépare le nécessaire pour le bain, nous allons de ce pas au miroir des bienheureux rejoindre les invités !

- Oui votre majesté, c'est comme si nous y étions.

- Et de grâce, ôte-moi cette amulette qui se devine sous tes linges, elle n'est pas la bienvenue ici. Un peu de décence surtout dans ce lieu sacré ! Ici, il ne peut y avoir aucune compromission, tout objet occulte est abject aux yeux de l'Aton, tu devrais le savoir depuis le temps. La vraie magie est sous nos yeux et nous ne la voyons pas.

- Pardonnez-moi grand rayon lumineux, le vent vient de se lever et j'ai cru bon de la porter afin que tout se passe bien lors des prochaines funérailles, elle éloigne les vents mauvais ! Je n'ai pas eu le temps de l'ôter... par le puissant Knoum, jura-t-il !

- Et ne jure point ! Tu trouveras toujours une bonne excuse. Je te ferai couper la langue un de ses jours, pauvre sot. Quand comprendras-tu que la vérité a été révélée lors de mon avènement, que malgré les nombreuses facéties qui ont touché notre pays, je suis retourné aux sources originelles de nos croyances dans le seul but de nous sauver de l'égarement ! Moi seul ai vu la face sacrée, et seul je demeure par-devers l'éternité. Le temps a peut-être eu raison de nos traditions, mais je les ai restaurées en faisant construire le temple à Héliopolis avec sa nouvelle capitale, ce, par la seule volonté d'Aton. De nouveau, le culte légitime des anciens est apparu au grand jour. La lumière chasse les ténèbres et non l'inverse. Mon véritable nom est « celui qui plaît à l'Aton ». Va maintenant et enlève cette amulette, je ne veux plus la voir, ni même la deviner encore moins y penser. Si je ne te savais pas si maladroit de nature tu aurais subi depuis longtemps mon courroux.

- Que votre majesté est bonne, qu'elle en soit remerciée de Pentou.

- À Aton vont tous les ex-voto.

Le prêtre s'exécuta en se jetant aux pieds de son souverain se repentant humblement sous le prétexte qu'il avait du mal à se défaire de ses vieilles « nippes » [superstitions, coutumes ancestrales] ; sans omettre bien sûr de lui promettre qu'il ne recommencerait jamais plus, tout du moins devant les yeux de son maître, chose qu'il garda bien sûr pour lui. Pentou était le médecin personnel de Pharaon ainsi que son conseiller et second prêtre du temple. C'était un jeune homme d'une exceptionnelle beauté ayant acquis des connaissances considérables en médecine ainsi qu'un peu de sagesse dont le souverain profitait à sa guise. Homme du pouvoir, il avait appris à se méfier de tout le monde et en particulier des hommes de loi stipendiés, quelquefois du prophète d'Aton qui lui seul représentait la justice divine. Le Vizir Ramosé qui s'occupait du district nord, faisait partie de ces hommes accumulant pouvoir et richesse dans l'ombre de Pharaon, et ne rêvait qu'une seule chose, brandir les deux sceptres. Aussi ne fut-il pas le seul à comprendre que l'Égypte avait besoin d'une poigne de fer, non d'un homme épileptique, hématophobe* au point de répugner le concept même de la guerre.

Ay était vieux et aussi plein de projets. Horemheb, lui, n'aspirait qu'à rétablir les anciennes frontières de Thoutmosis III en guerroyant contre les Hittites et les Assyriens, tous les deux attendaient patiemment leur heure afin de prendre part, peut-être un jour, au plein pouvoir et ne plus être considéré comme un simple général. Après une poignée de minutes, le char royal dévala la pente de la colline sacrée pour fondre en flèche vers un endroit plus frais.

Pendant que l'aurige fouettait ses deux coursiers royaux, sur le chemin marchait un homme seul, un soldat qui semblait transpirer toute la sueur de son corps. Quel que fût son courage, c'était la foi en une justice qui le poussait dans cette course effrénée ; sans que rien ne le retînt, il allait à la rencontre du « dieu vivant » Akhénaton. Il demandait son chemin parmi les quelques disciples qui montaient au temple. Titubant de fatigue, il allait sans le savoir à la rencontre du bolide royal, portant sur lui une missive de la plus haute importance. Lui seul avait en main le destin de Pharaon, cependant ce dernier allait-il le saisir au passage ?

---

* *mot inventé par l'auteur : partant du grec hémato (sang) et phobe (qui hait).*

Jereth n'avait pas eu le temps ni le loisir de franchir les innombrables portes qui menaient au bureau du chambellan. Un scribe aurait consigné la lettre, un juge l'aurait lue par hasard sommairement, le juge l'aurait peut-être sortie de sa pile de doléances pour finalement la transmettre au Vizir, qui lui, en aurait pris note à sa guise et dans le meilleur des cas en aurait averti tant bien que mal l'épistolier de la cour qui lui-même l'aurait fait passer au conseiller de Pharaon puis... Trop d'atermoiements, trop d'incertitudes pour Jereth surtout trop d'espions, et il était fort probable que des complices se trouvaient dans toutes les branches du pouvoir. Jereth ne voulait prendre aucun risque, alors, il se décida à jouer le tout pour le tout, et sentant la providence favorable, il se décida d'attraper « au vol » le souverain afin de lui remettre son précieux témoignage. C'était fort compter sur la chance ce jour-là. Le bolide fut contraint de ralentir, il y avait un homme en travers de la route, il s'arrêta d'un coup sec à presque en désarçonner les passagers dont le plus prestigieux Pharaon. Pharaon se rattrapa de justesse, Pentou s'excusa de cet écart imprévu et soutint son souverain tant bien que mal.

- Que se passe-t-il ? Qui ose dévier la course de Pharaon ! cria-t-il, furieux, après s'être remis des soubresauts des deux coursiers.

- Seigneur, ne vous emportez point, les chevaux sont calmés.

- Qu'attendez-vous pour le rosser et le faire mettre aux fers* ! Que veut-il ?

- L'homme s'excuse pour ce malencontreux débordement, il dit vous apporter un message de la plus haute importance. Il n'y a qu'à vous qu'il veuille remettre son contenu.

- Un message ! D'abord qui est-il, que dit ce message ?

---

* *Lapsus circonstanciel, sachant qu'alors, le fer était considéré comme un métal précieux.*

Timoré, Jereth s'approcha, s'excusa en s'agenouillant et se présenta avec respect en lui tendant tout penaud son papyrus.

- Soit ! je consens à recevoir ta missive. Prie Aton qu'elle soit vitale à la couronne, sans quoi je saurai te faire regretter ton impertinence.

Akhénaton s'empressa d'ouvrir la lettre et découvrit avec consternation le contenu qui annonçait un prochain casus belli lors de la cérémonie des funérailles. Il se révolta que l'on prît sa mère comme prétexte à un soulèvement. Voilà qu'il avait en main la preuve irréfutable d'une conspiration, enfin il tenait deux noms qui, jusqu'à présent, n'étaient que chimères. « Amenemet et Atoum… » se répétait-il, le premier prophète et le grand prêtre d'Amon… quels ingrats, je m'en doutais, pourtant je le croyais au royaume du couchant*…

« Comment se fait-il que ce soit un étranger qui m'en avertisse ? Ces traîtres, il aurait mieux valu qu'ils ne fussent plus de ce monde… Il y en a sûrement d'autres qui les soutiennent… »

Ses pensées restèrent en suspens lorsqu'il commanda au plus vite de se rendre à la maison de justice, afin d'exposer l'affaire à son homme de confiance le juge vizir Ptahmosé, et de prendre avec lui toutes les mesures d'urgence. Jereth pouvait se réjouir d'une telle mission, lui et Akim avaient réussi leur pari, restait maintenant à jouer le jeu de Pharaon.

---

* *Le royaume des morts chez les Égyptiens*

- X -

UN GRAIN DE FOLIE

Le lendemain, soixante-neuvième jour des préparatifs funéraires, la veille des funérailles, dixième jour du mois de Tybi*. Au lac des bienheureux, où ont lieu les ablutions matinales.

- Qu'as-tu « bien-aimé de l'Aton »? s'inquiéta soudain Méritaton qui interrompt sa nage, son bien-aimé Smenkara non loin, avait pris l'habitude de ne pas la lâcher des yeux depuis que la famille royale vivait le deuil. Vous avez l'air fort préoccupé! Quelque chose de fâcheux, père?

- Je ne peux rien te cacher chère et tendre fille, à croire qu'Aton te ferait des faveurs, en particulier en te dotant d'un sens affiné pour l'intuition. Cela te sera utile plus tard, ma chérie pour la divination... Mais ce n'est rien, juste un malencontreux incident sans importance, prétexta-t-il pour la rassurer et ne pas éveiller en elle les soupçons.

- Pourquoi ne pas m'en apprendre davantage, serait-ce trop demander au souverain, peut-être au père?

---

* *nouvel an "d'hiver".*

- J'ai grands soucis en ce moment et la seule chose qui m'importe c'est de m'étendre dans les eaux du Nil, de me débarrasser de mes miasmes mondains, de tous les parasites du palais et de me laisser porter telle une feuille dans le courant, soupira-t-il en s'affalant dans le liquide bleu du bassin espérant qu'un flot tumultueux vienne subitement l'emporter.

- Que vous êtes cynique ces jours-ci, rien ne peut donc vous distraire, pas même un vulgaire babouin ou un charmeur de serpent ? Il y a bien longtemps que je ne vous ai vu sourire de béatitude comme lors de votre intronisation. La médecine aussi n'a aucun effet sur vous, les médecins sont impuissants à vous guérir de votre mélancolie. Je sais ce qu'il vous faut, rien de mieux que l'affection d'une fille toute dévouée à votre cause. - Elle l'enlaça et lui fit un baiser langoureux sur la bouche -. ...Voilà qui chassera tes mauvaises pensées pour le reste de la journée.

- Tu te soucies trop de ma santé, bien qu'elle soit pitoyable en ces jours de deuil. Tu sais que tu es la seule à pouvoir me réconforter, en toi j'ai mis tous mes espoirs ! Une à une mes petites ont trouvé le repos éternel, ensuite ma mère, toutes ont été victimes de ces démons qui peuplaient l'ancienne capitale et me veulent encore du mal. Toutes comptaient énormément pour moi, leur perte m'est insurmontable.

- Ce que veut l'Aton, on ne peut le démentir ou le défaire et pour toute consolation il faut se dire que leur mort n'est pas une fin !

- Il le faudrait... pourtant je n'ai guère envie de continuer à me consumer ainsi, ni même la force de batailler contre d'obscurs ennemis. J'ai l'impression par moment que mon être se vide de toute son énergie vitale, et l'amour qu'il renferme lui aussi s'envole pétale après pétale.

- Allons, viens faire quelques brasses, ici Sobek n'a pas de couvées ni de prise, rien ne peut nous arriver en ces lieux sacrés ? Le rassura-t-elle.

- Tu me traites comme un frêle oisillon prêt à se jeter dans la gueule du crocodile.

- Loin s'en faut de vouloir te faire la morale. Mais du courage, s'il t'en manque, laisse libre cours à ceux qui en ont à revendre pour leur roi. Horemtep ne demande qu'à être à nouveau à la tête de ton armée, et décimer tes ennemis.

- Il est heureux que toi au moins, tu me chérisses ainsi. Horemtep aura sa part de gloire je t'assure, quant à ta mère, depuis la mort de notre dernière, Meketaton, elle pense que nous avons fait une terrible erreur, une offense aux dieux en les bannissant tous de l'horizon d'Aton, et qu'ainsi nous récoltons indubitablement le fruit de leur colère. La malédiction pèserait sur nous, tant que nous n'aurons pas renoué avec eux et rouvert leurs temples, l'Égypte et la famille royale subiront les pires fléaux de l'histoire, le crois-tu fillette, dis-moi je t'en prie?

- Ne m'appelle plus fillette, « bien-aimé d'Aton », je suis en âge de me marier, l'aurais-tu oublié?

- Si tu le dis!

- Pour ce qui est des avis de mère, elle écoute un peu trop à mon goût les rumeurs qui circulent... tu n'as pas à douter sur ta mission.

- Rumeur qui ronge mon esprit, reprit-il exaspéré. Le peuple perdrait-il confiance? Je vois bien que tu grandis, mes yeux ne me trompent pas, mais mon cœur ne peut se résoudre à te laisser bientôt partir du cocon familial. J'ai, pour ma part, perdu tant d'êtres chers, comprends-tu? Il te plaît tant que ça? interrogeait-il en toisant le jeune homme qui s'exerçait au lancer du harpon pour impressionner sa promise devant Pharaon admiratif.

- Oui, il est exceptionnel. Il s'occupe aussi bien de moi avec force d'attentions.

- Qu'il puisse te rendre heureuse en ces jours de deuil, je n'en disconviens pas ma chérie.

- Tu sais que mère ne prête plus guère attention à moi, le décès de Mékétaton la rend exécrable, elle se terre dans son trou comme une taupe.

- Tellement que le restant de la famille, actuellement, n'a plus aucun sens pour elle. Il y a si longtemps qu'elle ne partage plus ma couche, comme si la honte ou l'insatisfaction l'en empêchait.

- Honte de quoi ? Elle ne veut entendre raison voilà tout et de mes fiançailles, elle s'en fiche ! Il n'y a que toi, père, qui puisses m'entendre et satisfaire à mon bonheur. Pense à mon avenir !

- Tu es amoureuse, ça crève les yeux ! Même dans les jours de douleurs, il pourrait te faire oublier le reste du monde n'est-ce pas ? Il n'y a que l'amour qui fasse des miracles. Certes, il a de nombreuses qualités, je suis certain qu'il fera un bon mari pour toi.

- Oh père, je ne pourrais espérer mieux dans tout le royaume !

- Qu'attends-tu pour le rejoindre ? Le jeune prince n'aime pas les mesquineries. Puis vous attendrez ma bénédiction avant de prendre votre décision. Va pour les fiançailles ! conclut-il avant de la laisser filer entre ses doigts, se lissant machinalement le postiche du menton afin de sentir qu'il était encore le maître de toute chose, bien qu'il fût de plus en plus amoindri, il n'en gardait pas moins ses instincts paternels. Alors avant de la voir battre de l'aile définitivement, il tint à lui dire ces derniers mots : « Tu attendras encore un peu avant d'être femme, telle est la volonté de l'Aton ! J'ai de grands desseins pour toi… »

Elle le regarda du coin de l'œil, elle avait déjà la main sur la barque et se vit déjà couronnée « Reine d'Égypte… oui, bientôt je le serais… » marmonna-t-elle. Puis elle se fit hisser et s'évanouit aussitôt vers les roseaux où son promis la réclamait…

Pharaon les laissa batifoler dans l'eau, lui aussi avait eu l'occasion d'apprécier ces doux moments d'innocence au cours de sa jeunesse, peut-être même en avait-il trop abusé, enfreint certaines règles auxquelles tout être était rattaché, mais n'était-il pas lui le garant de Mâat* et son représentant sur Terre ? À ses yeux les limites n'avaient jamais de fin, seul un Pharaon avait le pouvoir de les repousser au point que plus tard, le revers de la médaille serait étrangement douloureux. Seules les stèles gravées définissaient et marquaient les limites physiques de son royaume, ainsi se rassurait-il à l'intérieur de ses fausses protections qu'il tenait pour inviolables. Il était aussi trop à l'écoute de ses futiles caprices. Pourtant ce sentiment de pouvoir s'amenuisait irrémédiablement avec le temps et la rumeur séditieuse. Sa douzième année de règne passait, plus rien n'avait le même goût, le prestige d'antan, tout le peuple le ressentit, en regrettait l'époque du puissant Memnon où l'or gisait à profusion où l'éclat de l'électrum des colosses rivalisait avec celui de l'astre du matin. Tiy sa mère, avait quitté le royaume des vivants, en compagnie de sa petite fille Mékétaton, les quatre autres étant déjà ensevelies (Néfer - néferou - Aton, Ta - Sherit, Sotpe - en - Râ, Néferné - férourê.) Elles seules étaient à même de le réconforter, de lui redonner le sourire, le goût de vivre et Tiy de déjouer une conspiration. Le chagrin et la paranoïa le minaient de plus en plus, alors il s'enfuyait pour se réfugier auprès de son dieu unique. Il en avait pris l'habitude lorsqu'il sentait une crise pointer, préférant la solitude à une troupe d'hypocrites ou de charlatans qui n'avaient cure de sa santé au point de le laisser dépérir à petit feu en le laissant par terre délirer ; pris de convulsions, les paupières grandes ouvertes, ne laissant paraître que le blanc des yeux et sa bouche dégoulinante de bave. « Ce sont tous des incapables, des vipères à la langue

---

* *voir p 135.*

fourchue, pendus à mon or, venez mes deux filles, Méritaton et Ankhésenpaaton... Venez consoler votre père.» Il en était convaincu, dans ces courts instants de lucidité il les rejetait tous, les repoussait, ne voulait même plus voir les guérisseurs avec tout leur attirail de sangsues, de crapauds baveux, d'excréments de lapin ou de laxatifs purgeurs car nul n'avait le pouvoir de le calmer dans ces moments de délire hormis ses deux filles. Ainsi la mélancolie le rongea au plus profond de son âme et peu importait l'épais silence des murs, ou la nuit qui le terrorisait, lui, bénissait la clarté du jour, et savait que dès à présent il ne pouvait plus compter que sur lui-même. Mais il redoutait une seule chose par-dessus tout, être tu, effacé des murs de la postérité à jamais. Car dans la pierre seule est inscrite l'éternité, et c'est ainsi que des pensées morbides l'envahissaient, c'est ainsi que la folie le gagnait.

Rien n'est plus pernicieux, pour un souverain, que de voir son empire s'égratigner, s'effriter lentement, que de voir ses proches quitter un à un le gynécée, les pieds un devant l'autre. Pouvait-il concevoir que sa vision du monde était due à un fantasme, un rêve sans tenant ni aboutissant, un conflit entre le passé et l'avenir et lui présent au milieu? Fuir l'appel des ténèbres, courir les salles hypostyles, éloigner de lui ces forces mauvaises qui l'animent, en était-il capable? Pourtant il avait cru s'en prémunir de ses étranges visions en construisant des chapelles pour les Ka des défunts ou en faisant réciter des prières avec diverses offrandes. Plusieurs fois ses ministres l'avaient mis en garde sur sa santé, ainsi que ses généraux avertis du danger des deux grandes puissances montantes étrangères, malgré tout il s'obstinait à ne voir qu'à travers les yeux d'Aton qui répugnait le sang, la guerre et le mensonge, tout ce qui est caché, sournois donc impie. Était-ce là donc l'idéalisme tel que l'Aton le représentait? Plus rien n'avait d'importance que le jour, le soleil, depuis la perte de ses nombreux enfants, il sombrait dans le chagrin le plus noir d'autant plus que Néfertiti, sa femme, l'avait laissé à son dieu, quitté sans même l'avoir honoré d'un mâle, un héritier qui aurait continué sa lignée et conjuré peut-être le sort d'un funeste destin. Il se sentit de plus en plus délaissé, affaibli par ce qu'on pouvait interpréter comme de la démence. Ce mal qui s'incarnait toujours plus profond dans sa chair, s'enracinait dans son âme et qui combattait à l'intérieur de lui et à cette heure, l'Égypte n'avait plus de véritable souverain. Aton l'avait-il abandonné ?

Le lendemain, on déposa comme prévu les corps de Tiy et de Mékétaton au cœur de la falaise de l'horizon d'Aton, là où était creusée dans le flanc de la montagne, la nécropole royale avec tous ses trésors. La diplomatie, les courtisans, les souverains assistèrent à la cérémonie, seuls les proches de la famille et les prêtres purent assister à la mise au tombeau sous les cris des dizaines de pleureuses qui s'arrachaient les cheveux, se jetaient par terre le corps couvert de cendres, de poussière ou levaient tout droit leurs bras vers le ciel en clamant leur profonde tristesse. Tout un cortège suivit et environnée de ses gardes, Néfertiti écouta du haut de son trône les incantations funèbres du second prophète d'Aton qui bourdonnait comme un torrent dans le spéos, illuminé par les rayons mobiles de l'Aton. Les prêtres demeuraient imperturbables ; alors qu'elle déplorait l'état mental de son royal époux qui s'agitait comme un diable dans sa boîte, les prêtres récitaient :

« Je n'ai pas commis l'iniquité contre les hommes.

Je n'ai pas maltraité les gens.

Je n'ai pas commis de péchés dans la Place de vérité.

Je n'ai pas cherché à connaître ce qui n'est pas à connaître.

Je n'ai pas fait de mal.

Je n'ai pas commencé de journée ayant reçu une commission de la part des gens qui devaient travailler pour moi et mon nom n'est pas parvenu aux fonctions d'un chef d'esclaves... »

Elle était auprès d'Ay, tout deux regardaient le spectacle désolant dans lequel un souverain malhabile avait cédé une fois de plus à une crise d'épilepsie.

- Regardez père comme il est pitoyable, à se couvrir de poussière, à ricaner comme une hyène affolée devant une charogne, chuchota-t-elle. Plus une once de raison ne l'habite, est-il capable de régner plus longtemps? Comment se satisfaire d'un être que l'on ne reconnaît même plus? Ce n'est pas un homme, ni un prophète encore moins l'envoyé d'Aton, c'est une chose. Regardez, n'a-t-on jamais vu un dieu se vautrer dans la poussière, se lamenter de la sorte ? il est inexcusable, ridicule, grotesque!

Ay constata en effet que Pharaon en faisait un peu trop, mais préféra ne pas dramatiser la situation et commanda qu'on pallie à cet aléa en faisant intervenir le médecin ipso facto. Il lui administra un calmant et tout rentra dans l'ordre peu à peu. Le premier prophète put alors continuer à lire le chapitre 125 du Livre des morts.

« ...Je n'ai pas blasphémé Dieu.
Je n'ai pas appauvri un homme dans ses biens.
Je n'ai pas fait ce qui est abominable aux dieux.
Je n'ai pas affligé.
Je n'ai pas affamé.
Je n'ai pas fait pleurer... »

- Modère tes paroles ma fille, il n'en reste pas moins Pharaon. Nous sommes à un enterrement non à un gala. La douleur qui l'afflige réveille le démon qu'il a en lui.

- Ce que l'on prit tout d'abord pour des visions sacrées ne s'est avéré en fait qu'être la manifestation de la folie, le mal qui le ronge de l'intérieur tout comme Aménophis son divin père. Les prêtres ont eu tort de le suivre dans ses illuminations ! Il sait de qui tenir...

La conversation s'interrompit pendant que le prophète continuait la prière des morts.

« ...Je n'ai pas tué.

Je n'ai pas ordonné de tuer.

Je n'ai fait de peine à personne.

Je n'ai pas amoindri les offrandes alimentaires dans les temples.

Je n'ai pas souillé les pains des dieux.

Je n'ai pas volé les galettes des bienheureux.

Je n'ai pas été pédéraste... »

- Il est complètement hystérique, te dis-je, et si je suis partie du palais, c'est pour me préserver de sa folie destructrice. Il s'en est pris déjà à Méritra ma servante et à l'heure qu'il est, elle est au purgatoire à croupir dans une cellule. Je ne veux pas finir comme elle dans les oubliettes du pouvoir.

- Qu'a-t-elle fait pour mériter cela ? demanda Ay curieux.

« ...Je n'ai pas forniqué dans les lieux saints du dieu de ma ville.

Je n'ai pas retranché au boisseau... »

- Rien, seulement une mauvaise mouche a dû le piquer ou était-il sous l'emprise d'un mauvais sort comme tu t'en doutes, en tout cas, il me fait plus peur que pitié. Il s'en prend continuellement aux domestiques, alors je préfère l'éviter tant qu'il ne sera pas guéri. Il n'y a que Méritaton qui puisse le calmer. Il a encore de bons rapports avec elle, les autres à ses yeux n'existent plus. L'instant est grave père, l'intérêt de l'Égypte est en jeu, nous devons prendre les décisions qui s'imposent et parer au plus urgent.

« ...Je n'ai pas amoindri l'aroure.
Je n'ai pas ajouté au poids de la balance.
Je n'ai pas faussé le peson de la balance... »

- Nous ? Tu as sûrement raison ma fille. On compte intervenir bientôt... reprit-il en songeant à sa sœur inerte qui prenait place dans le sarcophage grand ouvert. Il faudra que tout se passe en douceur. Mais que n'as-tu pas commis toi depuis peu, avec le sculpteur ?

- Quoi donc ?

- Inutile de le nier et de prendre ton air outré. En exemple le comportement de ton mari n'est rien, comparé à l'irréparable d'un adultère, il serait vain de nier ! Je vous ai vus l'autre jour dans l'atelier vous enlacer, cela n'avait rien d'une pause de style.

- Comment ? acquiesça Néfertiti dans tous ses états.

« ...Je n'ai pas ôté le lait de la bouche des petits enfants.
Je n'ai pas privé le petit bétail de ses herbages.
Je n'ai pas piégé d'oiseaux des roselières des dieux.
Je n'ai pas pêché de poissons dans leurs lagunes... »

- Je passais par hasard pour honorer une commande d'un buste mortuaire de Tiy, son effigie était exposée et derrière un vestibule je vous ai vus, sous l'éclairage d'un âtre au travers du rideau bleu, à vous embrasser. Oui tous les deux ! Si tu n'étais pas ma fille, il y a bien longtemps que justice aurait été rendue, dit-il avec insistance. Je te conseille de rester dans l'ombre, bien à l'abri du commérage.

- Comment peux-tu être aussi mauvaise langue ? Tu le tiens d'ouï-dire, une autre que moi aurait très bien pu être avec lui. Toute silhouette n'est pas forcément la démonstration de Néfertiti ! Il est vrai qu'il est bel homme, que son charme a fait bien des victimes au royaume, mais de là à accuser la reine d'un adultère, il y a une marge ! D'autres que toi me soupçonnent ? interrogea Néfertiti à la fois surprise et terrorisée de l'apprendre de la bouche même de son père. Son inquiétude ne cessait de croître.

« ...Je n'ai pas retenu l'eau au moment de l'inondation.
Je n'ai pas éteint un feu dans son ardeur... »

- Inutile de retenir tes craintes, je sais voir une femme lorsqu'elle dissimule un feu intérieur. J'en ai eu autrefois la triste expérience avec une de mes concubines, une nymphomane qui d'ailleurs a eu fort à le regretter. Si ça peut te consoler, je ne l'ai répété à personne. Que crois-tu donc ; que je sois prêt à sacrifier ma fille, une reine de surcroît ? Quand bien même fût-elle une servante qu'elle n'en serait pas moins ma fille et le devoir de tout bon pasteur est de protéger ses ouailles. Pourtant ce que tu as fait là est inexcusable ! Cet un grave déshonneur à notre famille. Je préfère oublier tes égarements insensés, laissons-le pour un autre jour je t'en prie. Et si tu veux un dernier conseil, rappelle-toi qu'il faut toujours se méfier du puissant taureau et plus encore lorsque la folie le gagne ; personne ne sait de quoi il est encore capable après toutes ces épreuves.

- Merci de ton franc-parler, tu as raison, Pharaon a beaucoup d'oreilles, le silence est de rigueur ! Je passerai d'ici quelques jours, nous en reparlerons à tête reposée. J'ai aussi un besoin de recul.

- Malheur s'il venait à l'apprendre... le pire serait à craindre ! Ton nom serait rayé de la liste des souveraines, effacé des murs des temples, tu serais bannie du droit à l'éternité, maudite à jamais et sujet à la malédiction réservée aux traîtres. Tu sais à quoi t'attendre !

« De toute manière, pensa-t-il, ton Bâ est perdu ma pauvre fille, ta beauté t'a joué des tours, elle ne pourra te sauver du terrible jugement d'Osiris et de ses quarante-deux accusateurs.

Depuis toute petite tu te plais à manipuler les gens, mais cette fois-ci, cela risque de se retourner contre toi. Tout au plus, peut-on éviter la colère de Pharaon, du moins ici-bas. »

Et au prêtre de finir sa déclaration d'innocence que le mort faisait devant le tribunal d'Osiris, transposant au-delà ce que faisait ici-bas le fondement de sa conduite.

« ...Je n'ai pas omis les jours à offrandes de viandes.

Je n'ai pas détourné le bétail du repas de Dieu.

Je ne me suis pas opposé à un dieu dans ses sorties en procession. »

Sur cette dernière homélie, il se sépara d'elle hâtivement. Ay était plus que préoccupé par l'attitude de sa fille nonobstant il se sentait impliqué dans cette affaire de mœurs dont les répercutions seraient terribles si par mégarde elles venaient à être jetées sur la place publique. Après de nombreuses supputations. Il devait agir au plus vite, éloigner tout soupçon de sa fille et éventuellement éliminer l'amant indésirable. Resterait à s'occuper du devenir du royaume puisque le pilote n'était plus en état durant le deuil, de mener le navire. Avant que le cortège n'eût entamé sa longue marche funèbre, chacun des proches déposa en signe d'adieu, une gerbe de fleurs sur les deux défunts avant que ne se referment les portes colossales de la voûte sacrée et qu'Anubis ne vienne tirer le verrou du sommeil éternel. Les défunts de se soumettre à la pesée de l'âme, et du jugement en découlaient soit l'éternel jardin des Hespérides soit les excréments.

Lorsque Néfertiti eut rejoint ses appartements avec sa suite de courtisans, son intendante vint à sa rencontre lui annonçant qu'un notable, un serviteur de la vérité attendait dans le salon.

- Je suis éreintée par ces longues funérailles, qu'il patiente encore, fit Néfertiti se doutant bien qui désirait la voir.

- Et votre royal époux comment se porte-t-il ? s'enquit l'intendante curieuse.

- De plus en plus mal… Sers-moi quelque chose à boire, je meurs de soif!

- Une bière, ou peut-être un jus de fruit, maîtresse?

- Quelque chose de fort me ferait le plus grand bien.

Aussitôt que l'intendante fut partie, elle se refit une toilette devant son petit miroir portable, elle avait pressenti la présence de son amant dans le vestibule et sentit un frisson la parcourir. Elle se décida enfin à le rejoindre, déambulant entre les multiples colonnes qui soutenaient d'imposants linteaux. L'homme était à l'attendre, il semblait très impatient, et ses yeux se consumaient d'amour pour la belle Néfertiti.

- Thoutmosis ! Aurais-tu perdu la raison ? Enfin puisque tu es là, profitons d'une entrevue, j'avais justement à te parler de choses très importantes, dépêchons !

Il s'agenouilla, baisa sa main en amant soumis.

- Majesté, je suis venue vous dire que…

- Pas ici viens ! Elle le traîna dehors dans un fourré à l'abri des regards.

- Majesté votre buste est fin prêt s'il n'y avait plus que de menus détails à régler.

- Je devine que tu as des choses à me révéler, autre que celui de réclamer ton dû. Il est prêt si ça peut te consoler ! lui tenant la dragée haute tout en jetant un œil par-dessus son épaule afin de s'assurer que l'intendante ne les avait point suivis.

- Que se passe-t-il, pourquoi tant de méfiance et de mépris, qu'ai-je fait de répréhensible à ton égard ?

- Ay… mon père est au courant, je viens de l'apprendre lors de la cérémonie funèbre.

- Par tous les djinns comment l'a-t-il deviné, nous avons pourtant été plus que prudents.

- Peu importe le comment, c'était inévitable tôt ou tard, nous devons d'ores et déjà être sur nos gardes et nous assurer que rien ne filtrera d'entre ces murs où n'arrivera aux oreilles de mon époux.

- Son état empire d'après la rumeur qui se répand dans la ville, beaucoup reviennent en cachette à l'ancien culte de peur qu'un malheur ne s'abatte sur eux. Tu sais le métier de « serveur de la vérité » a de gros avantages. Je connais tout ce qui se trame dans les coulisses de l'empire, jalousie, adultère, vengeance, corruption, j'en passe et des meilleurs. Car en général, les modèles sont plutôt prolixes surtout les jeunes pucelles de l'aristocratie qui ont la langue trop pendue.

- Des nubiles, en chaleur qui ne pensent qu'à s'offrir en partage ! Oserais-tu insinuer… que je l'aurais crié à tue-tête sur tous les toits ?

- Loin s'en faut cette idée ma reine… par ailleurs je doute fort que votre père ne l'ait lui, ébruité, distillé sans égards dans la ville, rien n'aurait encore filtré de l'arcane…

- Ma reine ! Où êtes-vous…

- Du moins il faut l'espérer ! Voilà qu'enfin on vient nous servir !

- Je vous cherchais, vous et votre hôte.

- Nous voici ! Pose ça là et laisse-nous.

Les bras chargés de victuailles sucrées et de boissons rafraîchissantes, la servante s'exécuta. Lorsque le service fut achevé, la conversation put suivre son cours dans le grand espace naturel, un décor aquatique accompagné du bruissement constant d'une fontaine.

- Je crains la rumeur comme la peste ! Aussi mes sources d'informations m'ont-elles appris qu'un noir attentat se trame actuellement contre le monarque ; que le peuple est à deux doigts de se soulever depuis que les affaires périclitent dans le pays, l'on peut s'attendre au pire !

- Je sais tout cela, inutile de me le rabâcher. Moi c'est plutôt mon avenir qui me tourmente. Que dois-je faire à ton avis : rester à l'écart d'une conspiration ou me mêler d'affaires compromettantes ? Pharaon est au plus mal et je le répugne. Sa mort ne me toucherait d'ailleurs pas plus que celle d'une mouche. En ce moment Ay est bien placé pour contrecarrer cette félonie mais en a-t-il vraiment envie après ce qu'il vient d'apprendre? J'ai peur que notre liaison ne s'ébruite et ne déclenche un tollé au royaume.

- Il n'y a qu'un moyen de l'éviter, à vrai dire.

- Et quoi donc?

- Ton père peut nous être utile. Si je t'ai parlé de ce complot, c'est qu'il serait peut-être temps de choisir ton camp ; quant à moi c'est déjà décidé, je préfère prendre la poudre d'escampette !

- Va, fais tes adieux à la cour, dit-elle indignée. On trouvera vite un remplaçant. Mais comment vont-ils procéder, par l'empoisonnement? Ce ne sera pas nouveau dans le pays, cela reste néanmoins efficace.

- Tu ne parles pas de me suicider, car en ce qui me concerne, j'ai encore des œuvres à terminer et des gages en attente, si je pars c'est dans mon propre intérêt.

- Ou celles de tes admiratrices ! Non imbécile, je ne parlais pas du banal suicide d'un sculpteur, mais plutôt de celui que l'on trompe.

- Pharaon? s'affola Thoutmosis baissant d'un ton. Oh ! Je préfère retourner à Sakara au village des artistes plutôt que de mettre les pieds dans une sombre affaire d'état. Moi je ne suis qu'un « serviteur de la vérité » bien que je sois amant de la reine, il n'y a pas lieu que je m'en mêle d'autant plus que, d'un côté comme de l'autre, je n'ai plus rien à perdre. Je préfère sauver ma tête, et sur-le-champ.

- Lâche ! tu serais donc prêt à me laisser choir dans les pattes de ce griffon? Je sais combien ses crises peuvent lui ronger les nerfs, il n'en est pas moins rancunier qu'il y prendrait même un malin plaisir. Je suis encore belle et trop jeune pour connaître le destin funeste d'une malédiction pharaonique. Je veux vivre encore assez longtemps pour être sûre de voir un de mes fils trôner. Il en va de mon honneur et de ma famille tout entière !

- Que dis-tu, je ne comprends pas ?

- Voilà, je... je t'ai caché quelque chose... un fils, oui ! Et que tu le veuilles ou non, mes affaires sont les tiennes à présent !

- Quoi ?

Thoutmosis ne s'attendait pas du tout à une pareille révélation de sa maîtresse qui était décidée à aller jusqu'au bout quitte à mettre un bâtard sur le trône.

- Dis-toi bien que si une reine doit être destituée, maintes têtes cherront !... Maintenant nous n'avons plus le choix, nous devons nous rallier à la bonne cause, celle des anciens.

- Tu as sûrement raison, néanmoins s'il est bien un conseil à suivre c'est de se faire tout petit et de ne pas prendre part à une éventuelle rébellion qui opposerait les partisans d'Amon à ceux d'Aton.

- Néfertiti, se faire toute petite, tu n'y penses pas ?

- À ton corps défendant comprends-le ! ce fameux bouleversement qui se prépare, mieux vaut ne pas y participer. Restons sagement dans notre coin, nous verrons bien comment les choses évolueront.

- Nonobstant c'est aussi mon avis, Thoutmosis ? Et c'est aussi valable pour toi. Je te conseille même de te faire oublier pendant quelque temps comme tu le souhaites.

Elle lui caressa le dos de la main le regardant droit dans les yeux comme pour l'éprouver une dernière fois. Lui ne put s'empêcher d'approcher ses lèvres des siennes et de l'enlacer dans un dernier élan de frénésie. Néfertiti se raidit sur ses deux jambes et le repoussa violemment.

- Pourquoi, ton amour se transformerait-il en haine ?

- Tu ne comprends décidément rien ! Son esprit était plein de contradiction, et au fond d'elle, elle se laissa effleurer par sa main virile, elle ouvrit ses lèvres comme peuvent le faire les pétales d'une rose au petit matin, avec le curieux sentiment qu'elle ne le reverrait jamais plus. Ils étaient tous deux en pleine extase lorsqu'elle s'arracha de ses oublis et prononça une dernière parole.

- Maintenant nous n'avons plus rien à nous dire, puisse tes désirs s'exaucer ! Pars, mon amour impossible, je ne te retiens plus. Quant à tes gages, n'aie crainte, mon intendante te les remettra incontinent en mains propres. J'ai prévu large pour te dédommager de l'enfant que tu laisses. Ta seule satisfaction sera qu'un jour peut-être, il montera sur le trône pour devenir roi d'Égypte et qui sait s'il ne portera pas lui-même le nom de Thoutmosis. Adieu !

Elle le vit s'éloigner lentement, son corps athlétique avait l'attitude d'un félin désabusé.

« Seulement tu ne seras plus là pour le voir... » pensait-elle. Il ne s'était pas retourné, finalement, il la bénissait de lui avoir dit la vérité, il se réjouissait même d'avoir eu un fils du fruit de cette union passionnelle et volcanique, un petit bâtard. Le jour où elle avait cédé lui revint alors en mémoire, un court instant, il se sentit fier. Puis en toute simplicité tandis qu'il s'éloignait d'elle, il revit ses mains manipuler l'ovale sacré, malaxant l'argile gluante comme la chair délicate de ses courtisanes qui venaient à lui en modèles soumises. Il se mit alors à fantasmer sur son plus beau buste, jusqu'à ne plus contenir son ardeur et l'étreignit une nouvelle fois en rêve dans son atelier de sculpteur. Il eût suffi d'un orage pour que la reine tombât dans ses bras. De l'époux qui ne la touchait plus depuis longtemps avec ses sautes d'humeurs qui devenaient incontrôlables, elle n'en tirait plus aucun plaisir. Alors, elle aussi avait cédé à ses pulsions irrésistibles de femme, dans l'intimité de l'atelier, ce jour idyllique à l'abri de la pluie. Lui sculpteur séduisant, hypnotisé par l'éclair de ses opalines incrustées dans un ovale remarquable, charmé par ses courbes voluptueuses, ses seins aussi finement ciselés que des dunes, dressés en pointe, fermes et désirables poires, goûteuses de soleil, de plaisir et de volupté.

Il se souvint de ce second jour où il la convainquit que son visage aurait plus encore d'éclat sous la splendeur de l'Aton. Il l'avait attirée, puis couchée dans les herbes, les roseaux, les lotus qui s'entremêlèrent au vent, aux piaillements des frêles oisillons afin de couvrir une passion éphémère. Et pareillement, avec la même discrétion, ils s'en sont retournés chacun de leur côté, tout simplement, sans un mot, avec cependant une plaie béante au cœur, celle de ne pouvoir décider de leur passion. Il fallait se faire à cette idée implacable qu'elle était reine, qu'elle faisait partie de ce petit monde inaccessible des élus, que lui n'était qu'un simple pion que l'on prend et manipule. Aussi incroyable que cela puisse paraître, de cette union était né un fils, soigneusement caché au sein du gynécée, parmi les nombreuses concubines et enfants illégitimes de Pharaon. Aucun ne pouvait prétendre au titre, hormis un seul qui n'était pas du sang d'Akhénaton, et qui devait par la suite renverser le cours de l'histoire tout comme d'ailleurs son illustre prédécesseur, c'était ce jeune enfant, le fils du sculpteur Thoutmosis, le bâtard protégé de la reine : le futur Touthankaton*. Néfertiti resta un long moment dans le jardin à ruminer ses pensées, elle priait le ciel, scrutant l'horizon chargé de cumulus qui s'amoncelaient en moutons paisibles et se réjouit du prochain orage. Elle était bouleversée à l'idée d'aller trouver Ay, il fallait qu'elle s'explique devant le chef de l'ara royal, de la charrerie, lui seul avait en main les clefs de son avenir, lui, Ay son père.

---

* *Plus connu sous le nom de Toutankhamon, dont la paternité reste toujours obscure.*

- XI -

LA NOUVELLE AURORE

Le treizième jour du mois de Tybi, trois jours d'interrogations s'étaient écoulés après les funérailles, Néfertiti faisant les cent pas, se décida enfin de trouver Ay comme promis dans sa résidence particulière, une bâtisse princière avec de nombreux arpents de terre qui longeaient le fleuve dont des vignobles et deux grandes parcelles où paissaient bœufs et cavalaient des chevaux en toute liberté. C'était la réplique de l'ancienne demeure où elle avait passé sa tendre enfance. Une enfance heureuse, agréable, bercée par la douceur de vivre, et cette bâtisse lui évoquait un tas de petites choses comme le coton imbibé d'onguent, le soyeux des étoffes, le khôl et l'encens et surtout l'imposante masse d'ouvriers qui s'agitaient au domaine et qui s'y agitent encore. La noblesse avait de multiples avantages dont celui d'être à l'abri du besoin et de l'instruire selon ses propres goûts et désirs ; ainsi avait-elle appris l'art de la musique, les symboles sacrés auprès des scribes. Son talent était en quelque sorte le reflet de sa beauté qui avait une renommée au-delà des frontières. Son père avait su la préserver de l'ardeur du soleil ainsi que celles des nombreux courtisans qui désiraient trouver cet oiseau rare.

Depuis, Ay était un ancien parmi les anciens, un « reliquat » du précédent règne et cela lui apportait un statut tout particulier à la cour, un gain de pouvoir acquis par le poids des ans, nimbé de sagesse infuse dont Akhénaton ne se privait sous aucun prétexte.

Néfertiti arriva étincelante d'or et d'argent, ornée de plumes d'autruches qui fleurissaient en bouquets de chaque côté du bolide. On aurait cru Isis tout droit descendue du firmament avec son char étincelant. Le fouet tournoyant et claquant sec au-dessus des étalons avec une maîtrise déconcertante, indiquait qu'elle avait été à bonne école grâce à son père qui de cavalier émérite, devint maître des écuries royales. Fière de toucher à cet art viril, son attitude changeait de manière radicale lorsqu'elle prenait les rênes avec ostentation, son autorité se décuplait.

Ay vit le bolide arriver, accompagné de son fil d'Ariane sableux. Ay avait grande expérience des chevaux et sut au brouhaha des bêtes que sa fille était contrariée, et sans nul doute par ce qu'il lui avait appris auparavant. Quelques minutes à peine suffirent pour que le bolide disparaisse dans la pénombre de l'écurie et qu'elle déboule comme une tornade devant son père. Il était en compagnie d'Horemtep pour un bon bout de la matinée.

- Vous parlez de moi je présume? dit-elle, s'arrogeant le droit d'interrompre les deux hommes, arrangeant sa coiffe de vautour qui scintillait.

Ay commença par la calmer de sa voix rauque.

- Ma fille, tu ne viens pas avec tes grands chevaux et ton habit de lumière pour nous faire la morale? Non, nous parlions politique et j'ai fort à faire aujourd'hui avec le général.

- Aurais-tu omis que nous avions à parler tous les deux. Je me suis pressée ce matin et mes domestiques m'ont mise de mauvais poil.

- Au risque d'être désarçonnée de mon char, lui fit-il remarquer…

- Impossible de trouver la paix !

- Tes domestiques, hein ? De toute façon tu as toujours piloté comme une trombe, et ce n'est pas demain la veille que ça changera ! reprit Ay se doutant bien qu'elle venait à des pourparlers. Tu as beaucoup trop de choses en tête qui te perturbent n'est-ce pas ? Tes petites menottes si fragiles ne devraient pas mener les rênes aussi durement.

- C'est ainsi que tu m'as appris, père !

- Enfin soit, comme il plaira à ma reine ! Il fit un signe au général Horemtep qui salua la souveraine et se retira dans l'urgence prétextant une obligation de dernière minute. Il crut comprendre que la reine était fort embarrassée, que seul Ay pouvait la réconforter. Il n'insista pas plus longtemps et une fois parti, le dialogue put reprendre son cours sur le même ton.

- Ma fille, fût-ce donc très important pour que tu interrompes un rendez-vous d'affaire.

- Je veux savoir, père, ce que tu projettes. Je n'en puis plus d'attendre, que quelque chose se passe, qu'un tremblement de terre vienne ravager Akhêtaton, que le simoun dévaste la nécropole ou que la lèpre s'abatte sur la ville, je m'en moque ! La magie des lieux s'est tarie nous sommes voués à la perdition, l'horizon d'Aton était un doux rêve. Je voudrais retourner à Thébes avec Ankhsenpaaton.

- Tu n'es pas sérieuse ! s'alarma-t-il. Certes c'est ton droit de manifester ainsi, néanmoins ton désœuvrement ne justifie pas de perdre patience au point de céder à la panique et de penser à l'inconséquence d'une fuite. Serait-ce donc de la trahison ? Vois-tu j'étais justement en train de dire à Horemtep qu'il était temps que l'armée se reprenne en main, qu'elle intervienne sans plus tarder mais pour le bien de la communauté. Nous sommes sous le coup d'une grande mutinerie le sais-tu ? Les gens arrivent de tous les côtés manifester leur désarroi. Et ce, par la main d'un seul homme, le prophète Amenemhat qui a lancé le premier ses chevaux de bataille. Il compte sûrement récupérer tous ses biens spoliés par la couronne. Pharaon se cloître trop dans l'horizon d'Aton avec ses croyances lumineuses, il ne voit pas au-delà des frontières et bien qu'il soit notre souverain, le droit d'ingérence donne raison à celui qui s'en sert. Le haut Conseil devra trancher !

- Et moi, que vais-je devenir ? s'ébranla Néfertiti espérant qu'Ay trouve vite une issue à ce dilemme.

- Ne t'emballe pas, j'ai bien réfléchi cette nuit et la seule solution que j'aie trouvée est que mal périsse.

- De qui donc veux-tu parler, du prophète qui menace la capitale... de Pharaon ?

- Non de ce serviteur de la vérité, et plus nominativement du sculpteur Thoutmosis, ton cher amant que tu couves. Devrais-je te rafraîchir la mémoire ? Il t'a touchée, il devra payer de son sang, sans le concours du tribunal tu t'en doutes bien !

- Assassin !

- De toute façon tu n'as pas le choix car il peut être très dangereux pour nous tant qu'il sera en vie.

- Il ne peut me faire de mal. Tu ne le trouveras pas, il s'est enfui il y a trois nuits de cela en laissant tous ses outils, ses ouvrages sur place et je doute qu'on ne le retrouve un jour. C'est un malin qui sait sentir l'orage lorsqu'il approche, un chacal qui connaît les carrières et les recoins des falaises comme sa poche. Il a de bonnes relations, tu sais. Tu ne le trouveras jamais !

- Sans nul doute que si ce n'est moi, ce sera par l'inclémence du désert qu'il périra ! La magie reste aussi un moyen efficace lorsqu'on ne peut approcher sa proie !

Il y eut comme un éclair dans ses yeux, et c'est à contrecœur qu'elle consentit à cette idée.

- S'il le faut... soupira-t-elle tout en espérant qu'il revînt sur sa décision. Quant à toi rassure-moi sur mon avenir, éclaire-moi sur l'avenir politique du royaume.

- Si tu y tiens, à l'unique condition que tu restes à l'écart de toutes initiatives ou compromissions et que tu n'en dises mot à personne.

- Juré !

- Puisse ton amant périr sous le bec d'un vautour, lâcha-t-il avec hargne. Je ne t'ai pas attendu, et j'ai lancé deux tueurs à ses trousses qui devraient l'avoir rejoint à l'heure qu'il est. Tant que son corps ne sera pas démis de son souffle de vie, mon esprit ne sera pas tranquille.

- Non ! cria-t-elle à s'en déchirer la poitrine, son front gouttant même de sueur froide. Tu risques de le regretter plus tard. Et pourquoi me mettre à l'écart, me faire ça ? C'est encore moi la reine que je sache ! fit-elle en marquant du poing ses paroles et pinçant ses lèvres. Si j'ai quitté le palais royal c'est de mon plein gré car les pronostics sont pessimistes. Je n'ai plus rien à attendre de lui !

- Je sais bien ma chérie, ton trône aussi n'en a plus pour longtemps comme tes amours du reste. Pharaon m'a fait mander hier, il annonce une nouvelle qu'il aura à faire prochainement devant tout Akhêtaton, la fille Méritaton se fiance avec le prince Smenkara. Ce qui laisse sous-entendre qu'à l'issue de ce mariage une cogérance est possible.

- La garce ! Pharaon ne me pardonne pas de l'avoir quitté.

- Doit-on comprendre là qu'il ne tient plus à gouverner seul le pays ; sans sa femme et ses filles, il est perdu. Il est terrassé par le deuil de sa mère. Qui plus est sa maladie empire. Je me demande s'il a été un seul jour conscient de son mal qu'il tient pour divin. Néanmoins ses partisans sont puissants et lui obéissent, ils se font cher payer. Trop d'ingrats spéculent sur le délabrement du royaume, de vrais rapaces qu'il faudra éliminer sans répit ! Ce n'est pas tout, reprit Ay, il a chargé Horemtep de liquider tous les traîtres avant les prochaines fiançailles. Aux dernières nouvelles, un espion étranger lui en aurait apporté la preuve et une troupe est levée aujourd'hui même.

- Un espion étranger ! s'interloqua la reine, et d'où sort-il ce bellâtre, d'un chapeau de magicien afin de jouer un dernier tour à la cour. Si tel était le cas, l'esprit d'Akhénaton doit être profondément tourmenté.

- L'exècres-tu à ce point ?

- Oui depuis la mort de ma petite Néfer - Néferou - Râ. Ni lui ni Aton n'ont pu la sauver !

- Dis-toi bien qu'il n'abandonnera jamais son sceptre ni ses titres de son vivant même s'il ne veut plus se consacrer qu'à la prêtrise. Il est le dernier de la lignée des Aménophis, tu comprends ?... (Il laissa planer un silence complice.)

- S'il n'est plus permis qu'il trône plus longtemps, moi sa femme, que vais-je devenir ? Je ne suis pas un pantin qu'on manipule et que l'on jette après en avoir usé, ni une brindille prise par le simoun. Je suis reine et j'entends bien le rester coûte que coûte. Tout ce que j'ai fait, je l'ai fait pour te satisfaire, père. Si je suis reine c'est aussi par ta bénédiction l'oublierais-tu ? Tu n'as pas le droit de me laisser tomber, d'autant plus que maintenant il y a un héritier au trône que je suis la seule à connaître, c'est un fils, un mâle de ton sang.

- Quoi ? un petit-fils... de mon sang, que dis-tu là ? tressaillit Ay, un petit-fils... Je n'arrive pas à te croire ! Serais-tu en train de me mener en bateau ? Et de qui, Pharaon ?

- Je ne peux te le dire, père ! Et s'il lui arrivait malheur à cette heure, ce serait... Elle se ravisa de lui dire que ce serait de sa faute !

Soudain Ay eut un éclairement.

- Non pas... lui, le sculpteur ! Il s'effondra.

- Je regrette père, celui que tu persécutes en cet instant même, Thoutmosis ! C'est bien ce que tu souhaitais, non ?

- Comment se peut-il que tu aies eu un enfant d'un serveur de la vérité, d'un subalterne, c'est ignoble et indigne d'une reine ! Il est l'enfant de la honte, du désordre, du chaos même !

- Je le reconnais, cependant cette ignominie fait de moi une femme comblée, car si un roi n'a pu me donner un fils, un de ses subalternes s'en est chargé à sa place. Je n'ai rien à regretter. Mon fils trônera, ton petit-fils, c'est aussi ton intérêt que tu le veuilles ou non !

- Et comment l'appelles-tu ce petit bâtard, quel âge a-t-il, où le caches-tu ?

- Si tu me promets de ne rien tenter contre lui.

- N'est-il pas mon petit-fils ?

- Viens, il n'attend que nous !

Néfertiti le conduisit au gynécée et à travers une cloison lui montra celui qu'elle chérissait le plus au monde. C'est alors qu'il ne put résister de le prendre dans ses bras et de fondre littéralement.

- Voilà ton petit-fils Toutankhaton, il vient d'avoir sept printemps ! reconnais-le. Lui te reconnaîtra, il a besoin d'un père. Regarde comme il est beau, comme il te ressemble.

- Sept ans dis-tu ? Il se mit à réfléchir sur la possibilité de son avènement au pouvoir. Tu ne me laisses donc guère le choix en me mettant ce bambin dans les bras. Si j'accepte tes erreurs avec peine, sache que cela ne change en rien mon jugement envers toi. Soit, il est beau ! Il régnera mon petit-fils et je serai pour lui un père, puisqu'il vient de perdre son géniteur pour toujours.

- Par ta faute père ! Y a-t-il un dernier espoir à formuler pour Thoutmosis ?

- Je crains que non, et quand bien même il devrait y en avoir un, je ne le permettrais pas ! C'est une vie en échange d'une autre, un sculpteur contre un futur roi, pour le bien de l'empire !

Néfertiti s'arracha de cette dernière parole et s'enfuit, en pleurs, car elle savait d'ores et déjà qu'elle ne connaîtrait jamais plus l'amour de Thoutmosis, que dès lors, sa seule consolation serait son fils, son unique héritier. Elle se devait de le choyer, de le protéger comme une louve, car si Pharaon venait à l'approcher de prés ou de loin, le lion n'en ferait qu'une bouchée, c'est en prévention de cela qu'elle avait pris la précaution de le cacher au sein du harem et qu'elle avait cherché en Ay son père un soutien. Elle y avait cependant réussi.

- XII -

LA MAISON DE L'ARCHITECTE

Après une semaine de deuil national, Pharaon tint ses griefs dans les arcanes du haut Conseil d'État, des mesures s'ensuivirent aussitôt. Le vizir Pthamosé qui avait pris connaissance des faits, se réjouit de la confiance que lui portait Pharaon, à lui revenait l'exécutif. La lettre était à l'abri sous scellés. La preuve du complot était irréfutable et le rouage pouvait se mettre en branle dans ce grand système judiciaire. Le vizir avait réuni la garde royale dont Horemtep avait fait grossir les rangs de quelques rangées de fantassins lybiens. Tous marchaient, sous l'escorte de Jereth, devenu éclaireur personnel du vizir, et se dirigeaient vers Tanis au nord, là même où se trouvaient la grotte et le fomentateur Atoum avec son cerbère de service, l'irascible Akim. Ordre était donné d'arrêter Ramosé, ses acolytes ainsi que Amenemhat de Thèbes et un dénommé Atoum, désormais considérés comme traîtres à l'empire. Entre-temps Pharaon avait fait publier dans le pays un avis de recherche sur deux personnes répondant aux noms d'Allal et Darouk, promesse à Jereth qu'il ferait son possible pour retrouver son père et celui de son ami, à l'unique condition bien entendu qu'ils se trouvassent en Égypte. C'était un minimum au vu d'une information si capitale. L'état était donc menacé, il fallait réagir vite et un arrêté a aussitôt été prescrit visant à mettre sous séquestre tous les zélateurs d'autres dieux que l'Aton national. Au village des ouvriers, au quartier est de la ville, adossés à la chaîne de grès, ils se sentaient plutôt à l'abri derrière les murailles des montagnes. Parmi eux étaient nos deux forçats des mers qui méditaient sur leur pauvre sort, bien à l'écart du remue-ménage. Nos deux forçats, Darouk et Allal logeaient avec les travailleurs de la nécropole, parqués dans des rangées de cubes construits d'adobes à l'identique et peints à la chaux, avec pour vivre une cuisine et une chambre à coucher que se partageaient les familles des travailleurs en plus de quelques animaux domestiques. Ils avaient atterri là, par une espèce de concours de circonstances qui ne fut, à vrai dire pas si mal lorsqu'il s'agissait de peine et de travail forcé. Sachant que le pain et la bière devaient se mériter à coup de boue, de poussière, de pluie ou de fournaise, par un labeur de terrassier, carrier où les outils avaient remplacé l'aviron ; nombreux étaient ceux qui avaient péri, soit par le fouet, soit écrasés sous des blocs de calcaire. Blocs qui arrivaient à se détacher inopinément de la falaise. Seuls, démunis de tout bien, hormis de vagues souvenirs de liberté auxquels s'ajoutait le plus précieux des joyaux, l'espoir de s'en sortir, un espoir qui malheureusement s'amenuisait de plus en plus avec l'usure de leur personne ! Darouk et Allal avaient beaucoup vieilli depuis, quand soudain, vinrent à eux les échos du dehors. Des factions s'étaient formées et quadrillaient tout le territoire. Eux avaient survécu, ce, grâce aux liens inexpugnables qu'ils avaient tissé l'un, l'autre, durant ces sept années passées à se coudoyer. Ils avaient tenu bon, malgré les chaînes, les brimades, les injures, les amoncellements de briques et de cadavres, c'était là l'important, malgré tous leurs malheurs que rien n'effacerait plus désormais.

- Toutes mes peines ont été vaines, confessa Darouk complètement amorphe, et las de la misère, tournant et virant dans la petite pièce de trois mètres sur trois dont les murs blancs contrastaient avec le teint galène de son visage. Je ne pense plus jamais revoir Byblos ni même ma femme. Elle a dû trouver une âme sœur, qui sait ? À quoi bon vivre, alors que le roi s'en est retourné au pays sans nous. Avec lui se sont envolés tous nos espoirs. Personne ne sait que nous sommes là à trimer ainsi dans cette maudite carrière. Non je ne donne pas cher de notre peau !

- Heureusement que nous avons trouvé ces femmes, comme ménagères, elles sont parfaites ! fit remarquer Allal songeant aux ouvrières qu'ils avaient dénichées dans le village des carriers.

- Peut-être mais elles ne peuvent remplacer nos épouses !

- Enfin ! Que nous ayons été vendus au profit du Grec, pour terminer les travaux de cette maudite nécropole, me révolte. Je le maudis ! Je pensais que la décoration du palais nous aurait valu une amnistie, comme il le soutenait, il n'en a rien été. Même les pirates que nous avons bravés ont été assez lâches pour rebrousser chemin devant nos vaisseaux fins, nous enlevant tout espoir de remise de peine ou de liberté.

- Il ne faut pas se résigner, l'ami, je sais que le capitaine nous a trahis, ce renégat de Nikios, un opportuniste qui ne pense qu'à se faire de l'argent sur le dos de ses esclaves. Ce qui explique qu'il ait disparu si vite. Ce faquin doit être loin à présent.

- Sûrement que le barbu a rejoint les pirates et leurs juteuses affaires et ce n'est pas l'envie qui me manque de le poursuivre, de lui faire payer cette infamie ! Nous avons suffisamment souffert. Notre temps est révolu. Quatre-vingt-sept mois ! Comment expliquer à l'architecte que nous avons purgé notre peine, qu'à l'heure qu'il est, nous devrions être des hommes libres. Seul le roi, notre juge pouvait nous rendre notre liberté. Et dire que le Tyran était là, à notre portée durant les funérailles, et que nous n'avons pas pu l'approcher. Quelle malchance !

- Comment aurions-nous pu, nous les forçats ?

- Qui nous entendra... Qui daignera écouter deux loqueteux dans ce pays où la luxure prédomine ? cria Darouk par la lucarne de la pièce unique, ne se doutant pas que l'architecte, accompagné de son escorte, passait par là.

- Encore du travail qui nous attend, dit-il écœuré en les voyant soudain. Maudit taureau, pensa-t-il en se remémorant l'instant qui avait valu à Akim d'être tiré de ses cornes. Fallait-il pour autant laisser périr l'enfant, sachant le sort qui nous était réservé ? Puis péremptoire, il rejeta cette vilaine pensée et lança un coup d'œil furtif au-dehors. Comme la destinée est cruelle ! Tiens, Bek vient recruter lui-même à présent ; manquerait-il d'hommes ?

- C'est ici, architecte, dans ce taudis ! dit la voix rauque du soldat. Nos deux lascars y croupissent.

Allal et Darouk s'écartèrent de la porte qui menaçait de s'ouvrir à tout moment. Un garde égyptien s'approcha et entra sans se présenter.

- Venez-vous d'eux, le maître désire s'entretenir avec vous !

- Que nous veut-il ? fit Darouk pusillanime. Nous n'avons rien fait de mal. Nous sommes de pauvres ouvriers, des étrangers. Le travail ne nous fait pas peur, insista-t-il pour se donner du courage, et montrer qu'il avait encore la force et l'envie de vivre.

- N'aie crainte, vieil homme ! Allez tous deux !

Les trois hommes sortirent rejoindre l'architecte qui les attendait à trois mètres du seuil. Sandales poussiéreuses reflétant dorure, le pagne de lin blanc aux traits bleu azur, surmonté d'un buste moite, droit et imberbe, pareil au profil musculeux d'un lapidaire grec. Il portait le pectoral de turquoise, celui du mérite. Son air, d'habitude placide, vira à l'excitation ; quand il les vit, sa pupille se dilata, il leur fit un large sourire dévoilant deux rangées de dents saines, bien soignées, qui semblait fait de cet ivoire qui brillait d'un certain intérêt. Darouk et Allal se regardèrent, surpris de l'accueil plutôt jovial du maître carrier. Eux, les bons à rien, dont leurs corps avaient tant donné ; eux à la peau ternie, tannée, fripée, usée ; eux dont les mains avaient donné racine à des cales inusables à force de douter, de souquer, de hisser, de lover du cordage, de casser, de porter des cailloux, de nouer le chanvre ou de couper le jonc. Ce même jonc mêlé à la terre pour en faire des milliers de briques... eux dont les yeux n'avaient même plus de quoi s'apitoyer, vides d'espoir, eux dont la bouche n'avait même plus de salive, divin nectar qui aspire à l'envie de goûter, de poursuivre leur chemin, sans oublier ces milles désirs de femmes, taris... Yeux livides et corps fourbus ne portant plus qu'une toile sur une épaule nonchalante, qu'une corde en guise de ceinture, sans même une sandale à se mettre sous le pied ; enfin eux à l'allure rachitique, eux aux dents branlantes, aux cheveux hirsutes, secs, blanchis, eux encore à la longue barbe du prophète, à la démarche pantelante, le bâton hasardeux, eux qui enfin sentirent comme un vent nouveau souffler aux alentours. Car un homme les aurait pris en pitié ? C'était incroyable et même inespéré. Que pouvait donc faire ici, cet homme de si haute qualité ? Un vol d'oie traversa le ciel en direction du nord, c'était encore un matin parmi tant d'autres à Akhêtaton, pourtant ce vol avait quelque chose de spécial puisqu'il annonçait là du changement.

- C'est bon signe, dit Allal à son ami, le ciel nous semble favorable !

L'architecte attendit que les deux esclaves eussent plié le genou avant de lancer une brève inquiétude à leur écoute.

- Nous vous saluons maître, que nous vaut l'honneur de votre visite ?

- Relevez-vous étrangers, vieillards à l'échine fourbue.

- Nous supplions, maître, votre générosité…

Allal, désemparé, n'eut pas le temps de finir sa phrase que l'architecte l'interrompit net.

- Le sort a fait de vous des hommes chanceux. Je crois que nous allons bien nous entendre !

- Que voulez-vous dire maître, nos services seraient-ils enfin reconnus, ou est-ce un de vos stratagèmes pour aller nourrir les crocodiles ?

- Ce n'est pas de curée dont il s'agit. Au contraire, je suis très satisfait de vous étrangers, aussi il y a des intérêts qui me viennent de plus haut… Plus tard vous comprendrez, en attendant allez rejoindre vos nouveaux appartements.

- Nos appartements, comment… nous ne comprenons pas ?

- Ne commencez pas à geindre comme des femmes, vous verrez, vous n'aurez pas à le regretter ! s'exprima le factotum se faisant l'appui de son maître.

Et pour être plus concis l'architecte les rassura d'un menu détail :

- Dorénavant vous faites partie de mon service domestique que d'ailleurs vous allez rejoindre sans tarder, afin de prendre vos nouvelles fonctions. J'ai appris que l'un de vous connaissait l'écriture sacrée ! Un esclave muni du savoir ne doit pas marcher dans les excréments des esclaves ni dévoiler le savoir aux bêtes de somme. C'est un crime aux yeux du divin.

Le soldat de singer le factotum.

- Oui, dit-il en montrant du doigt Allal, c'est bien lui que j'ai vu l'autre jour avec un lépreux tracer du doigt sur le sable des écritures sacrées. Seul un scribe peut le faire. Quant à l'autre je l'ai vu plusieurs fois prodiguer des soins.

- Voilà la raison qui m'amène, esclaves, qui n'ont pas l'air de l'être du tout ! Qui es-tu, demanda-t-il désignant l'homme du doigt, et toi ? en s'adressant à son compère.

- Je suis Allal fils de Nérouet conteur d'Avari, je suis égyptien. Lui c'est Darouk mon ami le plus cher, phénicien de naissance, un honnête homme.

- Égyptien, toi ! fût-il possible qu'un Égyptien soit devenu esclave ? se révolta l'architecte. Sache que nul Égyptien n'est esclave en son pays, que nous sommes tous les serviteurs fidèles de notre prophète, notre guide remarquable Akhénaton !

- Je suis l'exception à la règle, maître, et ne vous fiez pas à notre allure déconfite. Les dieux ont voulu que je m'éloigne de mon pays natal, des basses terres suite à la guerre contre les Hittites qui m'a amené jusqu'aux portes du Liban, à Byblos. C'est là-bas que le despote nous a condamnés aux galères et que par la cupidité d'un capitaine ionien, maudit soit-il ! nous avons été vendus Darouk et moi, comme esclaves alors que nous venions même de purger notre peine.

- Sept ans de galères avant de tomber ici, ô grand architecte, s'effondra Darouk.

- Parfaitement invraisemblable comme histoire ! Je n'ai jamais vu d'Égyptien porter barbe longue et guenille et de surcroît être si sale. Seriez-vous ces bâtards d'Assyriens qui se seraient rangés du côté hittite, à dessein d'espionnage ?

- Si nous l'étions, répliqua Darouk, croiriez-vous que nous aurions choisi ces lieux de perdition ?

- Tu as du bon sens, Phénicien, mais sache qu'ils sont prêts à tout ! Aussi aurais-je plaisir à vous interroger un autre jour. J'ai fort à faire pour le moment, allez ! Mon intendant vous donnera ce qu'il faut pour vous préparer, et Dieu sait comme vous avez besoin d'une bonne toilette, pesta-t-il en les toisant de pied en cap et s'en pinçant le nez de dégoût.

L'architecte laissa une escorte de deux soldats sous l'égide de l'intendant et continua son inspection avec le reste de ses hommes. C'était un homme scrupuleux qui prenait soin de ses ouvriers afin que le travail soit bien exécuté. Il avait compris que pour aller loin il fallait ménager sa monture, et que mêler le mortier avec du sang des ouvriers équivalait à une malédiction, pour lui, l'ouvrier était un piédestal. Depuis qu'il avait reçu le pectoral de turquoise, que son nom était inscrit sur une des colonnes du temple, il avait pris fier allure. Alors de temps à autre, un brin de condescendance le poussait à aller visiter les cases des forçats, ces casseurs de cailloux, éternels bagnards, faiseurs de briques de pères en fils qui se bornaient à porter son ambition au pinacle. Il ne manquait jamais de venir avec une barrique de bière, de l'orge et du foin pour étayer les paillasses ou semer un vent de probité chez les malheureux. C'était un homme sage, mesuré, apprécié de ses ouvriers plus particulièrement en ce jour, lors de la distribution de nourriture. Il s'était arrêté devant la case d'Allal et de Darouk, deux hommes qui valaient à ses yeux, leur pesant d'or depuis l'avis de recherche du roi. Plus loin des loques humaines se précipitaient à la charrette pour festoyer, s'empiffrer de bière et manger à satiété le pain au sésame que les ouvrières de son domaine avaient eu soin de préparer la veille. C'était jour de fête chez les ouvriers. L'architecte assistait de loin au spectacle de la fourmilière, du haut d'un perchoir, une des quatre tourelles qui encadraient ce village fortifié, lui qui pouvait se réjouir d'être leur dieu en personne, leur fournissant travail, boisson et nourriture, regardait cette marée humaine s'agiter. « Que demande le peuple sinon le pain, la bière et un toit… » Ô combien de palais, de temples, de jardins paraissaient paisibles sans murailles ni créneaux, sans flammes guerrières encore moins de barricades, d'allées fortifiées, seul le village des ouvriers était tout le contraire d'un havre de paix. Car il fallait savoir tenir les fauves en laisse, la plupart étaient étrangers au pays, des Nubiens, des Libyens, des Asiatiques, des Assyriens ou nomades du désert, tous fruits d'une conquête au profit de l'Égypte, ce, depuis plusieurs générations. Bek était heureux que le lourd fardeau des funérailles soit passé, maintenant il pouvait respirer un peu, évacuer le stress du protocole et des mondanités. Cet homme de son rang figurait parmi les premiers, la plupart des autres nobles de la cour étaient des subalternes, des parasites qui encombraient les cours, les jardins ou les grandes salles lors des festins. Du haut de sa tour, Bek cogitait aux dernières nouvelles d'Akhêtaton auxquelles il avait pris une part active et tremblait que des révoltes n'éclatent chez les ouvriers, d'où sa présence de plus en plus fréquente sur le terrain. Car il persistait encore d'anciennes croyances, des mœurs pourtant « tolérées ». Tout un ensemble de choses qui font que pour calmer les esprits, rien ne vaut la bière, de belles paroles, des pantomimes farcies de promesses comme savent faire les politiques.

« Les intentions d'Amon sont parfois incompréhensibles : une fois, il est avec la royauté, une autre fois il se trouve au sein du bas peuple si ce n'est ici, chez l'esclave, pensait-il. Mes gardes m'ont pourtant averti que son culte continu dans ce gourbi terreux mêlé de paille et de sueur, cette fange innommable où pullulent mouches et moustiques, où grouille l'inceste, c'est pourtant là, dans cette marée humaine que mon nom a pris racine et tiré ses lettres de noblesse pour s'inscrire dans la pierre. Surprenant ! À croire que c'est toujours du fumier que sortent les plus belles fleurs. J'ai bâti cette ville et j'en suis le responsable. J'ai peur que tout tourne mal et que le boisseau couvre mon lumignon, que l'ancien culte ne reprenne le dessus, que mes œuvres ne tombent à jamais dans l'oubli. Que deviendraient alors ceux qui ont cru en Aton ? Ah, honni soit le jour où mon savoir devrait retourner dans les ténèbres ! Enfin heureusement que j'ai trouvé ces deux loustics. Ils me serviront de monnaie d'échange dans un cas comme dans l'autre. Ils sont ma carte maîtresse dans ces jours instables. Car Pharaon recherche des Phéniciens et dans mon village il n'y en a pas des masses. Je ne sais pas encore pour quelle raison il les recherche, mais la somme que j'ai misée sur eux, me sera certainement remboursée au quintuple. On me les a vendus comme ouvriers et voilà qu'on leur trouve des talents cachés. Si les dires de ce Nikios s'avéraient exacts, j'aurais fait mieux qu'une excellente affaire... il suffit de les mettre de côté en attendant de voir la tournure que prennent les choses, leur prix croîtra, je pourrais ensuite les livrer en gage de ma bonne foi... et en tirer bonne rançon.»

Il louait le ciel de les lui avoir envoyés. Il pressentait lui aussi du changement, peut-être un remaniement dans le haut fonctionnariat, le ministère ou bien un changement de régence, une cogérance possible avec l'annonce des prochaines fiançailles, futures épousailles. Les rumeurs allaient bon train depuis que Pharaon avait pris les mesures d'urgence, depuis qu'il allait de plus en plus mal comme son père dans ses derniers jours. On le disait déjà perdu aux mains de Sekhmet, par ailleurs ceux-là avaient oublié que Pharaon avait encore suffisamment d'énergie pour faire régner l'ordre et faire justice lui-même par le truchement de deux hommes, l'un juge l'autre un foudre de guerre. Ce qui était sûr, c'est que le déploiement des forces avait un rapport direct avec l'avis de recherche officiel et lui, l'architecte, en détenait les clés, mais ne savait guère trop quelles portes elles allaient ouvrir.

Pendant ce temps, l'intendant de Bek avait suivi scrupuleusement les ordres de son maître et s'attachait à donner aux deux esclaves, figure humaine. Ils étaient dans les eaux du Nil et semblaient sortir d'un mauvais rêve. Si leur âge était tout à fait raisonnable, les séquelles elles, ne l'étaient point et les avaient fait vieillir bien avant l'âge. La providence eut voulu que l'un d'eux soit médecin, un grand avantage lorsqu'on doit subir l'épreuve des galères, des guerres ou de la carrière. La béatitude avait pointé son accent circonflexe dans leurs âmes de damnés. Mais, en s'immergeant dans les eaux sacrées du Nil enfin ils renaissaient, enfin ils se sentaient libres. Après avoir quitté le village des carriers, ils avaient pris le chemin du fleuve, longeant tout d'abord les longues piles de briques de terre crue qui s'amoncelaient en séries d'interminables petits cubes ; puis vinrent les cultures où travaillaient d'arrache-pied les paysans pour une seconde récolte se payant avec le restant d'orge qu'ils pouvaient grappiller en une journée. À peine avaient-ils ressenti le goût de l'air libre que les deux complices se ruèrent vers le fleuve, plongeant goulûment dans son eau régénératrice. Une magie s'opérait subitement, le masque du pouilleux s'effaça, aussi ce carcan invisible qui pesait sur leurs nuques, leurs épaules ; ainsi donc disparaissaient toutes crevasses qui s'étaient formées sur leurs joues, leurs membres, leurs dos meurtris. Une main secourable les avait tirés généreusement de l'enfer de la carrière, peu importait l'homme ou le motif, ils savouraient ardemment ce moment privilégié, celui du bain ! Moment volé aux grands seigneurs. De deux pauvres cloches couvertes de poussière exsudant des odeurs de savane, ils se transformèrent sous le couvert du dieu fleuve, en véritables nababs, se frottant, se décapant mutuellement la trombine, savourant les fragrances subtiles des feuilles de lotus, leurs caresses astringentes avec lesquelles ils se purifiaient ; le parfum du blé qui planait de la rive voisine, venait titiller leurs narines encore encombrées de poussières. Il ne leur en fallait pas plus, dans le jardin de l'Aton ils étaient heureux. Ce jardin de lumière où l'on récolte les pêches, les mandarines, les olives, les figues, celles de barbaries, les raisins noirs et les grenades roses sans compter les dattes, véritables friandises qui du jaune au goût âpre et rêche, mûrissaient lentement au soleil pour brunir comme de vrais sucres d'orge au velouté mielleux.

« Adieu sel indésirable, vieux fardeau de marin, vive l'eau douce du fleuve qui bénit tous nos combats, nos douleurs. Tout est lavé par ce baptême, nos fautes, nos rebellions, nos souffrances irréversibles, les marques du fouet, ainsi que tous nos blasphèmes, nous sommes enfin régénérés ! »

- Vous avez assez frotté, le déjeuner des domestiques est bientôt prêt ! Pressez-vous, que je vous mène à vos nouvelles tâches ! commanda le factotum interloqué de voir ces deux esclaves sortir du bain, méconnaissables.

- Nous sommes propres, intendant !

- Séchez-vous malheureux, le temps presse !

Après s'être rhabillés, par-delà les épis d'or qui gonflent la berge où un âne aux yeux aveugles, faisait tourner les norias qui alimentaient un petit canal en eau, ils purent apercevoir les pylônes de l'immense palais. Aussi la procession de barques à fond plat qui descendaient avec le courant, leur soufflait-elle des envies d'évasion, sitôt dissipées à la vue des cimeterres. Ils traversèrent une avenue bordée de tamaris, de palmiers dattiers et d'acacias qui coupaient la capitale du nord au sud et où une multitude de véhicules de toutes sortes émoustillaient le trafic des caravanes. De part et d'autre de l'avenue s'éparpillaient des charrettes à bras chargées de denrées avec les palanquins pompeux des notables, les étals multicolores des commerçants à la barbichette blanche qui écoulaient leurs stocks à l'abri du soleil. Tantôt un char parvenait dans son élan à ouvrir un passage qui se refermait aussitôt. La foule grossissait de plus en plus, la vie grouillait et cela fit énormément de bien à nos deux forçats qui découvraient à nouveau la civilisation. Il arrivait qu'un sac rempli de graines tombât sur la chaussée, et qu'une meute de morveux, criant et gesticulant en tous sens, viennent se servir à grandes poignées afin de ne rien laisser perdre ; sitôt fait, il ne fallait jamais plus d'une minute pour que tout rentre dans l'ordre. C'était aux portes de la ville que les transactions battaient leur plein, qu'une kyrielle de marchands s'agglutinaient pour amadouer le pèlerin qui venait au temple du soleil dans l'espoir d'approcher ou de voir le dieu vivant parmi les prêtres et ses nombreux disciples aux crânes rasés.

« Une amulette porte-bonheur étranger ? ou peut-être votre thème astral chaldéen prédit par un vrai mage venu tout droit des hautes plaines d'Asie ? Laissez une pièce et je vous donnerai une prière de désenvoûtement sur un ruban de papyrus ou bien la cachette d'un vieux trésor enfoui… c'est plus cher, mais chez Nataef tout est garanti… »

- Du balai, tonna l'intendant, laissez-nous tranquilles, nous n'avons que faire de vos prédications de vautours ! Écartez-vous de mon chemin, pilleurs de tombes ou je vous fais garrotter ! Gardes, faites-nous place nette, avant que je ne les étrille moi-même ! En général ils n'insistaient pas et prenaient même la tangente.

Sous l'ordre de l'intendant, les gardes s'exécutèrent et malgré tout une partie de la foule s'était engouffrée par la porte avec eux, un quasi entonnoir qui allait déborder de toute part comme un torrent si la garde du palais n'était venue grossir les rangs pour endiguer ce trop-plein. Enfin la capitale apparut, splendide, révoltante même d'éclat, se dévoilant d'entre les palmes et les obélisques dressés, plaqués d'électrum.

Akhêtaton, capitale de l'Égypte, irradiait de ses rayons. L'horizon de l'Aton se détachait du monde dans l'excès, le faste et les caprices de sa grande famille, resplendissante de couleurs, de fresques monumentales, avec ses réhauts d'or perchés sur les acrotères massifs jusqu'aux chapiteaux finement ciselés de feuilles d'acanthe, de lotus, de papyrus, de palmes, sur ses fûts cylindriques, ses frises historiées de scènes oisives, ses lingots de pierres qui s'étiraient jusqu'au zénith à la gloire de la famille royale. Akhêtaton, avec ses dromos de lions, de sphinx qui encadraient l'entrée des kiosques votifs; avec ses jardins exotiques criblés d'essences sauvages où cohabitaient l'eucalyptus, le tamaris, le sycomore, l'acacia... Akhêtaton, où s'abritait toute une faune de petits volatiles exotiques : les paons majestueux déroulant leur éventail métallique pour la parade nuptiale, l'ibis rouge aux côtés du flamant rose rêveur qui pataugeait le bec dans l'eau, l'oie, la sarcelle barbotant en groupe dans les bassins artificiels; ces nénuphars géants qui sont autant d'îlots; ces babouins ricaneurs, farceurs, d'une fourberie sans égal; ces biches plus frêles aux sauts furtifs et nobles; les mangoustes rieuses qui se ruaient auprès des serpents... Pour les marchands s'arrêtaient là leurs périples, les transactions et tout trafic, car nul n'y était admis sans un sauf-conduit ou bien une invitation du haut clergé ou de la cour royale. Car depuis que la menace pesait sur Pharaon, la cité du soleil s'était transformée en camp retranché. Horemtep s'était chargé de nettoyer la ville de tous les détails superfétatoires, charlatans, marchands, colporteurs, divinateurs, acrobates et saltimbanques de rues, tous avaient migré en dehors des limites des stèles si bien que tout ce petit monde transitait indéfiniment à l'extérieur de la capitale. Surtout sur la partie occidentale, aux abords des routes qui longeaient le Nil jusqu'au fleuve lui-même, artère principale du commerce nord sud qui menait à Karthoum. Sur le Nil, un îlot servait à la capitale pour comptabiliser le trafic et tirer ainsi le quayage. L'intendant était satisfait du nouvel aspect de la capitale, lui qui préférait le calme aux turpitudes du commerce c'était pierre bénite! Et le temple n'avait jamais eu un tel éclat que depuis le jour du grand avènement de son inauguration.

Après quelque temps à longer les villas diplomatiques, le palais s'imposa du poids de ses hauts pylônes de pierre quadrangulaires, flanqués de quatre oriflammes à l'insigne de l'Aton. Sur la façade apparaissaient le couple royal, Néfertiti et Akenaton maniant le hedj* pour terrasser l'ennemi sous la protection des rayons d'Aton. À l'intérieur, les régents ainsi que d'innombrables satellites qui œuvraient au bon fonctionnement de l'horizon d'Aton et qui coûtaient très cher au souverain. La petite troupe laissa le palais sur sa gauche pour prendre la direction du centre ville où se trouvait la villa de l'architecte Bek en vis-à-vis de la maison des archives. La petite troupe se tenait devant le portique surmonté d'un linteau de marbre blanc sur lequel était peinte une fresque où le couple royal, impassible, faisait des offrandes sous les rayons de l'Aton, l'exacte réplique en miniature de celle du palais. Le portier les reçut et les accompagna le long de l'allée étroite qui menait à la chapelle privée, lieu de culte où Allal et Darouk discernèrent la statue oblongue du dieu anthropomorphe, « l'Osiriaton », représentant le dieu Osiris sous les traits d'un Akhénaton au sourire énigmatique. Derrière était le jardin. Ils pénétrèrent dans une cour et accédèrent au porche par un escalier, de là, ils atteignirent le vestibule où Allal et Darouk furent mis à nu et où on les revêtit. Il était midi lorsqu'ils se mêlèrent aux gens de maison déjà attablés dans la pièce de service pour leur premier repas. Le logement des domestiques se trouvait à l'extérieur, contre le mur d'enceinte tout comme l'enclos, les écuries et la cour des silos. Le repas ne manqua pas de réjouir nos deux hôtes plutôt habitués à la vie spartiate et aux repas frugaux. Ils firent la connaissance d'une partie des domestiques, pour la plupart étrangers, qui les regardaient comme s'ils étaient deux animaux échappés de la steppe. N'ayant cure des bonnes manières, ils enfilèrent

---

* *massue.*

leurs nouveaux habits que deux superbes Sabéennes avaient spécialement choisis, et qu'elles prenaient plaisir à faire glisser sur leurs épaules fourbues qu'elles patouillaient comme le pétrin du matin pour faire valoir quelques dons improvisés de kinésithérapeute. Leurs doigts agiles effleuraient le tissu, électrisés d'un certain magnétisme. Darouk et Allal se laissaient faire comme deux coqs en pâte, se regardant mutuellement avec un sourire complice, celui des mâles qui laissaient présager quelque rut.

- On a du temps à rattraper mon ami, leurs mains exquises nous feraient oublier tout. Je dois être en plein rêve !

- C'est peu dire, après tout ce que l'on a vécu. J'ai hâte d'en arriver à l'essentiel, nous ne connaissons toujours pas la raison de ce changement brutal, qu'en penses-tu Allal ?

- Certes, pour en savoir d'avantage, il faudrait s'informer auprès de l'architecte, il est resté discret tout à l'heure.

- Mon intuition me dit de me méfier de l'étranger qui soudainement vous tend généreusement les bras, car ne sait-on jamais si derrière, se dissimule un sort plus redoutable encore que le précédent !

- Dieu nous en préserve ! en tout cas, il fit preuve d'intérêt pour notre confort. Sachons au moins en apprécier une à une toutes les valeurs.

Peu après l'intendant parut, les femmes venaient tout juste de finir de raser de près leurs barbes fournies.

- Mya, Soutenef! intervint-il en tapotant des mains. Laissez les hôtes à présent, je vois qu'ils ont repris figure humaine et goût pour la civilisation. Quel changement radical ! on vous confondrait avec des résidents de l'Aton.

- Merci pour cette remarque élogieuse. Allal est mon nom et je suis bien égyptien, mon ami lui est phénicien.

- Soit, là n'est pas la question. Le maître revient juste de la carrière, il est fatigué de sa journée. Allez tout de suite le servir à table, il est affamé, faites au mieux car selon vos compétences, il décidera.

- Pour combien de temps le maître sera-t-il encore généreux ? s'enquit Darouk.

- Vous serez à son service le temps que le maître en aura décidé, en attendant hâtez-vous !

Il n'en dit pas plus et les deux hommes se dirigèrent vers la cuisine afin de commencer leurs nouvelles tâches. Cette première journée s'avéra être un franc succès aux yeux du maître qui décida bien sûr de les garder auprès de lui. Le lendemain ils seraient au service de nombreux invités que le maître devait recevoir. Bek avait appris leur histoire et s'en était ému d'autant que l'un d'eux était un compatriote, un Égyptien. Il leur promit qu'ils ne retourneraient plus à la carrière ni aux galères et que s'ils faisaient bien leur devoir envers leur maître, plus tard ils seraient susceptibles d'être affranchis, rayés définitivement de la liste des esclaves. Ce qui encouragea fortement les deux compères, bien que lorsqu'ils l'écoutèrent prendre l'exemple d'un esclave noir qu'il avait affranchi à la suite de vingt années de bons et loyaux services, sur le coup, ils désenchantèrent, puis ils se consolèrent vite en se disant que leur sort était nettement préférable à celui de la carrière ou des galères.

Le lendemain midi, la famille de Bek était réunie dans le salon où se tenaient quelques personnes de marque que le maître d'œuvre avait invitées pour marquer l'anniversaire de son fils. Son seul héritier qui venait d'avoir tout juste huit ans et que deux sœurs chérissaient tendrement. La table était généreuse et Bek jugea bonne l'occasion de présenter ses deux filles à l'un des pairs du royaume, le dénommé Smenkhara, cousin direct du souverain. Smenkhara appréciait beaucoup Bek et il lui arrivait de participer à quelques-uns de ses ouvrages, notamment lors du redressement du dernier obélisque qui continuait d'alimenter la conversation.

- Sais-tu que le dernier j'ai bien cru qu'on allait le perdre. Il s'en est fallu d'un cheveu pour que ce ne fût un désastre ! acquiesça Smenkhara.

- C'est toujours ainsi, la réussite dépend du bon vouloir des dieux. Il y a toujours une part d'incertitude qui fait qu'un jour ça passe plutôt qu'un autre où cela cède. Le granit ne permet aucune erreur et sa taille est un vrai dilemme. Le plus dommage dans tout ce hasard c'est qu'il arrive que des hommes le paient de leur personne.

- De sages paroles !

- Aussi, prince, sache qu'un bon architecte limite la marge d'erreur, que grâce à la science sans laquelle beaucoup de choses seraient impossibles, on obtient le pouvoir. Ce n'est pas parce que l'épreuve est difficile qu'il ne faut pas oser se dépasser, car beaucoup renoncent avant même d'avoir bravé la difficulté. Moi je n'ai pas peur de l'échec et cela m'a plutôt porté chance jusqu'alors n'est-ce pas ? Ma devise est : le succès est pour les téméraires ! souligna-t-il en bombant le torse.

- En effet, ce pectoral le prouve aux yeux de tous, n'est-ce pas ? fit Smenkhara admiratif en touchant la précieuse turquoise. Pharaon sait reconnaître le talent.

- J'en conviens, jeune prince et je lui en suis éternellement reconnaissant. Et s'il m'importe de t'avoir à mes côtés lors de grands événements, j'aurais aimé aujourd'hui en rajouter un à tous ceux qui nous unissent. Comme tu peux le constater, mes filles sont en âge de s'émanciper, elles n'attendent qu'un geste de toi pour se soumettre à tes désirs, et te faire de beaux enfants. Ce sont de bonnes filles, elles feront de bonnes épouses. Elles sont inséparables tel l'aliiage du bronze.

- Je n'en doute pas ! reprit Smenkhara en regardant ce tableau juvénile des deux sœurs jumelles.

Elles étaient toutes deux émues, les joues rouges, assises près de leurs frères qu'elles chouchoutaient et s'impatientaient timidement de connaître leur futur époux. Elles avaient revêtu leurs plus beaux atours, robes de soie à galons dorés, menues dentelles sur leurs bustes généreux où deux paires de mamelons durs perçaient les mailles à la moindre exclamation de leur prince. Smenkhara était embarrassé devant ces créatures désirables, certes les paroles de Bek ne le laissaient pas indifférent. Il savait que devenir son gendre était promesse de richesses, de bonheur, l'ennui était qu'il en aimait une autre et que cet amour lui importait plus.

- Mais !

- Quoi ? interrogea Bek. Mes deux filles ne te plaisent donc pas ?

- Je ne doute pas un instant qu'elles feraient toutes deux de très bonnes épouses... ce sont deux perles rares que nul homme raisonnable n'oserait refuser ou séparer... mais, c'est que... mon cœur est déjà promis à une autre, voilà, s'excusa-t-il...

- Ah, de quel bien tu te prives, vois-tu ? J'aurais eu plaisir à t'avoir comme gendre, insista-t-il en montrant les richesses qui l'entourent.

- Ne me tente pas. Je suis promis à une autre, te dis-je, et tu sais bien que je ne peux avoir qu'une seule parole. Je l'aime et elle sera ma femme, je le lui ai promis.

- Très bien, je n'insiste pas. L'amour quand il s'en mêle ? Et quel est ce lotus si cher à tes yeux ?

- L'honorable princesse Mériaton. Pharaon mon cousin me l'a promise... - Il se souvint du souhait qu'Akenaton avait confié à sa fille qui voulait qu'elle devînt régente. Alors il se ravisa au dernier moment avant de commettre une éventuelle maladresse. Il ne voulait pas dévoiler ses prochaines ambitions, celle d'une cogérance par exemple ou même vexer son hôte -. Je ne voudrais pas trop m'avancer non plus.

- Je comprends que tu aies choisi le plus haut parti, la race royale pour ta descendance, j'aurais fait de même à ta place. Et je ne t'en veux pas, un gendre de perdu, dix de retrouvés, en le narguant. Le palais recèle d'autres trésors aussi somptueux. Sache quand même que l'une et l'autre feraient une parfaite paire de secondes épouses. Une en deux, deux prises pour un seul homme. Penses-y? Elles ont appris toutes les finesses de l'amour, leur virginité est irréprochable. L'une est portée sur la musique, l'autre sur l'intendance, elles sont inséparables.

- Et complémentaire ! J'y veillerai le temps venu. Ceci dit, ne mettons pas la charrue avant les bœufs veux-tu, et trinquons sans plus tarder aux huit ans de ton héritier. Qui sait si un jour, il ne deviendra pas mon beau frère ?

- Ah ! tu me fais plaisir en disant cela, trinquons, reprit tout haut l'architecte non mécontent de sa proposition. En tout bien tout honneur, il avait trouvé la parade et ses deux filles devront attendre un peu plus longtemps, elles n'auront sûrement pas à le regretter.

Vint Allal qui présenta le cratère à vin, suivi de son ami et des serveuses apportant la suite du festin, un gigot d'agneau farci aux fèves, deux oies rôties accommodées d'un florilège de sauces, au gingembre, au curry, au piment, à la cannelle, à la citronnelle puis la fameuse amphore qui allait alimenter le grand cratère à vin. Allal le posa sur un trépied et aida son ami à distribuer les mets. Puis tous deux ôtèrent l'opercule et s'appliquèrent à verser le vin dans le cratère. Enfin, lorsque tout fut prêt, ils restèrent en retrait afin de s'accomplir à la tâche qui leur était allouée.

C'est alors que le prince remarqua les deux nouveaux domestiques et en fit la remarque à Bek.

- Il me semble ne pas les connaître ? Où les as-tu dénichés, ils ont plutôt l'air maladroits.

- C'est qu'ils débutent !

- Pourquoi ceux-là, ne vaudrait-il pas mieux de jeunes et belles soubrettes plutôt que deux esclaves déjà rompus aux travaux ?

- J'ai mes raisons, prince. Ils me sont utiles à d'autres choses bien plus nécessaires à mon goût.

- Ah ! oui et de quoi seraient-ils capables qui les distinguerait des autres ?

- Il paraît que l'un d'eux est médecin, que l'autre sait lire l'écriture sacrée.

- Comment ? des esclaves ? À mon avis tu t'es fait avoir ! s'esclaffa-t-il.

- Pas si sûr si je compte les faire valoir à qui de droit !

- Fais-les donc venir, que je vérifie leurs dons, si vraiment ils en possèdent !

- Je t'assure prince qu'ils ne te décevront pas.

Alors commença une série de tests qui devaient amuser la galerie et satisfaire le prince, convaincu et stupéfait par les prouesses des deux domestiques.

- Incroyable ! l'un est donc conteur, l'autre serait médecin. Pourquoi les laisser à ces tâches ingrates ; ne serait-il pas préférable que tu profites pleinement de leurs compétences. Pourquoi ne pas les mettre à pied d'œuvre ?

- Je viens juste de les trouver, ils reviennent de loin, tu sais ! c'est mon bras droit qui me les a dénichés parmi les carriers.

- La chance te sourit encore ! Écoute donc mon conseil pour une fois c'est moi qui suis le sage. Cependant tu voudras bien me pardonner d'écourter ma visite, il serait temps que je parte rejoindre ma tante Néfertiti. Et je lui ai promis de lui amener quelques sucreries dont elle raffole cela soulagera son mal.

- Je la savais atteinte mais pas à ce point ! Va mon prince, ta future belle-mère, la reine, se réjouira, j'en suis sûr, plus de ta présence que de tes sucreries.

Et ce dernier une fois parti de penser : « Si ce n'est Méritaton que tu cours rejoindre… Godelureau ! »

En fait le prince se sentait un peu gêné de rester plus longtemps, il préférait ne pas se laisser tenter par les jumelles et garder l'image de sa bien-aimée en tête. Elle qui devait l'attendre chez sa mère. Après le dessert il partit, laissant son écharpe, remerciant Bek et sa femme de leur délicate attention, il leur fit bien comprendre que ses filles étaient deux joyaux inestimables et que, s'il restait trop longtemps, jamais plus il ne pourrait partir. Les jumelles, flattées, l'accompagnèrent jusqu'à la sortie en lui jetant des regards langoureux, profondément déçues qu'il parte aussi rapidement, et à le voir s'éloigner dans son char, elles ne pouvaient s'empêcher d'envier la belle qui devait l'attendre à l'autre bout du chemin, et regrettaient de n'avoir su le convaincre, lui le jouvenceau du royaume, le bellâtre aux yeux pastel, au minois brunâtre, la moustache noire finement dessinée au-dessus d'une lippe pulpeuse. Alors, pour se consoler, elles restaient sur l'idée d'être ses futures secondes épouses et une fois leur bien-aimé disparu, elles se précipitèrent au salon afin de prendre ce qui restait du prince, s'arrachant l'une l'autre, la belle écharpe blanche brodée de ses initiales.

- XIII -

AFFAIRE D'ÉTAT

Le 19e jour du mois de Tybi.

Après deux jours de navigation, un détachement de fantassins débarqua sur les basses terres de Tanis, avec à sa tête le vizir Ptahmosé ; alors qu'Horemtep marchait, lui, en direction des hautes terres du sud, sur Thèbes, ville où le premier prophète d'Amon résistait encore avec une poignée de disciples dans les remparts du temple qu'Aménophis IV* avait fait agrandir du temps de son père. Leur intention était à tous deux d'étouffer dans l'œuf le germe séditieux, et par là même anéantir toute forme de concussion, ils avaient tous deux le libre arbitre, sous le couvert d'un mandat signé de Pharaon lui-même. Le sort de Thèbes était intimement mêlé à celui d'Amon le rival d'Aton par la force des choses. Et on ne put alors s'étonner que, par trop peu d'exercice militaire, Horemtep bouillît de ranimer son feu intérieur pour faire de Thèbes un exemple et ainsi la raser sous prétexte qu'elle fît trop d'ombre à la nouvelle capitale, et qui plus est qu'elle fût un nid de vipères. Mais, toutes proportions gardées, nous

---

* *Akhénaton.*

étions au sein même de l'Empire, chose qui donc nécessitait prudence et grande diplomatie vis-à-vis des anciennes institutions religieuses et tout débordement, toute extravagance, auraient forcément eu de fâcheuses conséquences pour la stabilité de l'Empire. L'Égypte était alors au bord de la guerre civile et religieuse. Le général décida donc de se plier aux ordres d'Akhénaton qui prônait l'extrême tempérance tout en faisant de cette campagne un exemple de stratégie militaire, quant au vizir, de son côté plus diplomate, était là pour tempérer les ardeurs du boutefeu. Une fois l'escadre aux abords de Tanis :

- Enfin, nous voilà à pied d'œuvre, haranguait le vizir à ses hommes, foulant le premier le plancher grinçant du ponton. Je veux en finir avec ces renégats. Préparez-vous, hérauts, soldats soudanais, soldats libyens, chardannes et syriens, sonnez trompettes que l'on entende le son funèbre de la justice se répandre sur cette terre noire de rebelles. Sortez de vos vaisseaux fantassins et allons vertement nous diriger vers le palais d'Apophis. Que ceux qui fuiront, soient la cible de vos javelots. Pharaon n'aime pas les lâches. Prenons graine de la victoire d'Ahmès le valeureux qui autrefois chassait le roi impie de ces terres noires.

Jereth qui se rangea à ses côtés, admira les phalanges en train de se former par rangées de cinq fantassins, occupant toute la largeur de la route. Ensuite il en avertit son supérieur.

- Nous sommes fin prêts mon seigneur vizir.

- Très bien lieutenant, montrez-nous le chemin du diptère.

- Avant de vous y mener, il nous faudra passer à la grotte où devrait être mon ami Akim. Je m'inquiète à son sujet. J'espère qu'il ne lui est rien arrivé de fâcheux, le prisonnier est un ennemi de la pire espèce.

- Je n'en doute pas. Quoi qu'il advienne, nous le retrouverons et s'il est vivant, votre ami aura les bonnes grâces du royaume. Allons sans perdre de temps.

La colonne entama sa marche, à sa tête, le vizir et en éclaireur, Jereth. Ramosé en fut informé bien avant leur accostage, par l'un de ses coursiers qui traînait toujours parmi les pêcheurs, ceux-ci connaissaient tout ce qui se tramait dans le limon et aux alentours des berges. Le nome de Tanis était dans un état de panique avancé, il avait appris la veille que Pharaon avait des preuves et que ces manœuvres militaires étaient pour châtier les traîtres du royaume. Il alla donc chercher conseil auprès de son chambellan.

- Fuir n'arrangera pas les choses, seigneur, il est clair que ce serait reconnaître sa culpabilité.

- Alors que me conseilles-tu ? J'ai déjà préparé mes affaires, un bateau doit faire voile pour Carthage.

- Carthage ! réfléchissez-y bien, seigneur, car c'est courir à votre perte. D'abord êtes-vous certain que les vents vous seront favorables par ces temps-ci ? Puis, à votre âge c'est déraisonnable. Sans compter que Pharaon a de nombreux alliés, il n'hésitera pas à mettre une prime sur votre tête, à faire jouer la diplomatie, ce n'est que repousser l'échéance. Non, voyons, il est plus raisonnable de faire front !

- Se rendre ? vous n'y pensez pas !

Il attrapa le rideau et le serra fortement, s'imaginant agripper le postiche de Pharaon. Ses yeux plissés traduisaient son angoisse.

« Maudite correspondance. Le Conseil d'État est à la botte du souverain, Pharaon ne saurait être indulgent envers ceux qui l'ont renié, je le connais que trop, la lumière même l'aveugle. »

- Une bonne défense peut vous disculper honorablement, j'en fais mon affaire. D'ailleurs votre nom n'est mentionné nulle part, sur aucune tablette... Du bluff ! dit-il en faisant allusion à la lettre que détenait Pharaon. Pour le moment il est urgent de prendre les devants.

- Les devants sont déjà là, je les entends à ma porte ! C'est décidé, prépare-moi ma monture, je pars aussitôt ! insista-t-il, pris d'une peur panique qui le gagnait de plus en plus...

- Calmez-vous, inutile de vous ronger les sangs. Il y a un autre moyen. Laissez-moi vous soumettre ma contre-offensive ensuite vous ferez selon bon vous semblera.

- Dépêche-toi du temps que je m'apprête...

Le chambellan lui fit son exposé qui consistait à retourner sa veste, rejoindre les rangs du souverain Akhénaton, les accueillir comme si de rien n'était. Et cette forme de sournoiserie ne parut pas lui déplaire.

- Soit ! À ta guise chambellan. Mais sache que si l'arbre doit tomber, tous les fruits tomberont avec.

- J'en suis parfaitement conscient seigneur et ma foi, à votre égard, n'a jamais été vaine. Je suis sûr que vous serez à la hauteur du challenge. Il suffit de prendre l'air qui convient avec la situation, et si je puis vous le rendre au quintuple...

- Je suis plutôt mauvais acteur, et n'ai aucun don.

- Je serai là messire, pour vous épauler et soyez sûr qu'à mes yeux il n'y a pas d'autre issue, leur flotte nous aurait rattrapés tôt ou tard.

Sur ces mots un homme fit irruption dans la pièce, complètement désorienté par la nouvelle qui s'était ébruitée un peu partout maintenant dans le palais.

- Seigneur, vizir... Seigneur Vizir !...

- Atoum ?

- Excusez-moi seigneur vizir, d'arriver sur mes grands chevaux, mais une commission armée de pied en cap se dépêche au palais et il est facile d'en déduire qu'elle vient d'Akhêtaton... pour... Hum ! fit-il en soulignant la présence non souhaitée de son chambellan.

- On m'a déjà averti et j'ai de bonnes oreilles, quoi d'urgent pour vous ?

- La même chose que vous, déguerpir ! Nous sommes liés par un pacte, ne l'oubliez pas, cependant il y aurait quelques moyens de diversions. Le prisonnier ferait un excellent otage !

- Un otage, quelle idée ! Alors que pas plus tard qu'avant-hier vous me suppliez d'en finir avec lui. Non, j'ai d'autres projets, quant à toi je te conseille de battre retraite loin d'ici si tu ne veux pas recevoir le même châtiment. Mon bateau personnel est affrété, il part pour Carthage d'ici peu.

- C'est honorable de votre part mon seigneur, j'y vais de ce pas mais j'ai avant des adieux à faire. Vous partez aussi ?

- Nous en reparlerons, en attendant filez. Qu'Amon vous garde.

Atoum s'évapora aussi rapidement qu'il était apparu.

- À moins que le sort n'en décide autrement ! conclut le chambellan avec d'autres desseins en tête pour Atoum.

Il essaya de convaincre le nome que, de livrer Atoum à Pharaon avec l'otage, lui ferait double usage et certainement qu'il obtiendrait son salut grâce à ce retournement de veste de dernière minute, démonstration évidente de sa bonne foi dans cette « double trahison » qui équivalait plus à un discret repentir. Quoique cela ne serait que le prétexte unique de sauver sa peau, ses idées elles ne changeraient pas.

- Il faut l'arrêter tout de suite seigneur. On risque de le perdre à jamais !

Le vizir fronçant les sourcils, accepta son plan à une seule condition.

- Il aura la surprise lui-même. S'il fait passer sa vengeance avant son salut, il tombera de lui-même dans son propre piège. Je sais qu'il porte une haine terrible contre Pharaon et son dieu dont l'otage en est pour lui comme l'archétype. Je lui offre une chance de sauver sa peau, à lui de la saisir. La haine que l'on porte à autrui se retourne un jour contre soi-même. Ce sera mon excuse pour avoir retourné ma veste en dernier ressort. Et puis je ne veux point avoir sur les mains le sang d'un prophète... Le destin tranchera !

Atoum s'empressa donc de réunir son peu d'affaires et ordonna à son serviteur de mener le tout au fronton où attendait le bateau en partance pour Carthage. Puis il descendit au sous-sol afin d'y régler un dernier détail. Derrière une porte massive cloutée de bronze, un gros balourd au nez verruqueux, borgne, les chicots en désordre, le crâne lisse, l'échine courbée devant un tisonnier, était en train d'aiguiser avec passion ses ustensiles de torture.

- Ce ne sont pas des lieux pour vous, prophète. Que faites-vous ici ? s'enquit le bourreau d'une voix rauque qui provenait du fond du gosier.

- Je n'ai cure de tes remarques, bourreau, et ce n'est pas le moment de me questionner. Amène-moi plutôt au jeune dernier. J'ai un avis du vizir à lui soumettre.

- Si j'étais vous je partirais sans même regarder en arrière ! Vous risquez de le regretter...

- De quoi je me mêle. Hâte-toi de me conduire !

- Très bien, c'est vous le maître.

Il ouvrit en même temps la porte et fit entrer le prêtre qui dissimulait dans ses mains la fiole qui devait servir à ses fins. Il s'avança plus avant quand soudain la porte claqua bruyamment dans son dos et l'on entendit l'énorme éclat de rire qui résonnait dans tout le sous-sol comme un roulement de tambour avant l'échafaud.

- Hélas ! Votre sort est désormais entre mes mains, prêtre. C'en est fait de tous vos projets comme de tout le reste du monde souterrain. Ce monde-ci m'appartient !

- Que fais-tu malappris ! Je ne t'ai pas dit de refermer derrière moi. Ouvre-moi immédiatement, qu'est-ce qui te prend démon !

- Je n'y suis pour rien et je vous avais pourtant prévenu. Donnez l'objet que vous avez dans la main momie et qui devait servir à votre vengeance. Il ne faudrait pas que l'on me salope le travail. C'est moi le maître bourreau et ici un grand prêtre n'a aucun pouvoir. Le poison est une grâce, comparé à mon œuvre qui est pourtant un art. Nous deux avons finalement des points communs. Vous vous occupez de la vie après la mort, moi je vous fournis en clientèle !

- Où est le prisonnier, je ne le vois pas ! éructa Atoum irrité.

- Votre fiole, sombre idiot ! Ne voyez-vous pas dans votre propre désir de vengeance votre perte. Donnez-moi cette fiole et vous saurez qui a trahi.

- Inutile, j'avoue que ton maître, le vizir, est plus rusé que moi. Le traître ! J'aurais dû me méfier ! scélérat ! il m'a laissé espérer une retraite pour mieux m'amadouer. Je te conjure d'ouvrir cette porte, tu auras toutes les richesses que tu ne puisses imaginer. Je suis grand prêtre d'Amon et j'ai mis de côté pour mes vieux jours, il y en a largement assez pour deux !

- C'est qu'ici je ne devine qu'une langue fourchue. Le jeune puceau m'a averti que de votre bouche sortait du fiel. Et pourquoi vous ferais-je confiance, n'avez-vous pas trahi Pharaon, n'avez-vous pas embobiné le jeune homme avec vos sornettes pour lui soumettre votre volonté jusqu'à lui faire admettre même des énormités ? Je l'ai interrogé la nuit passée et croyez-moi, aucune langue ne me résiste.

- C'est faux ! Ne l'écoute pas, c'est lui qui a le démon en lui. Il faut le faire taire tout de suite !

- Suffit ! Donne-moi de quoi me satisfaire, comme par exemple deux talents d'or et j'irai moi-même occire ton jeunot avec une goutte de cette fiole.

- Je n'ai rien sur moi, je te promets…

Alors le bourreau se ravisa sachant pertinemment qu'il ne tirerait absolument rien à la rigueur du mensonge.

- Réfléchissez donc ! Je ne suis que l'instrument de mon maître et malgré mes airs de pourvoyeur j'ai moi aussi une âme, n'est-ce pas ?

- Je te ne le fais pas dire ! Et si vraiment elle aspire au repentir alors donne-moi satisfaction, tu ne le regretteras point, parole de grand prêtre.

- Savez-vous, prophète, le sort que Pharaon réserve aux nantis comme vous lorsque tout les accuse ? Mon maître veut vous éviter de grandes peines, faites-moi confiance. Sinon vous n'aurez plus qu'à user du poison pour y échapper. Savez-vous aussi qu'il existe des maîtres en tout et que la mort elle-même possède ses artistes. Il y a mille et une façons de faire mijoter la cervelle avant de la conduire au supplice, hélas, c'est tout un art dans lequel j'excelle. Vois-tu ce qui différencie le bourreau du grand prêtre, ce sont les remords !

- Cesse de me faire la leçon et ouvre cette porte !

- En éprouvez-vous pour tout le mal que vous avez fait ?

- Que dis-tu ? Allons j'ai de quoi payer. Ouvre !

- Moi, il m'est arrivé d'en avoir dès lors que l'on m'a fait mettre au supplice ma propre fille ! Ah !... Je ne mérite pas mon sort.

- Tu fais partie de ces experts, ces démons posthumes qui se régalent de nos souffrances. Mais tu as bon fond. Ouvre et je te pardonnerai au nom d'Amon toutes tes abominations !

- Quand bien même tu le pourrais, en aurais-je le courage et la force ! Ma propre fille elle-même ne me pardonnerait pas !

- Je sais que tu le peux, ouvre, pour l'amour de ta fille, et nous partirons ensemble, un bateau est affrété, il va partir.

- Alors nous sommes de la même race, la race des vampires sauf que moi j'ai le pouvoir de donner la mort à loisir. Ah ! Ah!...

- Mon triste sort n'est rien comparé à celui qui t'attend dans l'au-delà. Si tu t'obstines encore, tu iras manger des excréments dans l'antre de la Grande Dévoreuse, alors que moi je siégerai au premier rang des invités de Seth, lui écoutera mes prières... C'est ta dernière chance, pour ta fille, ouvre ou Seth lui-même te punira ainsi que ta progéniture !

- Nous verrons bien qui de nous deux est la pire engeance !

- Ah ! je vous maudis tous ici-bas, même les bourreaux n'obéissent pas !

- On ne peut avoir qu'un seul maître à la fois... Pour l'heure je me contente du mien : le vizir.

*

Vers la grotte montait une escorte de dix hommes que semblait pousser Pthamosé par son excitation. Jereth les conduisit à l'endroit où devait se trouver normalement son ami, et son pressentiment ne l'avait pas trompé.

- Il n'y a personne, ici, fit remarquer le vizir désappointé. Te serais-tu moqué de moi, lieutenant Jereth ?

Jereth se sentit mal à l'aise, alors il se dépêcha de chercher des indices pour dissiper toutes idées suspectes qui germaient dans l'esprit du vizir.

- Voici les traces seigneur vizir. Elles ne mentent pas. Voyez les anciennes braises qui sont éparpillées et les empreintes tout autour. Il y a deux pointures, c'est net. Me semble-t-il qu'il y aurait eu même un différend, regardez !

- Soit ! reprit le vizir en se penchant sur les empreintes de pas, toutefois rien n'indique que ces traces soient bien de nos deux hommes. Que suggères-tu donc ?

- Il est certain qu'il s'est passé quelque chose d'anormal. Il était convenu qu'il m'attende ici jusqu'à mon retour. Il n'y avait pas lieu qu'il parte. À mon avis il fut contraint de sortir ce qui expliquerait son absence et le fait que le prisonnier se soit échappé. À moins qu'il n'ait eu l'envie de me rejoindre à Akhêtaton.

- Chose à craindre ! Nous arriverions alors trop tard !

- Pas si sûr ! J'ai comme l'intuition qu'ils ne sont pas très loin et qu'un danger menace mon ami.

- Espérons qu'il soit encore dans les environs. Courons au palais du nome, ordonna le vizir.

La colonne de fantassins serra les rangs et se mit au pas de gymnastique. À une demi-lieue de là, du haut des remparts un homme sonna l'alerte en tapant sur un gong qui résonna jusqu'aux oreilles du nome qui se lamentait toujours sur son sort.

- Ils arrivent, ils arrivent... pauvre de moi, je suis voué aux crocs des chiens, aux vautours, à l'oubli éternel ! Tout ce royaume qui m'est cher... Que vont devenir mes proches, mon harem, mes innombrables enfants, mes chiens, mes chevaux... mes terres... mes trésors ?

- Inutile de vous morfondre seigneur, ce n'est pas digne de vous. Gardez la tête haute et prenez le dessus, faites front. Quand vous verrez le génie de mon plan. Il s'agit de livrer nos deux otages à la justice, cela fera de nous des hommes irréprochables, n'est-ce pas.

- Permets-moi d'en douter. Mais cela fait de moi tout de même un traître à toutes les causes ! Qui me fera désormais confiance... Ah ! pourquoi le sort s'archarne-t-il sur tous mes projets. Je ne demandais qu'un peu plus de reconnaissance, de justice voilà tout... Peut-on me le reprocher, à moi un souverain des basses terres ?

- Aux yeux de Pharaon, accumuler trop de richesses sur le dos d'Aton peut s'avérer un contre-pouvoir. Les prêtres d'Amon sont les premiers à en avoir fait les frais. Toutefois il ne peut qu'être indulgent envers ceux qui se repentiront et lui livreront les traîtres. En particulier Atoum fera un excellent bouc émissaire.

- Certes ! mais il avouera et me prendra à témoin, dira que je faisais partie de la liste des réfractaires du régime, que Pharaon veuille bien le croire et c'est ma sentence de mort qui sera prononcée.

- De liste, il n'en existe pas que je sache, et puis on peut s'arranger que cela n'arrive jamais.

- Que veux-tu dire, voudrais-tu le soudoyer, acheter son silence ?

- Je veux dire tout simplement que parfois on dispose du bon droit pour arriver à ses fins. Dans le cas présent le silence est d'or et vous êtes redevenu un fidèle parmi les fidèles du royaume, c'est-à-dire un féal à Aton et l'homme que nous venons d'incarcérer n'est autre qu'un ennemi d'Aton donc de Pharaon, soit, par la force des choses, aussi le vôtre... présentement n'est-ce pas ?

- Vous et vos idées de génie !...

- Appelez le bourreau, et intimez-lui l'ordre de s'occuper de faire taire le grand prêtre sans toucher bien sûr à autre chose que sa langue, ainsi, il ne pourra répandre son fiel, vous conspuer lors d'un interrogatoire.

- J'ai horreur de ce genre de chose mais il faut ce qu'il faut.

- Vous n'êtes pas tenu d'y assister non plus. Avouez quand même que la langue d'un grand prêtre d'Amon nous aura rendu maints services mais qu'il serait dommage qu'elle se retournât contre nous.

- Une vipère voilà ce que vous êtes. Soit ! qu'il en soit ainsi, intimez ordre au bourreau. Mais ce n'est pas de gaieté de cœur que j'y consens car cette langue n'est pas n'importe laquelle. Et ses mains, ne devrait-on pas aussi les lui couper tant que vous y êtes ?

- Pourquoi pas son nez ! Vous allez un peu loin dans la besogne messire, laissons-les-lui afin qu'il puisse avoir un peu de répondant.

- Vous êtes plus cruel que notre bourreau, et je me demande si vous ne prendriez plaisir à exécuter vous-même la sentence. Mais je peux vous faire confiance lorsqu'il s'agit de sauver nos deux têtes... toutes les audaces sont permises n'est-ce pas ?

*

Pendant ce temps, le factotum d'Atoum attendait patiemment son maître sur le ponton. Quand, à trois jets de pierre sur le bord voisin, il fut surpris par un grand soulèvement de poussière qui surgit des hautes herbes et avançait inexorablement en direction du palais. Il n'eut pas le temps de comprendre ce qui arrivait que déjà son attente était à bout et que plus il voyait le vent forcir plus il craignait que cette poussière ne l'atteignît lui, et à la base de cette mini tempête ces doutes se transformèrent très vite en angoisse lorsqu'il vit toute une armée de fantassins avancer vers lui. Que faisait donc son maître en pareilles circonstances et quelle était cette armée venue, semblait-il, de nulle part ? Mais, il était loin de se douter que son maître était emprisonné, que le nome avait lamentablement rompu le pacte qui le liait avec les conjurés. Cependant plus l'armée approchait, et plus son espoir de voir son maître s'amenuisait. Quand, dans son atermoiement, il se décida soudain à agir.

- Je retourne le chercher, il a dû lui arriver malheur. Ce n'est pas dans ses habitudes, convenait-il à la dernière minute lorsque l'armée s'arrêta devant la forteresse.

En effet, il avait de quoi s'inquiéter étant donné qu'en ce moment même le bourreau se précipitait d'aller chercher Atoum afin plus tard, de le jeter sur une table, le saucissonner de la tête aux pieds avant finalement d'ouvrir sa bouche pour en extraire le bout de trop...

- Encore là? ironise l'infâme en pénétrant dans la cellule comme s'il fût déjà mort. Si cela ne tenait qu'à moi, je vous aurais fait à tous deux, subir le châtiment des araignées à dents de sabre. Je les trouve un peu blêmes ces derniers temps, leurs petites pattes s'agitent moins que d'habitude, elles décrépissent à vue d'œil, l'estomac les cloue sur place force d'avoir les dents longues. On dirait même que leurs mandibules manquent cruellement d'exercice. Mais il n'y a pas lieu de s'en faire, allons, debout votre altesse, je vais les faire travailler en votre honneur.

Il lui montra ces ignobles bestioles qui colonisaient l'endroit, un immense vivarium. Là y séjournait toute une faune plus nuisible à l'homme que ne le sont tous les cauchemars réunis.

- Comment ça, que veux-tu dire, par Amon, où m'emmènes-tu bourreau? Lâche-moi!

Atoum avait des chaînes qui lui meurtrissaient les poignets et mettaient à vif ses chairs. Cela lui faisait si mal qu'il suppliait qu'au moins on les lui desserre un peu.

- Attendez encore un moment, ensuite vous ne sentirez plus rien. Je ferai tout mon possible pour que vous ne puissiez plus jamais vous plaindre.

- C'est trop aimable! Où m'emmènes-tu?

Puis ils montèrent un escalier étroit qui débouchait dans un laboratoire.

- Voici l'endroit! dit la voix rauque.

C'était ici que se livraient les pires atrocités, c'était donc ici le purgatoire, la cour des horreurs. Où des cris inhumains perçaient les murs de pierre telles des aiguilles rougies par la douleur pour arriver finalement jusqu'au sommet des tourelles. De là-haut, le pigeonnier que les volatiles s'empressaient de fuir d'un battement d'ailes à chaque nouvelle victime. C'est donc ici que le bourreau se livrait à toutes ces abominations, ces expériences d'anatomie, lorsqu'il voulait « étudier » le corps humain, se prenant alors pour un grand chirurgien. Et pour l'heure il avait en tête de donner la leçon au meilleur des médecins. Des rumeurs circulaient, elles disaient qu'ici des hommes étaient écorchés vifs, disséqués, hachés, compressés, étirés, ployés, broyés, échaudés, percés...

Il lui ôta ses liens, le laissa une seconde espérer à une quelconque libération avant de le faire aussitôt basculer sur une planche encore souillée du sang d'une précédente agonie. Il lui attacha chacun de ses membres. Atoum ne pouvait, malgré toutes ses forces, l'en empêcher et se rebiffait, le traitant de tous les noms d'oiseaux, proférant des blasphèmes, promettant sur l'instant de lui jeter un sortilège ainsi qu'à toute sa famille, lui crachant même au visage et lui jetant un regard haineux, aveugle car il ne pensait alors qu'à sauver sa peau. Mais ses efforts restèrent comme le vent face au chêne tenace, cette montagne de gras et de muscles adipeux qui se boursouflaient sous l'effort, l'étouffait comme autant de pythons affamés.

- Je ne crains rien, je n'ai aucune âme à plaindre, je ne suis rien, il est trop tard...

Il prit une lame rougie qui sortait des braises ardentes et l'approcha de la bouche d'Atoum. Mes belles ont faim. Elles adorent la chair fraîche, surtout celle qui a mariné dans le stupre.

- Non, pas ça ! Fais-moi tout ce que tu veux, broie-moi, écartèle-moi, noie-moi, mais ne me tranche point l'outil précieux de ma vengeance.

La chair de poule l'envahit, il était secoué de tous ses membres, pris de convulsions nerveuses, essayant de toutes ses forces de rompre les lanières de cuir qui le maintenaient solidement sur la table, mais sans nul effet. Ainsi, Atoum eut la langue tranchée et ces ignobles arachnides purent se précipiter à la pâtée pour goûter au mets exquis : une langue perfide de prêtre.

« Pauvres bêtes, elles qui d'ordinaire se contentent de sauterelles. À défaut de celle d'une vipère plus fine, quoi qu'elles fussent toutes deux semblables d'aspect » commentait le bourreau tout en ne quittant pas des yeux son supplicié.

Lorsqu'il reprit ses esprits le lendemain, il se retrouvait dans une chambre, sur un lit douillet, ce qui semblait plutôt surprenant lui qui pensait être déjà sur son lit mortuaire prêt pour l'embaumement. Depuis lors, il aurait dû être occis ou dans une cage étroite, entassé parmi la racaille à attendre d'être livré au juge du royaume. Non, il ne comprenait pas ce qui lui arrivait. Quel était donc ce stratagème, cette cage plus ou moins dorée? Aurait-il fait un mauvais rêve ? Soudain une clef s'introduisit dans la serrure et la porte s'ouvrit par la main d'un manant.

- Voilà ton repas, de la langue, misérable, tu n'auras sûrement plus l'occasion d'en avoir de pareille.

Apparemment il venait lui servir son dernier repas qui d'ailleurs était assez copieux pour ne pas dire que ce fût là l'objet de ses dernières volontés. Alors, il essaya de rétorquer une parole au valet, mais s'y résigna, car son aphasie lui fit comprendre sur l'instant que tout ceci n'était pas une mascarade. Que cette langue qu'il voyait dans son assiette était la sienne, son seul joyau avait soudainement disparu de son écrin pour toujours. L'image lui revint à l'esprit, celle du bourreau, cet être répugnant qui tenait une lame rougie dans les braises avant de lui ôter l'instrument qu'il chérissait le plus. Plus de goût, guère plus de saveur, de délices, n'entraient ni ne sortaient de cet espace vide, encore moins sa réprobation, sa souffrance, sa révolte même. Alors il se débattit et envoya valdinguer ce qui lui semblait non seulement un repas des plus abjects mais qui plus est servi avec cynisme et humiliation. Le domestique d'ajouter avant de refermer sur lui la porte.

- On m'avait pourtant prévenu que tu n'étais pas facile. J'ai essayé d'amoindrir tes peines en te préparant ce repas que j'ai mijoté rien que pour toi, j'y ai mis du temps que tu le veuilles ou non, lorsqu'on est promis à noir dessein on n'a pas goût d'entamer sa propre assiette. Pourquoi restes-tu muet, aurais-tu perdu ta langue ? s'esclaffa-t-il.

C'était la goutte d'eau. Atoum restait impuissant à la provocation comme vidé de son fluide vital. Alors le geôlier n'insista pas, le laissant trôner dans l'isolement le plus total, sur ces miasmes à même le sol, muet comme une carpe.

« Oh ! quelle infamie, comme un puits peut se tarir de son eau amère, que ma bouche a épuisée jusqu'à croupir, ma langue que je pensais intarissable et inaccessible, la voilà perdue à jamais dans mon esprit. Je ne puis que penser mes propres révoltes, je n'ai plus rien à présent qui me retienne à la vie. Elle était tout, mon or, mes diamants, mon espoir, ma domination. Comment prier maintenant, comment expier, exprimer mon mal devant mon juge, qui prendra ma défense devant Osiris et ses quarante-deux acolytes. Tout ce que j'ai pu faire de par le passé est aujourd'hui réduit à néant, je suis mort avec ce bout de chair... » objectait Atoum dans ce qui lui restait de conscience.

Il vivait alors son heure comme la dernière, que dans quelque temps la porte s'ouvrirait de nouveau, mais cette fois-ci sur un cortège funèbre, accompagné de ces émissaires, ces ombres implacables. Qui jouait sur leur chalumeau un air monotone. Qui irait l'emmener tout droit vers l'enfer. Sa malheureuse existence, sa piètre vie n'avait donc eu aucune raison d'avoir eu lieu.

Dans cette pièce, il y resta deux jours lorsqu'enfin au crépuscule du vingt et unième jour du mois de Tybi, dans une cour intérieure, attendait un valet d'armes.

Il tenait une pertuisane à la pointe de bronze effilée sur deux tranchants, une dague à la ceinture et une épée courte sur le côté droit du ceinturon. À quelques pas de lui, un autre valet d'armes avec les mêmes instruments dans la même position. Atoum y fut conduit sans plus tarder et comprit alors qu'il s'agissait d'un expédiant, sachant par là même qui en était l'acteur principal. Quand il reconnut l'ignoble bourreau qui lui avait ôté son dard, le même qui avait pris plaisir à le mutiler à chaud et qui s'approchait pour lui grommeler quelques sarcasmes :

- Alors le muet, mes petites bêtes ont beaucoup apprécié ton offrande expiatoire. Elle fut si moelleuse qu'elles en réclament encore... Dommage que tu n'en aies davantage. Je leur ai pourtant dit qu'un prêtre ça n'a malheureusement qu'une parole mais elles n'ont rien voulu savoir. Elles devront se contenter désormais de sauterelles, enfin ! Quelle chance que d'être passé par là. Le Grand monarque, lui, en a décidé autrement, il t'offre la chance de faire justice toi-même. Avec sa bénédiction, si tu en sors vainqueur, il te remettra aux autorités compétentes du royaume qui sont en ce moment, là à décider de ton sort.

En effet, lorsqu'il leva la tête, tout un comité assis en haut d'un perchoir, semblait se réjouir à l'avance du spectacle qui allait se jouer au beau milieu de la cour.

- Ils sont bien plus indulgents que moi sur ta façon de te faire périr, moi je t'aurais bien pris pour mes grandes expériences d'anatomie et ensuite j'aurais jeté tes restes dans mon vivarium.

Si Atoum ne pouvait répondre, ses pensées s'exprimaient avec violence puisque son outrage il le vivait plus encore dans le tutoiement de sa personne, un déshonneur total pour un grand prêtre que de se faire humilier par le dernier des hommes. Mais rien ne pouvait se manifester en dehors de sa bouche. Enfin, à ce moment précis, il connut dans son âme ce qu'était vraiment le sentiment d'injustice, enfin il endura vertement dans sa chair les stigmates et dans son esprit ce pathos de ne pouvoir s'exprimer, de ne plus être qu'un objet que l'on manipule avant d'aller à l'échafaud. Il regarda autour de lui et se sentit bien seul dans cette minuscule arène. Puis vinrent des envies de meurtre, de malédiction qu'il dirigeait vers son Judas, en l'occurrence le vizir Ramosé qui l'examinait de pied en cap, le toisant comme déjà un cadavre.

Pour l'heure, Ramosé avait donc convenu avec ses hôtes de régler l'affaire au plus tôt. Pharaon était resté intransigeant à ce sujet, il ne voulait pas s'encombrer d'un lourd procès, un drame qui aurait mobilisé tout le Conseil d'État et dont l'affaire aurait traîné des mois pour animer des calembours, et fait gorges chaudes jusqu'aux provinces voisines. À ses yeux la justice devait être rendue sur-le-champ et la sentence exécutée in situ. Les coupables désignés devaient payer, peu importait où et comment. Cependant Pharaon avait recommandé le secret d'État. Il n'aurait jamais accepté un seul reproche du peuple ou de ses disciples, lui dont le pouvoir était régi sous la tutelle de Mâat, se devait d'être prudent aussi bien que magnanime, le tout dans un faux-semblant de transparence vis-à-vis de sa politique.

- Voici l'adversaire, dit Ramosé en voyant son otage devant son valet d'armes.

- Qui est ce fier jeune homme? demanda Pthamosé à l'autre vizir.

Jereth qui était parmi eux, reconnut tout de suite son ami et, ému, il scanda son nom.

- Akim, Akim, c'est toi enfin, vivant! C'est incroyable, moi qui te croyais... C'est lui qui devait nous livrer Atoum. Épargnez-lui donc cette tâche ingrate.

- Je l'aurais fait s'il ne me l'avait demandé en personne, répliqua Ramosé. Votre ami a la rage au ventre, c'est la vengeance qui l'anime désormais et il va ne faire qu'une bouchée du félon. Sache qu'à travers lui, c'est la justice d'Aton qui frappera, que c'est un honneur de se faire l'exécutant de la volonté de Pharaon. Il est l'instrument de Mâat, puisse Aton lui venir en aide !

Il s'était mis d'accord avec Akim pour le laisser assouvir seul son besoin de vengeance à la condition sine qua non qu'Akim n'ébruite pas sa malencontreuse descente en geôle. Qui était d'après Ramosé une fâcheuse compromission due bien sûr à la fourberie de l'infâme Atoum.

- Alors vous ne pouviez mieux choisir, seigneur. Aujourd'hui la justice triomphera au grand jour, reprit Jereth en pensant lui aussi à sa propre vengeance.

- Qu'il en soit ainsi, la haine est chose redoutable n'est-ce pas ? Garde-toi cependant qu'elle ne soit contagieuse au point d'en devenir une plaie endémique, péremptoire le juge Pthamosé, fixant un regard suspicieux sur le nome.

- Je ne saurais aller contre la volonté de Pharaon. Sa justice est aussi celle du peuple. Ne vous ai-je pas livré Atoum, avouez que mon idée de duel arrange tout le monde y compris notre souverain? appuya-t-il pour se justifier.

- Savez-vous que des rumeurs circulent sur vous? retourna Pthamosé, que d'ici peu nous allons retourner à la capitale, vous serez aussi du voyage !

- Ce sera un honneur. Je me ferai d'ailleurs un plaisir d'étouffer ces diffamations. Pharaon verra de lui-même qu'un vieux nome comme moi n'a plus rien à espérer lorsqu'il est sur le point de passer sur l'autre rive, pour rejoindre le banquet funèbre d'Osiris. Ces soupçons sont infondés et je m'évertuerai à le prouver devant le tribunal s'il le fallait. Il y a de nombreuses personnes qui peuvent témoigner pour moi, en premier mon successeur à qui revient bientôt ma charge.

- Nous verrons plus tard, laissons Nakht en paix à Thèbes il en aura bien besoin avec la soldatesque qui suit Horemtep... en attendant que le duel s'anime à la hâte. Les paris sont ouverts, y en a-t-il un qui parierait sur le prêtre félon?

À cet instant intervint un homme qui se disait le serviteur de ce dernier et qui bousculait les soldats qui assistaient au spectacle.

- Je vous en prie mes seigneurs. Je vous en supplie, laissez-lui une chance. Un procès me paraît juste dès lors qu'on a droit à la parole. Laissez-moi combattre à sa place, je vous jure que mon maître saura faire reconnaître son innocence devant toute l'assemblée.

- Suffit, maraud ! Ôtez-moi ce malotru de mon lumignon, intervint Ramosé, soudain inquiet. Nous avons assez de preuves qui accablent ton maître, Maât se veut toujours équitable dans notre pays, et s'il a encore une chance de prouver son innocence c'est bien ici, dans l'arène ! Maintenant file avant que tu ne finisses comme lui, qu'on te jette entre les mains de mon bourreau pour être son complice. Gardes, saisissez-le.

- Attendez, dit Pthamosé curieux. Tout homme à droit à une dernière parole avant de mourir n'est-ce pas ?

- Si vous insister, mais ce n'est que perte de temps répliqua le nome.

- Approche prophète ! interpella l'homme de justice.

Atoum fut amené par le valet d'armes dessous le perchoir et on l'interrogea aussitôt.

- À part prophétiser ta propre mort, aurais-tu une dernière volonté à prononcer, dit l'homme de loi, reconnais-tu ta culpabilité ou prônes-tu ton innocence ? Voyant qu'il ne pouvait soutirer une parole audible, il insista. Sais-tu que je te fais une grâce en te donnant la possibilité de te défendre et toi tu restes muet ? Quelle insolence ! Ton mutisme joue en ta défaveur prophète.

Il commanda alors qu'on le remît à l'épreuve.

- Pitié ! cria le serviteur, ce n'est pas normal qu'il ne puisse s'exprimer. On lui aurait jeté un sort !

- Un sort, répliqua Ramosé de plus en plus sur la tille, plutôt lui couper la tête que la langue. La magie d'un grand prêtre ne serait donc pas efficace à ce que je peux voir et ne peux entendre? Aurait-il perdu sa langue, le prophète ?

- Il est certain que cet homme se sent coupable au point d'en perdre tout moyen. Ce n'est pas coutume au genre humain de rester muet la veille d'une sentence, ne trouvez-vous pas Ramosé?

- Je voudrais bien comprendre, confessa le vizir Ramosé non sans un certain cynisme, tout prophète a vocation à parler.

- Moi aussi, rétorqua son chambellan, qui l'encourageait discrètement à se servir de sa langue et de ses talents d'acteur dans le but d'éloigner tous soupçons.

Mais le serviteur soutint ses dires et s'obstina dans son raisonnement.

- Mon seigneur permettez-moi d'aller l'ausculter un instant, le temps de comprendre, peut-être qu'à moi, son serviteur, il pourra se livrer, peut-être a-t-il besoin d'un avocat?

- Soit, mais fais vite que c'est ma patience qui est mise à rude épreuve!

Le serviteur courut voir son maître qui le reçut comme le Messie. Et il ne lui fallut pas longtemps pour comprendre la cause de son mutisme.

- Oh! On lui a cisaillé la langue mon seigneur! s'écria-t-il tout retourné.

- Tiens, tiens! Je m'en serais presque douté, acquiesça l'homme de loi. Alors qu'il écrive ses doléances, et qu'enfin débute le combat à mort.

Atoum venait de formuler sur du papyrus ses dernières prières, grâce à l'intervention fortuite de son disciple. Il était néanmoins effacé, n'espérant plus rien. Le combat allait débuter, et ses dernières volontés noyées dans une mascarade que, pour une fois, il ne maîtrisait pas. Et la mise en scène de ce combat avait un arrière-goût de machination et de sentence de mort. Il distingua à peine son serviteur que les soldats molestaient rudement. Il prit place au centre sous les exclamations, les huées de la meute, quand se présenta Akim, le champion de Pharaon, qui devait par le glaive trancher la mauvaise racine, l'extirper pour toujours de cette terre sacrée. Cette fois la foule approuva son champion, clamant la venue de son justicier avec ferveur. Akim avait le beau rôle, cela lui allait bien, lui dont le tempérament à l'emporte-pièce s'enflammait au seul nom de la justice, le voilà qui savourait un peu vite sa victoire. Après avoir jaugé l'ennemi, il prit les armes que lui tendait son valet d'armes, se ceintura de l'épée, prit la lance d'une main et de l'autre le bouclier, taillé dans le cuir du taureau. Jereth l'encourageait de toutes ses forces, clamant lui aussi son désir de vaincre, cette volonté farouche d'en finir avec celui qui était l'auteur de tous leurs cauchemars. Voilà qu'enfin ils avaient cette impression de se sentir maître de leur destin, qu'en coupant la tête de la Gorgone, ils sabreraient leur victoire sur le mal à l'instar de Persée. À travers ces deux hommes, on crut même qu'un combat des Titans se profilait, Amon contre Aton, le pouvoir des ténèbres contre celui de la lumière, alors on pouvait s'attendre à tout dans ce duel à un parricide, à un infanticide ou bien à rien de tout cela, nul n'avait encore le moyen d'y répondre. Il convenait qu'une seule personne sût de qui le fils était vraiment, et cette personne ce ne pouvait être que Sarah, la mère d'Akim, à mille lieues d'ici et qui souffrait en silence, ce combat qu'elle n'osait même pas imaginer en rêve. Un combat irréductible dont auparavant elle avait fait les frais et que pour rien au monde elle n'eût souhaité pour son fils Akim. La tribune s'impatientait déjà de la première blessure qui larderait le méchant. Du haut balcon duquel assistaient ces bons seigneurs, Pthamosé lui, se moquait éperdument de la finalité du combat, arrangé et voulu par le nome. Bien qu'il eût une préférence pour la jeunesse, il connaissait à l'avance le sort du vieillard.

« Quelle que soit l'issue du match, j'aurai la peau de cette momie, Pharaon, lui, aura la tête du mystificateur… »

C'est alors qu'il déroula le parchemin sur lequel était inscrite la dernière supplique d'Atoum « Honni soit ce jour qui ne veut entendre aucune raison de mon innocence, je n'ai point de langue ni assez de temps pour défendre ma prêtrise, mais il me reste mon venin dans lequel réside tout le fielleux de ce monde. Qu'Aton et tous les siens puissent périr par le courroux de Seth. Moi je ne suis que son modeste instrument et serai le seul ici à le défendre dignement ». (In cauda vénénum…)

La nuit tombait, alors les deux hommes prirent place, l'un en face de l'autre, s'auscultant, soupesant le moindre geste, la moindre attitude devenait suspecte, agressive. Chacun d'eux semblait plus que jamais voué à sa propre cause. L'un, beau comme un Apollon, resplendissant de vie, débordant de panache sous les rayons de l'Aton, voulant venger son père, sa mère, Pharaon, l'autre caché sous des voiles opaques, la peau enrubannée de lin maculé, silhouette repoussante, la démarche claudicante, usant sournoisement de magie, de fourberies, enfin tout pour faire triompher ses desseins. Atoum était prêt à aller en enfer s'il le fallait, « je n'irai pas seul… vous irez tous manger et vivre dans vos excréments !… », lançait-il au fond de lui, les yeux injectés de sang.

Alors Akim lui fit une première escarmouche, afin de voir ce qu'il avait dans le ventre et fut surpris de la vélocité du vieillard qu'on aurait juré grabataire.

- Tu vas payer pour tout ce que tu as fait à ma famille, misérable ! Tu n'auras pas la chance d'être embaumé, et de recevoir les honneurs, tu n'auras point de sépulture ; les vautours, les chacals, les scarabées se disputeront tes chairs et tes hardes. Tu erreras à jamais dans le putride et la désolation comme les djinns tourmentés du désert... On oubliera à jamais ton nom !

Atoum ne put esquisser le moindre mot, lui qui d'habitude avait la réplique facile arma son bras en guise de réponse.

- Aurais-tu perdu ta langue vipère ? ironisait-il de manière à l'exciter encore plus.

Atoum, piqué au vif, ne put contenir sa hargne et porta son premier assaut, lançant violemment sa pique sur Akim qui esquiva de la tête. Le premier qui portait l'attaque se mettait en position défavorable lorsque sa cible était manquée, désavantage devenant aussi psychologique lorsque la foule se manifesta aussitôt en faveur de son jeune champion qui tenait fièrement sa pique bien droite, tel Achille devant Hector. Atoum espérait en venir rapidement à l'épée, là au moins il pourrait user de sa lame qu'il avait au préalable pris soin, tout comme sa lance d'ailleurs, d'imbiber de poison mortel. Les deux hommes s'observaient longuement à la lueur des torches, tournant d'un sens, puis de l'autre, se provoquant d'un geste de boulier.

Ce fut au tour du jeune coq de lancer sa pique. Il en arma son bras, et à l'instant propice, la jeta de toutes ses forces vers son rival comme un éperon mortel. La lance atteignit le milieu du bouclier et le transperça jusqu'au premier tiers de sa pointe de bronze. Le bras gauche d'Atoum fut percé de part en part, le sang coulait et maculait déjà de rouge vif l'ensemble de ses bandages. Geignant de douleur, il se dépêcha de jeter le tout, bouclier et javelot sur le côté afin de dégainer son épée de son fourreau de son seul bras valide.

« Ma blessure n'est pas grave comparée à celle que tu recevras, pensa Atoum, encore sous le choc. Mon autre bras qui porte l'épée, lui, est bien valide. Avance que je te fasse une belle estafilade, juste de quoi endormir ton panache, ensuite je n'aurai plus qu'à abattre mon bras et finir le travail qu'il y a bien longtemps j'aurais dû faire. »

C'était aller un peu vite en besogne, car Akim était loin de se laisser impressionner, encore moins de se laisser toucher par le fil de son épée, lui qui était si leste et si habile à l'esquive. De la première croisée de fer, s'ensuivit une deuxième, puis une troisième et ainsi de suite. Au-dessus d'eux la foule avait grossi ses cris et ses gestes, elle exultait, tout le monde assistait au duel, scandait en canon de brefs encouragements à mesure des coups portés. Cette affaire qui était une affaire d'état promettait d'être sanglante. La sentence allait bientôt tomber pour l'un ou pour l'autre et à la moindre erreur, le verdict final tomberait sous le bruit du couperet, seule issue, la mort.

Akim eut assez vite raison de son adversaire qui avait trébuché sous les coups de butoir du jeune taurillon. Plus rien ne pourrait arrêter son élan ravageur, exacerbé par sa soif de vengeance, encore moins ses blessures. Lorsque soudain, la pointe de l'épée arriva en butée juste au-dessus du cou de la victime, un long silence se fit, et le moment final était venu. La décision devait être prise, de tuer. Chose qui ne posait vraiment pas problème à la masse de bras et de bouches qui hurlaient : « à mort ! à mort !... » Mais, ce laps de temps suffit pour lui troubler la vision, il commença à avoir des frissons, des vertiges, à défaillir même. Était-ce la magie qui l'empêchait de frapper ou bien le poison qui faisait son effet suite à sa blessure ? Malheureusement touché au flanc par une riposte d'Atoum, Akim en subissait les terribles conséquences et ne comprenait pas ce qui lui arrivait, là alors qu'il était vainqueur, il sombrait. Le public aussi sombra et le couvrit de huées, les tollés se firent généraux, car pourquoi son champion mettait du temps à achever sa victime? Pourquoi là, il ne tenait désormais plus que par la pointe de l'épée? Totale incompréhension! Ce fut donc la révolte, les accusations sans raison, enfin, le trou noir et puis plus rien pour Akim, plus un son, plus une parole, plus un souffle de vent ni même un bruit de feuille, juste un brouillard diffus qui enveloppa subitement l'ensemble des lieux quand soudain le chuintement d'une chouette chevêche le frôla. Akim tombait inanimé sur le sol meuble qui semblait s'ouvrir sous ses pieds, laissant largement à son adversaire, le soin de se relever et de méditer sur son sort. Ainsi le dominant, devint dominé et vice-versa. Atoum savourait ce moment comme l'instant du couronnement, c'était pour lui la main d'Amon qui recouvrait l'ensemble de son domaine, Amon venait enfin se manifester pour lui rendre gloire. Il prit son temps, savourant son exploit, son ennemi couché, paralysé, par le venin qu'il venait d'inoculer au grand dam de Jereth et de son entourage qui exhortaient son champion à se relever bien qu'ayant du mal à l'apercevoir dans cette brume si brutale.

Quelque chose d'invraisemblable et d'inattendu avait complètement envahi la place, un voile opaque s'épaississait. Quelqu'un avait ouvert peut-être, les portes d'un autre lieu dans un but intéressé, un impondérable qui fit basculer nos deux combattants dans le giron ténébreux des anciens héros comme exactement au temps d'Homère. Et lui l'irascible Achille, le vaillant Akim, avide de justice et de tresses blondes se trouvait plutôt servi d'aventures, lui qui était plutôt impatient de vivre des moments de gloire se trouva bien malhabile de ne pouvoir répondre de son chef.

Comment Atoum avait pu faire fi de sa jeunesse, de toute la fougue de ses dix-sept printemps?

Comment avait-il pu triompher du champion d'Aton tout seul, cela en un clin d'œil, sinon par magie?

La fortune incomprise des hommes même les plus sages, laissera en balance beaucoup de leurs œuvres incomplètes. Combien de bribes d'histoires, de civilisations entr'aperçues, combien de vérités voilées, combien de mensonges qui trônent au plus haut de l'académie? Autant d'énigmes qui déchirent l'humanité, la dispersent partout sur la Terre, la laissent dans le cotonneux brouillard, dans le désœuvrement.

Combien de messages, d'images enfouis ne verront jamais plus la lumière? De ces jours, on en voit à peine les traces.

Combien faudra-t-il de Babel, d'œuvres lapidaire égarées, de merveilles érodées, enfouies dessous terre, de bibliothèques alexandrines renfermant autant de vérité que ceux d'un Manéthon, d'un Solon... de naguère? Autant d'œuvres si fragmentaires qu'impalpables, ou de discours de Platon sans aucune conséquence, toutes entérinées sur une grève perdue de Sicile, jusqu'au rêve même d'une république sur une île lointaine*, hasardeuse et fantomatique. Ici même s'essaiment des légendes plus que des souvenirs, des vies gâchées par l'humeur d'un frère ou bien celle d'un dieu. Sans oublier tous les autres, ces noms oubliés...

Qui prétend tenir les clés du destin sinon le fou qui se revêt de toutes les immondices mystiques pour en peler juste l'essentiel d'humanité comme un Atoum profiterait de son pouvoir?

Et ce jour-là, le Hasard voulut (encore une fois) qu'un homme tombât sous la main d'un autre, jusqu'alors cet homme personne ne le connaissait hormis ceux qui l'ont soutenu durant sa longue quête. Cet homme est aujourd'hui allongé, mordant la poussière, avec pour seul flambeau la

---

* *l'Atlantide qui figure dans le Timée*

pitié. L'espoir de trouver ainsi son identité. Il est là en chien de faïence, recroquevillé et atteint d'une douleur intense, un poison qui s'épand dans ses veines. Ce fiel contre lequel il doit se battre s'il ne veut périr et donner raison à son rival, son pire ennemi. Puisse-t-il trouver grâce auprès d'une âme charitable… Aux âmes bien nées, il y aura toujours la mâne d'une jeunesse… à défaut d'une bonne étoile, si lointaine.

- XIV -

QUELQUE PART DANS LES LIMBES

Le crépuscule avait chu de teintes inhabituelles, le temps s'était tu sur des touches sanguines, du haut du ciel les nuées avaient revêtu le pourpre, l'indigo, le noir, au-dessus d'une sentence qui s'apprêtait à tomber. Moment infinitésimal dans le cours d'une vie. Akim se laissait donc sombrer, transporté dans un monde qu'il ne connaissait pas, dans un monde pour le moins impénétrable, étrange où rien ne perçait ni la lumière du jour ni même le moindre son. Il était dans les limbes, dans un royaume où ténèbres s'amalgament avec de sordides silences. N'était-ce donc pas là le dessein qu'il était mort? Un colosse semblait ressortir de cette topographie céleste, assis sur un trône d'or serti de pierres précieuses, diamants, émeraudes, saphir, lapis-lazuli illuminaient le pourtour. Il portait l'Atef et était entouré de son Ennéade sur laquelle il régnait en maître absolu. Une guirlande scintillante s'enroulait autour d'une grande boîte, un coffret hermétique, scellé du jour de l'année dans lequel était fait prisonnier, le champion d'Aton, Akim, qui du reste n'en menait pas large et attendait sa dernière supplique.

Soudain, dans les limbes retentit une voix comme un tonnerre :

« Quel est cet avorton qui vient troubler l'ordre dans mon éternel sommeil ? »

Un dieu à tête d'ibis s'approcha du roi et lui montra dans un miroir, une saignée, l'Égypte, le Nil dans lequel coulait un limon émeraude serti dans le jaune monochrome du Sahara. Il sortit un papyrus ancien sur lequel était inscrit le nom d'Amenemhat et lut un verset de sa sagesse directement inspirée de ce dieu à tête d'ibis.

« Garde tes distances envers les subordonnés, qui ne sont rien et aux intentions desquels on ne prête pas attention ! Ne te mêle pas à eux quand tu es seul, ne fais confiance à aucun frère, ne connais aucun ami. Ne te fais pas de client : cela ne sert à rien. Lorsque tu te reposes, garde-toi toi-même, car l'on n'a pas d'ami le jour du malheur ! J'ai donné au pauvre et élevé l'orphelin, j'ai fait parvenir celui qui n'avait rien comme celui qui avait du bien, et celui qui mangeait ma nourriture, voilà qu'il complote ! Celui à qui j'ai tendu la main, voilà qu'il en profite pour fomenter des troubles ! Ceux que vêt mon lin fin, voilà qu'ils me regardent comme un paillasson ! Ceux qu'oint ma myrrhe, voilà qu'ils me crachent dessus ! Les images vivantes qui m'ont été attribuées - les hommes - ils ont ourdi contre moi un complot inouï et un grand combat, comme on n'en a jamais vu ! »*

- Voici que tes plus fidèles serviteurs, les prophètes ont été malveillants et ont commis l'iniquité à votre égard, votre grandeur. Le ver de la corruption s'est niché dans votre royaume, cette boîte contient votre persécuteur, il attend son jugement. C'est le champion de Pharaon, « le bien-aimé d'Aton », celui qui, dans le saint des saints, vient troubler votre sommeil depuis Tanis.

---

* *Enseignement d'Amenemhat Ier, IIa-Vc.*

- Le général de l'Impie vient à l'instant de pénétrer dans mon sanctuaire, je le vois tuer et menacer de détruire mon marbre sacré de Thèbes. Akhénaton m'a déjà démuni de mes trésors, lui qui naguère m'avait pourtant honoré d'un temple, s'est à présent détourné de ma face ; il a osé effacer mon nom de la pierre, et suscité mon courroux !

- Ô majesté toute-puissante, nous devons réagir, et faire comprendre vertement au peuple qu'il est dans l'erreur, qu'Aton n'est qu'un de nos frères et non un ennemi.

- Le champion doit être jugé pour ses actes ainsi que Pharaon qui le sera en temps voulu. Mettez-le en balance ! Osiris tranchera !

Thôth parut gêné car l'hôte n'était pas comme ils l'eussent espéré.

- Votre majesté, c'est impossible, le champion n'a pas encore rendu l'âme, il est toujours vivant en terre sainte, entre les mains du grand prophète. La barque est d'ores et déjà prête à traverser le fleuve inhospitalier afin de l'accueillir sur nos berges.

- Qu'attend mon serviteur pour remplir son office ? Le destin doit accomplir son œuvre par sa main, le sang doit couler, telle est la volonté d'Amon !

- Le sacrifice ne peut se faire que si le coffret s'ouvre, votre majesté, répondit Thôth le scribe savant non sans une certaine gêne. Le ka de votre ennemi y est toujours, il demande à être confronté devant ses juges.

- Soit, que les champions soient confrontés l'un et l'autre devant Mâat* et qu'elle me rapporte le message, le coffre ne peut être ouvert, vous le savez bien ! Le monde des humains est trop inique pour qu'on en accepte un seul dans notre giron. La sédition risque de nous envahir et que deviendrait le

---

* *voir p 135.*

ciel sans sa part de mystère, la folie des hommes le gagnerait pour toujours !

Aussitôt, les deux protagonistes se retrouvèrent face à face dans cette boîte hermétique avec pour maître mot Mâat*.

- Nous voilà fils, reprit Atoum, je savais que tu ne pouvais te résoudre à me tuer. Tu es bon par nature comme l'agneau du sacrifice, en dépit du doute qui t'habite.

- Tu as retrouvé ta langue de vipère, pour rien au monde elle ne saurait me fléchir. Le doute fait partie intégrante de la vie et je m'y résous comme une volonté divine, néanmoins ce qui m'anime, ce sont mes certitudes, celles de te haïr.

- Quelles peuvent être tes certitudes, fils, toi qui es né dans les roseaux, toi qui fus abandonné à la vie animale avec pour seule consolation des langes sans même une insigne reconnaissance ? Moi je ne sais qu'une seule chose qui vaille, la consécration, le regard des autres.

- Ta consécration est bâtie sur du sable, du profit au détriment des plus pauvres tandis que mes certitudes je les porte dans mes propres jugements, elles sont ma pierre angulaire, ma foi.

- Et comment peux-tu porter un jugement si l'ombre d'un doute t'effleure ne serait-ce qu'un instant ?

- Je ne puis en cet instant douter de moi !

- Peux-tu affirmer qui est ton père, peux-tu décliner une identité que seuls les dieux manipulent ? Oserais-tu frapper un vieil homme de noble lignée qui de surcroît serait ton père, oserais-tu commettre ainsi l'irréparable ?

- Mon jugement porte sur une chose vénérable : la vérité. La vérité est que je suis bon, tu l'as dit toi-même, et que toi, par le mal que tu dissipes, tu es foncièrement mauvais et tes-paroles sèment le doute. C'est pourquoi, mon jugement ne peut être confondu par toute forme de vices ou d'illusions

---

* *voir p 135.*

pour lesquelles tu te consacres. Du mal ne peut sortir aucun bien. Et ma certitude est que tu ne peux être celui que tu prétends.

- Alors ton jugement t'autorise à me tuer parce que je ne serais pas ton père ? Tu veux libérer par avance ta conscience, te décharger d'un crime, du péché capital, du parricide, en ôtant le doute de ton esprit en ôtant la racine du mal, c'est-à-dire moi-même ! Bien ! Frappe alors fils, nous verrons bien l'issue de ton jugement, la justice a toujours le dernier mot, fils, aussi elle peut être fatale à celui qui la revendique. Frappe !

- Puisses-tu faillir et périr dans l'iniquité !

C'est alors qu'il entrevit une forme, une lumière qui apparut de nulle part, c'était une silhouette féminine qui les départageait, c'était Sarah sa mère qui approchait, enveloppée d'un voile blanc telle une comète dans la nuit. Elle lui tendit un objet, un talisman qu'il reconnut tout de suite : « le doigt de Waka, cela te portera chance, ne t'en sépare pas… » C'était encore les dernières paroles d'Aïcha avant son départ pour l'Égypte. Une douce voix le pria de se réveiller, que tout ceci n'était qu'un rêve, qu'une illusion, qu'un charme d'Atoum, et que s'il voulait la retrouver, il lui fallait triompher des forces du mal, briser le sort qui tente de le retenir dans les rets du sommeil. « Réveille-toi mon fils, moi seule connais la vérité… détourne-toi de ce piège, fuis les paroles du fourbe… il ne peut être ton père. »

Ce bref instant suffit pour qu'il reprenne conscience. Il rouvrit les yeux, juste au moment où son rival lui donnait l'estocade finale. Alors en un dernier soubresaut, il pointa sa dague dans la partie ventrue d'Atoum et l'enfonça jusqu'au manche. Le sang pissa, ses mains agrippèrent l'ombilic qui en était couvert. Incrédule, il les porta à sa bouche et goûta son propre sang chaud qui venait de ses entrailles comme pour s'assurer du réel de sa défaite.

Enfin, ses yeux de basilic s'assombrirent, un voile opaque les couvrit, les ténèbres se présentaient à lui. Un carrousel arrêta sa course effrénée, son souffle dispersa un peu le brouillard. Une porte s'ouvrit, une ombre descendit, fixant Atoum du regard qui pétrifie. Atoum sans un seul cri venait de mourir, subitement.

Dès cet instant les nuées se dissipèrent, l'épais brouillard fondit et Akim se sut vivant, il savait qu'il venait de terrasser son ennemi le plus redoutable. Sorte de momie sous laquelle désormais s'échappaient des tas de démons. Fallait-il croire qu'un bon génie le protégeait, lui Akim, peut-être ce talisman qu'il portait autour du cou et qu'il ne cessait de serrer de sa paume, ou bien Sarah, sa mère qui soutenait elle aussi, qu'il n'y avait qu'un Dieu, un Dieu unique, tout comme Akhénaton d'ailleurs, un Dieu de Lumière ô combien différent de ceux d'Atoum. Mais ne saura-t-on jamais si c'était le même...

ÉPILOGUE

Sarah se réveilla en sursaut, sortant d'un mauvais rêve qui se dissipa instantanément. Elle se leva de bonne humeur, seule. Elle jeta un œil dans la salle de bains, son mari n'y était pas, puis dans la chambre du petit et lui non plus n'y était pas, le chien non plus, personne. Elle avait repris des forces quand tout lui revint en mémoire dans sa solitude. Elle se prépara à la prière du matin dans l'espoir de revoir les siens. Elle remercia le ciel de l'avoir sauvée, et suppliait le retour de ses chers, Allaï et Akim. Elle ressassait toujours les mêmes antiennes, ce qui devenait pour elle un mode de vie. Elle était aux soins d'Aïcha. L'attente toujours plus insupportable que la douleur lui perforait le ventre. Dans ces moments de faiblesse, elle va trouver refuge une fois de plus chez Aïcha. Il lui arrivait aussi de la choyer en retour, de la prendre dans ses bras lorsque les larmes coulaient et que rien ne pouvait les retenir. Elles deux avaient tant souffert l'absence de leurs époux qu'elles essayaient de se trouver des raisons de vivre sans eux.

Pourtant ce matin allait être différent des autres matins, lorsque Sarah reçut le courrier d'un messager personnel du roi de Byblos, avec le cachet royal de l'Égypte, le sceau personnel du souverain des deux terres : Akhénaton en personne.

Sur le coup, Sarah se fit un sang d'encre au point de ne pas vouloir décacheter la lettre, elle préféra la donner à Aïcha de ses mains tremblantes. Aïcha elle, s'empressa de dérouler le papyrus et reconnut de suite l'écriture d'Allal. Ensuite Yi qui avait vu arriver le messager, prit lui aussi connaissance du pli, il avait senti un vent nouveau et manifestait sa joie en apprenant que la lettre était signée de son neveu. Tous les trois, ne comprenant rien à l'écriture égyptienne*, ils redonnèrent le pli au messager qui, lui-même, se proposa gentiment de la leur lire, puisque ses fonctions lui permettaient. Le scribe, homme plein de discernement, entama une première lecture dans sa tête, puis les rassura aussitôt sur le contenu en leur disant que c'était d'excellentes nouvelles. Il put alors procéder à la lecture à haute voix.

« Bureau central de la correspondance. Akhêtaton, première décade de Meshir, troisième jour de peret (germination) de la douzième année du règne d'Akhénaton.

Allal à Sarah,

À cette heure, je suis heureux de t'annoncer, Sarah, que je suis sain et sauf, que notre fils est à mon côté avec mes amis Darouk et son fils, ainsi que ma famille d'Égypte. Les deux esclaves que nous étions, avons fait amende honorable et avons été affranchis par l'architecte Bek notre maître. Nous le devons à nos deux héros que sont Akim et Jereth puisqu'ils ont fait œuvre remarquable de livrer combat contre les conjurés. Les impies Atoum et Hamenenhet qui conspiraient contre la famille royale et semaient la discorde à travers tout le pays ont été châtiés. Sache aussi que demain nous recevrons les honneurs du souverain. Le retour n'a jamais été aussi proche qu'aujourd'hui... »

---

* *hiératique.*

Sources bibliographiques

- Nicolas Grimal : *Histoire de l'Égypte ancienne* - Éd. Fayard.

- Science & Vie n° 209 décembre 1999 (hors série).

- Homère : *Iliade et Odyssée* - Classiques Garnier.

- Christos Z. Mathioulakis : *Knossos - Le palais de Minos - La civilisation minoenne - et le musée de Héraklion.*

- Christian Jacq : *Les Égyptiennes* - Éd. Pocket.

-Encyclopaedia Universalis : *Dictionnaire de l'Égypte ancienne* - Éd. Albin Michel.

Sommaire

Pages